DANIEL VERANO
CANARIA CRIMINAL

FATALER SPRUNG Mit kontroversen Aussagen spaltet der rechts-populistische Hoffnungsträger Francisco Fraude die Kanaren. Um seine Chancen auf einen Sieg bei den anstehenden Wahlen zu steigern, springt er mit dem Fallschirm über Gran Canaria ab. Das Event wird zu einem Medienspektakel. Doch in der Luft kommt es zu dramatischen Szenen. Der Fallschirm öffnet sich nicht, Fraude schlägt vor den Augen der Canarios auf einen Felsen auf und ist sofort tot. Ein tragischer Unfall? Selbstmord? Oder gar ein hinterhältiges Attentat? Als eine Person aus seinem Umfeld unter Verdacht gerät, beginnt der deutsche Auswanderer und Journalist Felix Faber auf eigene Faust zu ermitteln. Auch die Kommissarin Ana Montero von der Policía Nacional ist an dem Fall dran. Während die Liste der Verdächtigen länger und länger wird, dringen beide tiefer in die dunkle Vergangenheit des Politikers vor …

© Sven Kratz

Daniel Verano ist das Pseudonym von Daniel Wehnhardt. Der Autor wurde 1984 in Fürstenhagen geboren. Nach dem Studium arbeitete er für die evangelische Kirche und unterrichtete Spanisch und Politik an unterschiedlichen Schulen im nord- und osthessischen Raum. Er wohnte selbst eine Zeit lang auf den Kanaren, die er seitdem jährlich besucht – auch zur Recherche für seine zeitgenössischen und zeitgeschichtlichen Spannungsromane, die er inzwischen als hauptberuflicher Autor schreibt. Er lebt und arbeitet in Kassel.
Mehr Informationen zum Autor unter: www.danielwehnhardt.de

DANIEL VERANO
CANARIA CRIMINAL

KANARENKRIMI

GMEINER

Immer informiert

Spannung pur – mit unserem Newsletter informieren wir Sie
regelmäßig über Wissenswertes aus unserer Bücherwelt.

Gefällt mir!

Facebook: @Gmeiner.Verlag
Instagram: @gmeinerverlag
Twitter: @GmeinerVerlag

Besuchen Sie uns im Internet:
www.gmeiner-verlag.de

© 2023 – Gmeiner-Verlag GmbH
Im Ehnried 5, 88605 Meßkirch
Telefon 0 75 75 / 20 95 - 0
info@gmeiner-verlag.de
Alle Rechte vorbehalten
1. Auflage 2023

Herstellung: Mirjam Hecht
Karte: Rainer Lesniewski – istockphoto.com
Umschlaggestaltung: U.O.R.G. Lutz Eberle, Stuttgart
unter Verwendung eines Fotos von: © Robert Ruidl / stock.adobe.com
Druck: CPI books GmbH, Leck
Printed in Germany
ISBN 978-3-8392-0459-7

PROLOG

Martín Casado trank einen Schluck Wasser, sah das Lämpchen aufleuchten und beugte sich zu seinem Mikrofon. »Buenos días, Señoras y Señores«, begrüßte er seine Zuhörerschaft. »Was für ein wundervoller Morgen hier in Las Palmas. Es ist halb acht, und ihr hört Radio Canarias.« Obwohl er mit seinem Gast allein war, zeigte er auf ihn. Eine Marotte, die er seit seinen ersten Tagen als Moderator beibehalten hatte. »Bei uns im Studio ist ein Mann, den ich niemandem vorzustellen brauche, denn er ist aktuell in aller Munde. Francisco Fraude, frisch gewählter Parteichef von RAZÓN auf den Kanaren. ¡Bienvenido, Señor! Vielen Dank, dass Sie den Weg zu uns gefunden haben.«

»Mucho gusto«, antwortete der Angesprochene. Er räusperte sich und streckte seinen Rücken durch. Wach und konzentriert erwiderte er Casados Blick. Aus dem Jackett seines maßgeschneiderten Anzugs lugte ein Einstecktuch hervor.

»Señor Fraude, auf dem Parteitag sind Sie mit einer überwältigenden Mehrheit gewählt worden. Damit haben Sie Ihren Vorgänger spektakulär aus dem Amt gedrängt. Wie haben Sie diese Entscheidung empfunden?«

»Sie haben es treffend beschrieben, das Votum der Delegierten war eindeutig. Die Partei wird Miguel Torres für sein Engagement ewig dankbar sein. Dennoch waren unsere Mitglieder nicht bereit, seinen Kurs mitzutragen, das hat diese Wahl überzeugend belegt.«

»Viele Abgeordnete im kanarischen Parlament haben seinen Kurs als moderat bezeichnet. Sie teilen diese Einschätzung nicht?«

»Nein.«

»Wie würden Sie ihn stattdessen beschreiben?«

»Der Kollege Torres hat ein für ihn traumatisches Erlebnis erlitten.«

»Sie spielen auf den Selbstmord seines Sohnes an?«, fragte Casado.

Fraude nickte. »Dieser Vorfall ist fürchterlich, und dem Kollegen gilt selbstverständlich unser tiefes Mitgefühl.«

»Sie glauben, er habe sich auf seine politische Agenda ausgewirkt?«

»Fakt ist, dass Torres seine Positionen seitdem verändert hat. Diese decken sich jedoch nicht mit der Parteilinie.«

Casado fasste sich an die Nase. »Vale, dann machen wir es konkret: Wie wollen Sie Ihre Partei für die kommenden Parlamentswahlen im nächsten Mai ausrichten?«

Fraude rückte näher an das Mikrofon heran. »Unsere Politik betrifft vor allem drei Bereiche: erstens die Flüchtlings-, zweitens die Energie- und drittens die Sozialpolitik.«

»Wie lauten da Ihre Positionen und Vorschläge?«

»Zunächst müssen wir sicherstellen, dass der Zustrom

illegaler Flüchtlinge gestoppt wird. Um das zu erreichen, schlagen wir vor, eine kanarische Spezialeinheit zu schaffen, die vor unseren Inseln patrouilliert. Wir müssen die Schlepperbanden abfangen, bevor diese unsere Strände erreichen.«

Casado biss sich auf die Zunge. Als hielte nur sein journalistisches Ethos ihn davon ab, seinem Gast seine wahre Meinung zu eröffnen.

»Weiter wollen wir die desaströse Energiepolitik der Regierung beenden«, fuhr Fraude fort. »Dieser Irrsinn muss ein Ende haben.«

»Sie meinen …?«

»Den ideologiegetriebenen Ausbau der sogenannten erneuerbaren Energien.«

»Die Kanarischen Inseln haben den Anteil ihrer Stromerzeugung aus Wind-, Solar- und Wasserenergie innerhalb der letzten drei Jahre um dreiundvierzig Prozent gesteigert. Viele Menschen würden das als außerordentliche Leistung bezeichnen. Sie nicht?«

»Zuallererst ist das vor allem eine außerordentliche Plünderung der öffentlichen Kassen. Und die sind – dank der linken Regierungen der vergangenen Jahrzehnte – ohnehin bereits leer.«

»Sie sehen die Hinwendung zu erneuerbaren Energien demzufolge kritisch?«

»Das grüne Wachstum, wie es uns die Öko-Sozialisten verkaufen wollen, ist in Wahrheit ein grünes Schrumpfen. Und zudem nichts weiter als ein unbezahlbares Märchen. Wir werden uns diesem Wahnsinn entgegenstellen.«

»Was ist Ihre Lösung?«

»Zunächst müssen wir anerkennen, dass wir den wachsenden Strombedarf, insbesondere hier auf Gran Canaria, nicht mit dieser Form der Energieerzeugung decken können. Das ist eine naturwissenschaftliche Tatsache. Wenn wir das versuchten, würde dies zulasten unseres wichtigsten Wirtschaftszweigs gehen, des Tourismus. Wir von RAZÓN sind der Auffassung, dass es unverantwortlich ist, unsere größte Einnahmequelle für dieses rein ideologische Projekt zu gefährden.«

»Vale, das sagten Sie bereits«, entfuhr es Casado. Es fiel ihm zunehmend schwerer, sich zu beherrschen. Er rutschte auf seinem Stuhl herum. »Stattdessen plädieren Sie wofür?«

Fraude öffnete sein Jackett, griff in die Innentasche und zückte einen Zettel. »Der Konzern PETROLOL schätzt, dass vor unseren Inseln täglich einhunderttausend Tonnen Erdöl gefördert werden könnten, und das die nächsten zwanzig Jahre lang.« Er verstaute die Notizen wieder in seinem Jackett, knöpfte es zu und zupfte es zurecht. »Einhunderttausend Tonnen«, wiederholte er nachdrücklich, »zwanzig Jahre lang! Damit wären alle Energieprobleme gelöst.«

»Aber was ist mit den Gefahren? Denken Sie doch nur an eine mögliche Katastrophe an unseren Stränden. Würde die Förderung von Erdöl nicht jenen Wirtschaftszweig gefährden, für dessen Schutz Sie plädieren?«

Fraude verzog keine Miene. »Das ist grüne Angstmacherei«, erwiderte er kühl, »und die Canarios wissen das. Sonst stünden wir in den Umfragen nicht dort, wo wir uns gerade befinden.« Ein überhebliches Grinsen huschte über das Gesicht des Parteichefs.

In der neuesten Erhebung hatten dreißig Prozent der Befragten angegeben, bei der nächsten Wahl ihre Stimme für RAZÓN abzugeben. Das hatte für ein Erdbeben im politischen Establishment gesorgt und war der Grund dafür gewesen, dass Radio Canarias die derzeit wichtigste Person der Partei eingeladen hatte.

»Also gut, kommen wir zum letzten Punkt«, wischte Casado dieses Argument beiseite. »Sie erwähnten anfangs die Sozialpolitik. Zweifellos liegt diesbezüglich auf unseren Inseln einiges im Argen.«

»Genau meine Rede. Ich stimme dem voll und ganz zu, Martín.« Fraude war zum Du übergegangen, ohne zu fragen, wie es in Spanien üblich war. »Deshalb müssen wir auch hier der Realität ins Auge sehen. Schluss mit dem Asylmissbrauch und der Einwanderung in die Sozialsysteme.«

»Eine sehr populi-«, Casado schob sich gerade noch einen Riegel vor, »populäre Forderung.«

»Wir dürfen uns nicht mehr auf der Nase herumtanzen lassen! Deshalb muss es fortan heißen: ¡Españoles primero! Sozialleistungen nur noch für unsere Landsleute, für Spanierinnen und Spanier. Konsequentes Abschieben von abgelehnten Asylanten und kriminellen Ausländern.«

Casado fehlten die Worte. Was sollte er darauf erwidern? Am liebsten wäre er diesem Kerl an den Hals gesprungen. Wenn es nach ihm gegangen wäre, dürfte

Fraude nicht hier sitzen und diesen sprachlichen Müll absondern. Aber die Programmleitung hatte auf dem Interview bestanden und ihn zudem eindringlich gewarnt, dass er sich beherrschen solle, sonst könne er sich am nächsten Tag einen neuen Sender suchen.

Mit größter Mühe schob der Moderator seine Gedanken beiseite. »Sie haben mir vor der Sendung gesagt, dass Sie unseren Hörerinnen und Hörern zum Schluss des Interviews noch etwas ankündigen möchten.«

»Correcto.« Fraude richtete sich erneut auf. Casado konnte den Gedanken nicht abschütteln, dass Fraudes Stock im Hintern ihn zu den unruhigen Bewegungen zwang. »Liebe Mitbürgerinnen und Mitbürger. Die vor uns liegenden Aufgaben sind so vielfältig wie gewaltig. Was wir brauchen, sind keine ideologischen Zauderer, sondern mutige Pragmatiker. Unsere Inseln und unsere große Nation haben es verdient, von den Besten regiert zu werden. Von Menschen, die bereit sind, jede Last auf sich zu nehmen, wenn das Wohl unserer Inseln und unseres Landes dies erfordert.« Er faltete seine Hände und legte eine Pause ein, um die Spannung zu steigern. »Deshalb kündige ich hiermit Folgendes an: Heute in zwei Wochen werde ich mit einem Flugzeug vom Aeródromo de El Berriel starten und mit dem Fallschirm abspringen – allein. Um zu zeigen, dass ich bereit bin, alles Erdenkliche für unsere Gemeinschaft, für unsere Insel zu tun.«

Das hatte gesessen. Casado blieb die Spucke weg.

Fraude verschränkte die Arme und lehnte sich zurück. Sein Mund formte sich zu einem siegesgewissen Lächeln. Sein Blick sagte wortlos: Dir hab ich's gezeigt.

Ab jetzt würden im Wahlkampf alle Augen auf ihn gerichtet sein.

*

Ich beende die Übertragung und klappe das Notebook zu.

Francisco Fraude.

Allein dieser Name, ekelhaft. F. F., dieselben Initialen wie die des spanischen Diktators Francisco Franco. Und derselbe Vorname.

Ironie des Schicksals? Wohl eher historischer Sarkasmus, denn ideologisch nehmen beide Franciscos einander nichts. Das, was Fraude soeben in der Sendung abgesondert hat, hätte auch aus dem Mund von Franco höchstpersönlich kommen können.

Gedankenverloren wandert mein Blick zu der Wanduhr über der Tür. Verflucht, ich bin zu spät dran! Ich springe vom Bett und gehe in die Küche. Eigentlich wollte ich vor der Arbeit noch eine Kleinigkeit essen, aber das passt nun nicht mehr. Stattdessen nehme ich die angebrochene Mate aus dem Kühlschrank und kippe den Rest in wenigen Schlucken herunter.

Dann husche ich ins Schlafzimmer. Hole den Blaumann von der Kleiderstange, schlüpfe hinein und betrachte mich zum Abschluss in dem Schrankspiegel.

Ich verlasse meine Wohnung, überquere den Parkplatz vorm Haus und steige in meinen Suzuki. Zur

Abwechslung habe ich heute Glück, mein altersmüder Japaner springt bereits beim dritten Anlauf an. An manchen Tagen dauert es eine halbe Ewigkeit, bis er sich meiner erbarmt und endlich zum Leben erwacht.

Ich durchquere den Ort und fahre über die Auffahrt auf die GC-500. Ich folge der Schnellstraße eine Weile, versunken in meinen Gedanken, bis sie schließlich zweispurig den Felsen hinaufklettert und nach einer scharfen Kurve die Küste entlangführt.

Wie immer, wenn ich auf diesem Weg zur Arbeit fahre, lasse ich oben kurz meinen Blick schweifen. Eineinhalb Kilometer weiter liegt die Siedlung Bahía Feliz, sie bildet den nordöstlichsten Teil der Urlaubsregion Maspalomas. Dorthin reisen die Touristen, die es behaglicher mögen, wohingegen die Vergnügungslustigen in den mehrstöckigen Hotelburgen in den südlichen und südwestlichen Gemeinden wie Playa del Inglés, Meloneras und Puerto Rico unterkommen.

Die Straße führt wieder bergab. Ich höre ein anschwellendes Propellergeräusch, rücke an die Frontscheibe und sehe zum Himmel. Über mir fliegt eine Cessna Caravan, sie muss vom Aeródromo in der nahe gelegenen Bucht gestartet sein. Von dort wird Francos Namensvetter bald zu seiner PR-Aktion abheben.

TEIL EINS

FREIER FALL

1

Zwei Wochen später

»So etwas hat das Aeródromo noch nicht erlebt!« Ana Salas schaute mit weit geöffneten Augen in die Kamera. Trotz der zahlreichen Warnungen schien der gigantische Ansturm sie zu überraschen. »Die Gemeindeverwaltung hat alle verfügbaren Sicherheitskräfte hierherbeordert. Aber sehen Sie selbst.«

Die Kamera schwenkte von ihr weg. Der staubige Parkplatz war voller Menschen, viele hielten Plakate und Schilder über ihren Köpfen. »Nie mehr Faschismus!«, »Stoppt Fraude!« und »Nieder mit RAZÓN!« war auf ihnen zu lesen. Andere streckten ihre Fäuste zum Himmel, boxten in die Luft und skandierten sich überlappende Sprechchöre. Die Polizei riegelte die Eingänge zu dem Hauptgebäude ab. Den Beamten stand die Anstrengung ins Gesicht geschrieben, nur mit äußerstem Kraftaufwand hielten sie die von ihnen gebildete Kette zusammen. Als eine Gruppe von Personen über den Zaun zu klettern versuchte, drängten die Sicherheitskräfte sie mit Gummiknüppeln zurück. Einige unter ihnen erhielten Schläge auf Hände und Füße und stürzten daraufhin rücklings ins Geröll.

»Manche versuchen auch gewaltsam auf das Gelände

zu kommen«, beschrieb Salas die Lage aus dem Off. Die Kamera schwenkte erneut, sodass sie kurz auf das Erkennungszeichen des Aeródromos fokussierte: ein ausgemustertes Flugzeug der kanarischen Binnenfluglinie Binter, das von der Schnellstraße aus zu sehen war und an dessen Rumpf das Blaulicht der Einsatzfahrzeuge flackerte.

»Wir nehmen Sie jetzt mit rein«, sagte Salas. »Francisco Fraude bereitet sich dort auf seinen Sprung vor.«

Sie war wieder mitten im Bild. Es wackelte leicht, als der Kameramann sich ihrem sportlichen Gang anschloss. Durch die Schleuse betraten sie das Hauptgebäude, dahinter empfing sie eine andere Welt, in die von den Tumulten kaum etwas durchdrang.

Salas sah sich um und erspähte Fraude durch die Glasfront. Sie winkte den Kameramann weiter, gemeinsam eilten sie die Treppe hinunter und von dort nach draußen aufs Vorfeld. Der Geräuschpegel schwoll wieder an.

»¡Señor Fraude!«, rief Salas und streckte ihren Arm in die Luft.

Mit ernster Miene suchte der Politiker seine Umgebung ab. Als er die Reporterin samt Kameramann erblickte, entspannte sich sein Gesichtsausdruck. Wie unbedeutende Statisten drückte er zwei Angestellte der Fallschirmsprungschule beiseite.

»Señora Salas«, empfing Fraude sie mit gekünstelt wirkender Freundlichkeit. »¡Bienvenido!«

Sie schüttelten sich die Hände. Salas stellte sich neben ihn, sie richteten sich zur Kamera aus. Mit einem Nicken gab sie ihrem Kollegen ein Zeichen.

»Señor Fraude, die Canarios haben diesem Tag zwei Wochen lang entgegengefiebert. Wie fühlen Sie sich?«

»Mir geht es ausgezeichnet. Es ist ein aufregender Tag, und ich freue mich, dass so viele meiner Landsleute hier sind, um mich zu unterstützen.«

»Wie haben Sie sich auf diesen Sprung vorbereitet?«

Fraude drehte sich um und zeigte auf die Angestellten, die ihm eben noch im Weg gestanden hatten. »Ohne diese netten Menschen wäre das nicht möglich gewesen.« Er winkte ihnen kurz zu und wandte sich direkt wieder zur Kamera, sein Lächeln war steif und wirkte aufgesetzt. »Sie haben mich perfekt vorbereitet. Ich habe zahlreiche Übungssprünge absolviert.«

»Was wollen Sie den Menschen mit dieser Aktion zeigen?«

»Nun, Ana«, ging Fraude zum Du über, »die Menschen haben die Nase voll von Politikern, die nur reden und nicht handeln. Die nicht bereit sind, jene Kraftanstrengungen, die sie ihren Bürgern abverlangen, selbst aufzubringen.« Eine Pause sollte seinen Worten Nachhall verschaffen. »Heute möchte ich den Canarios zeigen, dass es auch Politiker gibt, die nicht ihre eigenen, sondern die Interessen unserer Gemeinschaft an oberste Stelle setzen.«

»Seit Ihrer Ankündigung sind Ihre Werte in den Umfragen in den Himmel geschossen. Und nun möchten Sie sich aus demselben im freien Fall auf die Insel herabstürzen. Halten Sie das für ein gut gewähltes Symbol?«

Fraude ließ sich von dieser Frage nicht aus der Reserve locken. »Darum geht es nicht, Ana. Die Canarios sehnen sich nach jemandem, der seine Verantwortung ernst nimmt. Der bereit ist, sich voll und ganz in ihren Dienst zu stellen.«

Salas zeigte auf die andere Seite des Gebäudes. »Auf dem Parkplatz ist die Hölle los. Offensichtlich sieht dieser Teil der Canarios keinen Hoffnungsträger in Ihnen.«

»Ich möchte meine Energie nicht für diese verwirrten Seelen einsetzen.«

»Einige der Demonstranten versuchen über den Zaun zu klettern.«

»Das zeigt doch, wie wenig diese Menschen von unseren Regeln und Gesetzen halten. Glücklicherweise haben wir eine fähige Polizei, die ihnen Einhalt gebietet.«

»Was würden Sie diesen Demonstranten erwidern?«, hakte Salas nach. »Immerhin sehen sie in Ihnen die Verkörperung eines wiedererstarkenden Faschismus.«

»Ich würde Sie ermutigen, weiter von ihrem Recht auf freie Meinungsäußerung Gebrauch zu machen. Von demselben Recht, das auch ich für mich in Anspruch nehme.«

Ein ratterndes Geräusch unterbrach sie. In ihrem Rücken startete der Flugzeugmotor, die Kamera schwenkte hinüber. Die Angestellten trafen letzte Startvorkehrungen, sie entfernten die Bremskeile und untersuchten die Cessna auf sichtbare Schäden.

»Ein kleiner Sprung für mich«, sagte Fraude aus dem Hintergrund, »aber ein riesiger Sprung für unsere Insel.«

*

Felix lehnte sich über das Terrassengeländer und schaute durch sein Fernglas. Zwischen den Palmen der Bungalow-Anlage erkannte er nur Ausschnitte des Flugplatzes. Was er jedoch sah, war die Menschenmenge, die sich vor dem Hauptgebäude versammelt hatte. Obwohl es sich Hunderte Meter Luftlinie entfernt befand, konnte er das Getrommel und die Parolen deutlich hören. Zusammen mit dem Rauschen des Atlantiks, dem Rascheln des Windes in den Palmen und den Jetskis vor der Küste verwoben sich die Klänge zu einer besonderen Geräuschkulisse.

Felix setzte das Fernglas ab und sank auf seine Liege. Bis eben hatte er in der Sonne gelegen und eine gekühlte Tónica geschlürft. Was blieb ihm auch sonst zu tun an seinem ersten Urlaubstag seit Langem. Dann hatte ihn seine Smartwatch daran erinnert, dass der Start des großen Events unmittelbar bevorstand. Diesem hatten die Canarios zwei Wochen lang entgegengefiebert, und heute war es endlich so weit: Pünktlich um dreizehn Uhr dreizehn – was für eine schlecht gewählte Zeit – würde Francisco Fraude mit dem Fallschirm abspringen, ein paar Runden über der Küste drehen und schließlich in den Dünen von Maspalomas landen, wo eine Horde von Journalisten und Polizeibeamten ihn erwartete.

Felix und seine Kollegen von LA VIDA hatten die Radiosendung mitgehört, in der er seinen Sprung angekündigt hatte. Allen war sofort klar gewesen, dass Fraude damit ein PR-Coup gelungen war. Leider hatte er auch zu einem Streit zwischen den Redakteuren geführt. Candela, Guillermo und Felix wollten unbedingt über dieses Ereignis berichten, wohingegen Vega, Lola und Ines das strikt ablehnten. In dieser Pattsituation wäre es auf die Stimme von Gabriel angekommen – wenn ihr Chefredakteur nicht abgetaucht und für niemanden mehr zu erreichen gewesen wäre. Nur auf die Nachrichten seiner Lebensgefährtin antwortete er noch sporadisch.

Ein Motorengeräusch in der Ferne ließ Felix ins Hier und Jetzt zurückkehren. Er stand auf und schaute wieder durch sein Fernglas. Auf dem Vorfeld erspähte er die Tragflächen der Cessna. Bei deren Anblick erinnerte er sich an die Flugstunde, die er sich zu seinem einundzwanzigsten Geburtstag geleistet hatte. Eineinhalb Stunden waren er und ein Fluglehrer über Kassel und Göttingen gekreist. Bis auf den Start und die Landung hatte Felix die Maschine selbst steuern dürfen.

Am Aeródromo setzte die Cessna sich nun in Bewegung. Während sie weiter über das Vorfeld rollte, testete der Pilot die Start- und Landeklappen und ließ sie anschließend einrasten. Dann schwenkte er auf die Startbahn und ohne anzuhalten gab er vollen Schub.

Sekunden später hoben sie ab, mit einem steilen Anstellwinkel erklomm die einmotorige Maschine den wolkenlosen Himmel. Sie flogen zunächst in nördliche Richtung, um dann nach Süden zu wenden und Kurs auf die Felsklippe zu nehmen. Vor Felix' Augen schrumpfte das Propellerflugzeug zu einem kleinen weißen Punkt.

Er nutzte die kurze Pause und nippte ein weiteres Mal an seiner Tónica. Dass er dieses Ereignis miterleben durfte, hatte er einzig Candela zu verdanken. Sie hatte nach dem Mord an Sara Martí und dem Suizid von Ferran Torres auf ihn eingeredet, dass er seinen Traum vom Leben im Ausland nicht einfach aufgeben sollte. Er hingegen war bereit gewesen, der Insel den Rücken zu kehren. Die Bitte der Inspectora Ana Montero – die vielmehr einer Drohung gleichkam – hatte ihm gezeigt, dass er von polizeilicher Seite auf Gran Canaria nicht mehr erwünscht war. Er hatte Fehler begangen. Gravierende Fehler. Heute, knapp dreieinhalb Monate später, schämte er sich dafür, sich in die polizeilichen Ermittlungen eingemischt und eigenmächtig Nachforschungen betrieben zu haben, ohne die Gefahren zu sehen. Zurecht hatte Montero ihn zur Schnecke gemacht und ihm mitgeteilt, dass sie ihre unkonventionelle Zusammenarbeit als beendet betrachtete. Für sie war er eine tickende Zeitbombe.

Das Motorengeräusch verstärkte sich. Felix stellte sein Getränk ab, hob wieder das Fernglas vor die Augen und verfolgte die Flugroute der Cessna. Er erkannte sogar Fraude, der Politiker hockte an der Absetzluke. Sein Blaumann flatterte im Wind, und sein Blick war auf den Atlantik gerichtet. Neben ihm saß ein Mann, der seine Kamera direkt auf den Star des Tages draufhielt. Fraudes breites Grinsen war nun sicher in fast jedem Fernsehapparat der Insel zu sehen. Wie viele Übungssprünge hatte er absolviert? Felix hatte es gehört, aber schon wieder vergessen. Ob Fraude trotzdem aufgeregt war? Wenn ja, besaßen das gewaltige Medieninteresse sowie die massiven Proteste vermutlich einen großen Anteil daran. Selbst ein Mann wie Fraude ließ das nicht kalt.

Allmählich stieg die Maschine auf ihre Zielhöhe. Fraude rückte dichter an den Rand der Absetzluke heran und drehte sich zur Kamera. Felix vermutete, dass er den Zuschauern der Live-Übertragung einen letzten medienwirksamen Gruß schicken wollte.

Dann drückte er sich ab und sprang hinaus. Mit ausgebreiteten Armen, als würde er die Insel und ihre Bewohner unter sich umarmen wollen. Eine für gläubige Katholiken wie die Canarios strahlkräftige Haltung.

Der Retter, der vom Himmel fällt.

Die Botschaft, die Fraude mit diesem Sprung senden wollte, war klar. Felix hatte keinen Zweifel, schon bald würden die Zustimmungswerte des Politikers explodieren. Schlitterte Gran Canaria womöglich sehenden Auges auf eine rechtspopulistische Regierung zu?

Felix legte das Fernglas weg, denn Fraude fiel zu schnell, als dass er ihn damit einfangen konnte. Kaum hatte er das Sichtfeld auf ihn ausgerichtet, war der Politiker aus ihm verschwunden. Doch auch ohne Sehhilfe war er gut genug zu erkennen. Immer noch flog er in messianischer Pose auf die Insel herab. Jeden Augenblick würde er an seinem Griff ziehen und im Gleitflug über der Insel kreisen. Die Polizei hatte die Landezone in den Dünen weiträumig abgesperrt, ein weiteres Kamerateam wartete vor Ort.

Plötzlich bemerkte Felix hektische Betriebsamkeit in der Luft. Er kniff die Augen zusammen. Fraude ruderte mit den Armen, strampelte mit den Beinen. Er hatte seine stabile Fluglage verloren, drehte und rollte spiralförmig durch die Luft. Felix begriff sofort. Da oben lief etwas gewaltig schief. Verdammt, was war da los? Wenn er die Bewegungen richtig deutete, zerrte Fraude ununterbrochen an der Reißleine. In kurzen Abständen, hektisch, panisch. Er hatte nicht mehr viel Zeit. Es musste ihm schnell gelingen, den Schirm auszulösen, sonst würde er –

Dann der Aufprall. Schreie aus den Wohnzimmern einiger Nachbarn, die das Spektakel vor dem Fernseher verfolgt haben mussten. Gefolgt von kurzer, aber umso gespenstischerer Stille. Das Entsetzen war groß. Eben noch war Fraude der mögliche Heilsbringer, und nun war er … Diesen Sturz konnte er nicht überlebt haben.

Fassungslos starrte Felix auf den Felsen.

Verfluchte Scheiße.

Jetzt würde es stürmisch werden auf der Insel.

*

»Wie machst du das?« Ruiz legte sein Besteck ab und sah sie fragend an. »Ich kann mir das nicht erklären.«

Ana verzog irritiert das Gesicht. Sie schluckte das scharf gewürzte Kalbfleisch herunter und spülte mit einem Schluck Cola nach. »Was meinst du?«

Er rollte mit den Augen und zeigte auf ihren Teller. »Na, dass du essen kannst wie ein Scheunendrescher, aber dennoch so aussiehst, als würdest du von einer Handvoll Reis leben.«

Ana lachte. Diese Frage war nicht neu für sie, sie hörte sie regelmäßig. Trotzdem stutzte sie jedes Mal, denn für sie spielte ihre Figur keine Rolle, sie sah aus, wie sie aussah. Zugegeben, die neidischen Blicke von anderen Frauen entgingen ihr nicht, und erst recht nicht die der Männer, aber ihr Äußeres stand nie auf der Liste ihrer Prioritäten.

»Gib's zu, du trainierst wie eine Verrückte«, schob Ruiz hinterher. In seiner Stimme schwang Hoffnung mit. Darauf, dass dies die Erklärung war, denn mit ihr schien er leben zu können. Auch das war Ana aufgefallen: Die Wahrheit, dass ihre Figur auf ihre Gene zurückzuführen war, hörte niemand gern.

»Hmh-hmh«, brummte sie als Zeichen ihrer vermeintlichen Zustimmung, und Ruiz nickte zufrieden.

Plötzlich brach Hektik aus, Raunen und Gemurmel schwappten durch den Kebab-Laden. Die Inspectores drehten sich um.

Hinterm Tresen starrten drei Männer auf einen Fernseher. Zwei von ihnen bedeckten mit einer Hand ihren Mund, der dritte raufte sich die Haare. Von ihren Plätzen aus konnten Ana und Ruiz den Bildschirm jedoch nicht erkennen, sie sprangen auf und eilten über die Terrasse.

»Was ist los, was ist passiert?«, rief Ana den Männern zu.

Es hatte ihnen offensichtlich die Sprache verschlagen. Sie zeigten wortlos auf den Fernseher über dem Eingang. Die Inspectores schauten nach oben.

Anas Augen weiteten sich. Ein kurzes tonloses Video in Endlosschleife. Aufgenommen aus der Luft, verwackelt und ständig wechselnd zwischen Schärfe und Unschärfe, vermutlich aus einem Flugzeug heraus. Mitten im Bild: etwas, das auf das Meer zuraste. Als die Kamera heranzoomte, erkannte sie, wie ein Mann ungebremst auf einem Felsen aufschlug.

»Madre mía«, flüsterte Ruiz, »ist es das, was ich denke?«

Ana schluckte. »Sieht so aus«, antwortete sie mit brüchiger Stimme. »Fraude …«

Ungläubig starrten sie weiter auf den Bildschirm.

Kurz darauf rauschten sie mit Blaulicht auf dem Dach nach Süden. Auf der Comisaría war nichts los gewesen, weshalb ihr Dienstvorgesetzter ihnen eine längere Mittagspause gestattet hatte. Über die GC-60, die sich in engen Kurven durch die Berge schlängelte, waren sie zum Essen ins zwanzig Kilometer entfernte Dörfchen Arteara gefahren.

Ana linste zu Ruiz herüber, seine Stirn glänzte. »Puta mierda«, fluchte er, »ich kriege hier keinen Empfang.« Verzweifelt wischte er über den Bildschirm seines Diensthandys. Ob Ana ihm sagen sollte, dass ein Touchdisplay nicht besser funktionierte, nur weil man fester darauf herumdrückte?

»No te preocupes«, sagte sie. »Wir fahren jetzt so schnell wie möglich dahin und schauen uns um. Von dort können wir immer noch Verstärkung rufen. Wenn nicht ohnehin schon drei Viertel des kanarischen Polizeiapparats dort sind.«

Ruiz gab auf und verstaute sein Telefon in der Mittelkonsole. Er schluckte, richtete seine Aufmerksamkeit wieder nach vorn und bekreuzigte sich.

Ana drückte weiter aufs Gas. Mit einhundert statt erlaubten dreißig flogen sie über die Landstraße. Vor den schlecht einsehbaren Kurven bremste sie ab und wich Radfahrern aus, die wie aus dem Nichts auftauchten. Die Gesichtsfarbe ihres Nebenmanns erblasste, er ließ das Fenster herunter und streckte seinen Kopf hinaus.

Über San Fernando gelangten sie nach Maspalomas. Kaum hatten sie das Ortsschild passiert, klingelte Ruiz' Handy. Er angelte sich das Gerät aus der Mittelkonsole.

»Hidalgo«, kommentierte er beim Blick aufs Display. Er nahm das Gespräch an. »Wir sind schon unterwegs, Jefe.«

Ana erkannte die rauchige Stimme des Ehrenmanns, verstand aber nicht, was er sagte.

Ruiz nickte. »Also haben wir noch keine weiteren Informationen?«

Wieder eine längere Pause, in der ihr Vorgesetzter sprach.

»Vale, dann wissen Montero und ich Bescheid. Wir melden uns gleich.« Er legte auf und stopfte das Diensthandy in seine Hosentasche.

Ana sah zu ihm hinüber. »Und, was will er?«

»Wir sollen den Ersten Angriff übernehmen.« Ruiz stützte sich wieder mit einer Hand aufs Armaturenbrett. »Bisher ist wohl nur eine Handvoll Kollegen vor Ort. Die haben den Absturz mit eigenen Augen gesehen und sind dann zur Klippe gesprintet, um dort alles abzusperren.«

Sie wechselten auf die GC-1. Auf der Autobahn kitzelte Ana das letzte Quäntchen aus ihrem Wagen heraus.

Einhundertvierzig, einhundertsechzig, einhundertacht-zig, zweihundertzehn. Die Landschaft und die anderen Fahrzeuge flogen unscharf an ihnen vorbei. Ruiz starrte nach vorn, er verstummte.

Fünfzehn Minuten nachdem sie in Arteara losgefah-ren waren, erreichten sie die Punta Morro Besudo. Im Regelfall hätten sie für diese Strecke eine halbe Stunde gebraucht.

Hupend kämpfte Ana sich einen Weg durch die Menge auf dem Parkplatz am Ende der Straße. Die Menschen drängten sich vor den im Wind flatternden Bändern, die den Durchgang zur Klippe absperrten. Sie steuerte ihren Wagen in eine Lücke zwischen zwei Dienstfahrzeugen der Policía Canaria.

Ruiz sah aus dem Fenster, er schüttelte den Kopf. »Na toll, das stinkt doch schon wieder nach Kompe-tenzgerangel.«

Ana war froh, dass er seine Sprache wiedergefunden hatte. Aber sie stimmte ihm zu, die sich häufig über-schneidenden Zuständigkeiten zwischen den Ermitt-lungsbehörden waren vielen auf der Insel ein Dorn im Auge – auch ihr.

Sie schlossen den Wagen ab und gingen mit gezück-ten Dienstausweisen auf die Kolleginnen zu, die laut-stark versuchten, die Schaulustigen zu vertreiben.

»Inspectores Ruiz und Montero«, sagte Ana. Prompt hob eine der Frauen das Band an, sodass sie darunter hindurchhuschen konnten.

»Er … liegt … da vorn«, stotterte die Polizistin. Ihre Gefühle drohten sie zu überwältigen, sie wandte sich ab. Mit dem Ärmel ihres Diensthemds wischte sie sich übers Gesicht.

»Zumindest das, was von ihm noch übrig ist«, fügte die andere Kollegin etwas abgeklärter hinzu. Sie zeigte auf eine Stelle wenige Meter entfernt – nicht einsehbar hinter einer Steinmauer.

»Vale, wir schauen es uns an«, sagte Ruiz. Er nickte zu der Menschenmenge herüber. »Haben Sie die im Griff?«

»Machen Sie sich keine Sorgen. Notfalls verteilen wir Platzverweise.«

Die Inspectores bedankten sich, gingen davon und stellten sich vor die Steinmauer. Schweigend ließen sie das Bild vor ihren Augen auf sich wirken.

Es war nicht die erste Leiche in der letzten Zeit, die Ana zu Gesicht bekam. Diese war jedoch in keiner Weise mit den anderen, wie zum Beispiel der von Sara Martí am Roque Nublo, zu vergleichen, denn das Mädchen war zumindest in einem Stück aufgefunden worden. Für die blutige Masse, die zwischen den Felsspalten festhing, galt das nicht. Der Leichnam war so nicht mehr zu identifizieren. Ana starrte auf einen Klumpen aus Knochen, Haut, Organen und Gehirnmasse. Der Fallschirm war das Einzige, das den Sturz einigermaßen unbeschädigt überstanden hatte.

Ruiz bekreuzigte sich. »Herr, erbarme dich unser«, flüsterte er.

Mit der Kirche hatte Ana abgeschlossen. Trotzdem hätte es in diesem Augenblick keine treffenderen Worte gegeben. Auf welchen Namen auch immer die Macht hörte, die über die Menschen wachte, für Francisco Fraude hatte sie ein brutales Ende auserkoren.

*

Felix brauchte einen Moment, bis er wieder klar denken konnte. Er fischte sein Smartphone aus der Badeshort und öffnete die Kontaktliste. Scrollte bis zum Buchstaben C, tippte auf den obersten Eintrag, und nach dem zweiten Tuten meldete sich Candela. Ihre Stimme vibrierte.

»Ich kann … Madre mía, was ist da … Begreifst du das?« Sie seufzte.

So wie Felix sie kannte, wurde sie in diesem Moment von einer Flut an Emotionen überwältigt. Und das, obwohl sie für Fraude nicht das Geringste übriggehabt hatte.

»Stell dir nur mal vor, was seine Familie und seine Freunde gerade durchmachen«, sagte sie.

»Ich mag es mir gar nicht ausmalen«, erwiderte Felix.

»Wie furchtbar.« Candela schnäuzte ihre Nase. »Wie ist es bei dir? Hast du etwas gesehen?«

»Ich hatte einen Platz in der ersten Reihe.« Sein Blick wanderte hinüber zur Punta Morro Besudo. Der Felsen ragte wie ein Wellenbrecher ins Meer. Ob es dort bald vor Polizei wimmelte? Auf jeden Fall würde das unwegsame Gelände die Ermittler vor Herausforderungen stellen.

»Irgendetwas ist gewaltig schiefgelaufen«, berichtete er. »Fraude hat verzweifelt an dem Griff gezogen,

31

aber …« Er senkte seinen Kopf. »Das Ende kennst du ja.«

»Grauenvoll. Ich meine, ich habe diesen Mann gehasst. Aber das? Das wünsche ich niemandem.«

Dann ein Brummen in der Leitung. Felix nahm sein Handy vom Ohr und schaute aufs Display. Nichts, nur das aktive Gespräch wurde angezeigt. Es konnte auch keine Akkuwarnung gewesen sein, denn das Batteriesymbol stand bei zweiundfünfzig Prozent.

»Oh«, erklärte Candela. Zu der Trauer in ihrer Stimme mischte sich Verwirrung. »Eine Nachricht von Gabriel. Er will, dass ich ihn anrufe.«

»Wenigstens meldet er sich.«

»Ich hab kein gutes Gefühl, Peque.«

Peque – Kleiner. Vor Kurzem hatte sie angefangen, ihn so zu nennen. Dabei verwendeten die Spanier diesen Spitznamen üblicherweise für ihre Kinder. Aber Felix nahm es hin, denn er war froh, dass sie sich nach einer kurzen Funkstille wieder gut verstanden. Und seitdem Candela klargestellt hatte, dass sie mit Gabriel zusammenbleiben würde, wusste er auch, woran er bei ihr war.

Er konzentrierte sich wieder auf ihr Gespräch. »Und was verrät dir dieses Gefühl?«

Candela schnaufte. »Ich weiß nicht. Bevor Gabriel sich zurückgezogen hat, hat er manchmal seltsame Dinge gesagt. Vor allem über diese Aktivisten, denen er sich angeschlossen hat.«

»Davon hast du mir nichts erzählt.«

»Die nennen sich *Grupo Canario de Defensa de la Naturaleza*, kurz GCDN. Mit ihren Aktionen wollen sie die Politik wachrütteln. Uns bleiben ja nur noch wenige Jahre, um die Klimakatastrophe abzuwenden.«

»Sind das nicht die, die sich an Kreuzungen und Auffahrten festkleben?«

»Ja, genau die. Neulich ist es ihnen sogar gelungen, die Sicherheitsbarrieren am Flughafen Las Palmas zu überwinden und auf die Startbahn zu gelangen.«

»Hm, hm«, brummte Felix. Davon hatte er gelesen. Aber was wollte sie damit andeuten? »Glaubst du, dass die etwas mit dem Absturz von Fraude zu tun haben?«

Candela zögerte. »Schlimm, dass ich das nicht ausschließen kann, oder?«

Er schwieg. In seinen Überlegungen war er einen Schritt weiter. Wenn sich herausstellte, dass die Aktivisten ihre Hände mit im Spiel hatten, genauso wie ihr wie vom Erdboden verschluckter Chefredakteur, würde es eng werden für LA VIDA. Verdammt eng. Die Zeitung stand ohnehin unter Beschuss, weil sie vor Wochen einen illegalen Flüchtling in ihren Redaktionsräumen versteckt hatte.

»Ich glaube, du solltest ihn anrufen«, sagte Felix.

⸎

Wieder in der Comisaría zogen die Inspectores sich in Anas Büro zurück. Geistesabwesend wandelte sie durch die Flure. Die Bilder von Fraudes sterblichen Überresten hatten sich in ihr Gedächtnis gebrannt, und Ana befürchtete, dass sie dort für immer bleiben würden.

Am Fundort waren ihr Kollege und sie nicht lange allein geblieben. Sie hatten den Felsen oberflächlich inspiziert, und kurz danach waren weitere Kräfte am Einsatzort eingetroffen. Während die Inspectores sich stumm abgewandt hatten, schossen ihre Kollegen Fotos und kämpften gegen ihre Übelkeit. Wenig später stieß die Rechtsmedizinerin dazu. Nachdem sie den Fundort begutachtet hatte, stellte sie sich neben die Inspectores und schwieg zunächst. Als Ana sie fragend ansah, verzog sie die Lippen und zuckte mit den Schultern. Bei diesem Anblick fehlten jedem die Worte.

Um auf andere Gedanken zu kommen, stellte Ana nun zwei Tassen unter ihre Kaffeemaschine und wählte die programmierte Einstellung »Cortado largo«, maximale Stärke. Den hatte sie dringend nötig. Während sie wartete, ließ sich Ruiz brummend in einem Sessel nieder und streifte sich durch seinen frisch gestutzten Bart – ein untrügliches Zeichen, dass er nachdachte.

»Wir müssen alle Sender kontaktieren«, sagte er. »Die sollen uns das gesamte Material aushändigen.«

»Vielleicht kann Alma das übernehmen«, schlug Ana vor.

Er zögerte nicht und zückte sein Diensthandy. In knappen Sätzen gab er der guten Seele, wie Alma Mendoza wegen ihres Vornamens und ihrer Unfähigkeit, Nein zu sagen, in der Comisaría genannt wurde, den Auftrag durch. Und all das kurz vor ihrer Abschlussprüfung. Sie war seit Wochen ohnehin ein einziges Nervenbündel.

An der Kaffeemaschine blinkte ein grünes Licht, die Cortados waren fertig. Ana nahm sie heraus und goss nur in ihre Tasse Milch, denn Ruiz trank seinen am liebsten schwarz. Sie balancierte beide zur Sitzecke hinüber.

»Also wollen wir mal überlegen?«, fragte sie.

Ruiz schlürfte an seinem Cortado. »Wer's gewesen sein könnte, meinst du?«

»Vorausgesetzt, dass es kein Unfall war.«

»Ausschließen können wir's nicht.«

»Aber besonders wahrscheinlich ist es auch nicht. Fallschirme verweigern nicht einfach ihren Dienst, Hugo.«

Nun trank auch Ana einen Schluck. Sie überkreuzte ihre Beine und legte einen Finger an ihre Nasenspitze. »Wenn wir von einem – wie auch immer – manipulierten Fallschirm ausgehen, kommt nur jemand infrage, der direkten Zugang zur Ausrüstung hatte.«

»Was die konkrete Manipulation angeht, ja. Aber …« Ruiz legte die Stirn in Falten.

»Du denkst an jemanden im Hintergrund? Eine Art …«

»Hintermann, genau. An jemanden, der im Verborgenen die Strippen gezogen hat.«

Ana nickte und dachte nach. Er hatte recht, auch eine Verschwörung mussten sie in Betracht ziehen – was jedoch den Kreis der potenziellen Verdächtigen erheblich ausweitete.

»Wer auch immer dahintersteckt, stellt sich die Frage nach dem Grund«, fuhr sie fort. »Mir drängen sich dahin gehend mehrere Möglichkeiten auf. Die meisten Mordmotive sind ja im Privatleben zu finden. Warum also nicht auch hier?«

Ruiz schaute skeptisch. Er wiegte den Kopf hin und her. »Mir ist noch nicht klar, warum es gerade bei *diesem* Sprung passiert ist«, sagte er. »Wenn der Täter aus Fraudes privatem Umfeld stammt, warum hat er ihn dann nicht bei einer weitaus trivialeren Gelegenheit getötet?« An einer Hand zählte er die ihm einfallenden Möglichkeiten auf. »Beim Spaziergehen, beim Abendessen, beim Kaffeekränzchen, was weiß ich? Er ist schließlich nicht die Treppe hinuntergestürzt oder von der Leiter gestoßen worden. Es wäre ja sogar einfacher gewesen, die Ausrüstung bei einem der Übungssprünge zu manipulieren.«

Ana glaubte zu verstehen, worauf ihr Kollege hinauswollte. »Du meinst, unser Täter könnte noch eine andere Absicht verfolgt haben?«

Ruiz zuckte mit den Schultern. »Es muss mehr dahinterstecken.«

»Vielleicht ist es ihm um die mediale Wirkung gegangen«, mutmaßte Ana. »Immerhin hat fast ganz Spanien und vermutlich sogar halb Europa zugesehen, wie er auf diesem Felsen aufgeschlagen ist.«

»Rache«, murmelte Ruiz. »Vorstellbar wäre doch, dass diese Bilder den Täter in irgendeiner Weise entschädigt haben. Dass er dabei Wiedergutmachung für eigene Demütigungen empfunden hat. Solche, die Fraude ihm zugefügt hat.«

»Was ist mit der Ehefrau?«, warf Ana in die Überlegungen ein. »Hatte Fraude vielleicht eine Affäre?«

Ruiz schaute skeptisch. »Du hast ihm sein Sauber-mann-Image also nicht abgekauft?«

»Er wäre nicht der Erste.«

»Sicher, aber … Ich weiß nicht, das erscheint mir zwei-felhaft. Ich kann dir nicht genau sagen, warum.«

Ana nickte. »Dann weiter.«

»Bleiben wir zunächst bei seinem Privatleben.« Ruiz beugte sich vor und stützte sich mit den Ellbogen auf den Knien ab. »Nach allem, was man hört, hat Fraude während der Finanzkrise mit Immobilien gute Geschäfte gemacht. Hat zwangsgeräumte Wohnungen gekauft, ein bisschen was in die Renovierung gesteckt und sie später, als der Markt sich wieder erholt hat, für ein Vielfaches verkauft.«

»Er könnte jemandem Geld geliehen haben. Verwand-ten, Freunden.«

»Der Klassiker. Wie die eifersüchtige Ehefrau.«

»Die müssen wir ohnehin überprüfen. Vielleicht hatte sie auch noch ein anderes Motiv?« Ana tippte ein wei-teres Mal an ihre Nasenspitze.

»Lebensversicherung«, formulierte Ruiz ihre Gedan-ken aus. »Alma soll das herausfinden.« Er zückte erneut sein Diensthandy und gab der guten Seele auch diesen Auftrag durch.

Danach saßen sich die Inspectores eine Zeit lang schweigend gegenüber. Ana ging im Kopf mögliche weitere Verdächtige durch.

»Wenn es tatsächlich um Rache ging«, griff sie Ruiz' Gedanken von eben auf, »müssen wir natürlich auch Fraudes Geschäfte unter die Lupe nehmen. Mit denen hat er sich bestimmt nicht nur Freunde gemacht.«

»Leuchtet ein. Schließlich hat er aus dem Leid der Betroffenen Profit geschlagen. Einen Preis für Nächstenliebe gewinnt man damit nicht.«

»Keinesfalls.« Sie verschränkte ihre Arme. »Trotz allem: Der Elefant im Raum ist sein Engagement für RAZÓN. Wir müssen auch in Betracht ziehen, dass hier politische Gegner die Finger im Spiel gehabt haben könnten.«

Ruiz nickte und trank den Rest seines Cortados aus. Mit dem Handballen wischte er sich über den Mund.

»Was mir nicht in den Kopf will: Wie konnte es jemandem gelingen, den Fallschirm zu manipulieren? Da gibt's doch höchste Sicherheitsvorkehrungen.«

»Dazu müssen wir die Angestellten am Flugplatz befragen«, stimmte Ana zu. »Wenn wir Glück haben, sind die noch da. Wer hatte Zugang zu Fraudes Fallschirm? Wer hat ihn überprüft? Wurde auf Sicherheitsmaßnahmen verzichtet? Hat jemand geschlampt?« Sie unterstrich ihre Fragen, indem sie mit den Fingern mitzählte.

»Na, dann los«, sagte Ruiz und drückte sich aus seinem Sessel. Er zupfte sein graues Jackett zurecht. »Vielleicht erfahren wir ja dort schon etwas. Dann können wir uns alles Weitere sparen.«

Ana schmunzelte.

Der Cortado hatte ihren Kollegen erkennbar belebt.

*

Nach dem Telefonat ging Felix nach drinnen und durchwühlte den Schrank. Seine Wahl fiel auf eine dunkelblaue Chino, ein cremefarbenes T-Shirt sowie weiße Sneakersocken. Er goss sich eine Tónica ein und setzte sich an den Esstisch.

Auf seinem Smartphone scrollte er durch die Nachrichten. Das Internet explodierte vor Eilmeldungen. »*Der Tag, an dem der Tod vom Himmel fiel*« titelte die El País, Spaniens meistgelesene Tageszeitung. Die anderen wählten neutralere Headlines:

»Francisco Fraude bei Fallschirmsprung verunglückt«

»Parteichef von RAZÓN bei PR-Aktion ums Leben gekommen«

»Hoffnungsträger der kanarischen Rechten stürzt auf Klippe – Mord?«

Felix entschied sich für den ersten Artikel. Er bezahlte den veranschlagten Euro, um die Paywall zu überwinden, und lud den Beitrag herunter. Er überflog die Einleitung und sprang zum Mittelteil vor, in dem der Werdegang des Politikers beschrieben wurde.

Der Mann, dessen Leben vor seinen Augen ein jähes Ende genommen hatte, war als Francisco Fraude Molina geboren worden. Er war in Getafe aufgewachsen, einer Großstadt im Speckgürtel von Madrid, vierzehn Kilometer vor den Toren der spanischen Hauptstadt. Zwei Jahre später war seine Schwester Francisca zur Welt gekommen. Die Familie führte ein bürgerliches Leben. Der Vater Alfonso leitete eine Bankfiliale, die Mutter blieb zu Hause und versorgte die Kinder. Gerüchten zufolge zählten beide zur Gruppe der bekennenden Frankisten, also zu den Anhängern des 1975 verstorbenen spanischen Diktators Francisco Franco.

Nach dem Bachillerato verließ Fraude das streng katholische Elternhaus und zog in die Hauptstadt. An der Universidad Complutense studierte er Betriebswirtschaftslehre. Danach schlüpfte er in die Rolle seines Vaters und führte jahrelang wechselnde Bankfilialen. In dieser Zeit lernte er auch seine spätere Frau Carmen kennen, eine gebürtige Kanarin. Das Paar hielt es nicht lange in Madrid aus. Es ließ das Großstadtleben hinter sich und zog nach Teror auf Gran Canaria, eine Gemeinde im Nordosten der Insel.

Fraude galt als einer der wenigen Profiteure der Finanzkrise. Mit Krediten, die ihm sein Nachfolger als Filialleiter beschaffte, kaufte er zwangsgeräumte Immobilien, renovierte diese notdürftig, wartete die Erholung des Marktes ab und verkaufte sie gewinnträchtig. Da hatte jemand den Kapitalismus verinnerlicht.

Anfang der 2010er-Jahre hatte er sich schließlich der Politik zugewandt. Da ihm sogar die konservative Partido Popular zu liberal erschienen war, hatte er sich der noch jungen Partei RAZÓN angeschlossen. Dort hatte er einen raketenhaften Aufstieg hingelegt und sich zum Star der neuen Rechten entwickelt.

Und nun der brutale Absturz, im wahrsten Sinne des Wortes. Ein schwerer Schlag für die Bewegung, die im Begriff war, nach der Macht zu greifen. Man musste kein Prophet sein, dieses Ereignis würde nicht unbeantwortet bleiben. Fraudes Tod goss einen ganzen Tanklaster voller Öl ins Feuer.

Felix erschrak, als sein Handy aufblinkte. Das Smart-

phone kündigte Candelas Rückruf an. Er nippte an seiner Tónica und drückte auf den grünen Hörer.

»Hast du ihn erreicht?«, fragte er direkt.

Im Hintergrund Rauschen und Hupen. Candela
schien im Auto zu sitzen. »Ich bin gleich bei dir. Bist
du angezogen?«

»Wieso? Was ist los?«

Stille.

»Gabriel«, sagte sie mit todernster Stimme. »Es ist
passiert, was wir befürchtet haben.«

2

Ruiz saß mit überkreuzten Beinen auf dem Beifahrersitz und hatte die Hände in den Schoß gelegt.

»Worauf ich dich schon immer mal ansprechen wollte«, leitete er ein und zeigte auf das Logo des französischen Herstellers auf dem Lenkrad. »Im Dienst fahren wir Citroën. Privat stottern meine Frau und ich einen Seat ab.«

Ana ahnte, worauf er hinauswollte. Und ja, dieser Punkt drängte sich auf. Auf der Liste der Fragen, die sie am häufigsten zu hören bekam, teilte diese sich Platz zwei mit jener nach dem Grund ihrer Strafversetzung. An oberster Stelle rangierte das Geheimnis für ihre schlanke Figur.

»Ich meine, wir sind Inspectores«, sagte Ruiz weiter. Es klang nach einer Rechtfertigung. »Wenn ich Lust gehabt hätte, viel Geld zu verdienen, hätte ich mir einen Posten in der Wirtschaft gesucht.«

Ana schmunzelte. Ihr Kollege redete gern um den heißen Brei herum, und in diesem Punkt unterschieden sie sich, das war nicht ihre Art. Sie griff ihm unter die Arme. »Du willst wissen, wie ich mir meinen Flitzer leisten kann?«

Er drehte sich zu ihr und blinzelte bestätigend.

»Ich liebe deutsche Autos«, erklärte sie. »Ich wollte

schon immer eins fahren. Das sind die besten, makellos verarbeitet, technisch zuverlässig. Und einfach sexy.« Sie schaute kurz zu Ruiz herüber, er hätte nicht befremdeter gucken können. »Manchmal frage ich mich, wie die Deutschen so schöne Autos bauen und gleichzeitig solche Quadratköpfe sein können.«

Das brachte ihn wieder zum Schmunzeln. »Deine Vorliebe in allen Ehren. Aber du fährst eine Rakete, die muss ein kleines Vermögen gekostet haben.« Er legte eine Pause ein, vermutlich, weil er mit Widerspruch oder einer Erwiderung rechnete. Ana saß weiter schweigend am Steuer, es bereitete ihr Freude zu sehen, wie ihr Kollege seine Frage zu stellen versuchte, ohne sie auszusprechen.

Als sie ihn genug auf die Folter gespannt hatte, erlöste sie ihn. »El Gordo«, erklärte sie wortkarg.

Wieder blinzelte er, diesmal jedoch aus Irritation. »Unsere Weihnachtslotterie?«, fragte er. »Was willst du damit sagen? Hast du etwa …?«

Sie nickte.

Es verschlug ihm kurz die Sprache. »Wie viel?«

»Dreiundsechzigtausend.«

Fassungslos drehte Ruiz sich zum Fenster und sah eine Weile stumm nach draußen.

Hinter den Bungalows in der ersten Reihe nahe der Straße ragte nun das einzige Hotel von Bahía Feliz in den Himmel. Unter dem Namensschriftzug auf der Fassade dominierte das Logo des Reiseanbieters, das wie ein Lächeln gestaltet war. Kurz dahinter kam ihre Ausfahrt, sie hatten den Flugplatz erreicht.

Das Aeródromo wirkte wie ausgestorben. Von den Massen, die auf dem Vorplatz demonstriert hatten, waren lediglich einige wenige übrig geblieben. Eine Handvoll Männer, die den Bogen überspannt und versucht hatten, die Polizeikette zu durchbrechen. Als Ana und Ruiz eintrafen, nahmen Kollegen gerade die Personalien auf. Isoliert hockten die Delinquenten auf dem staubigen Boden, mit hängenden Schultern und Köpfen. Davon abgesehen, glich der Parkplatz einem Schlachtfeld. Er war bedeckt mit zertrampelten Plakaten, auf der Flucht zurückgelassenen Megafonen und im aufgewirbelten Staub erstickten Kleidungsstücken.

Ruiz ging voran ins Hauptgebäude. Drinnen herrschte hektische Betriebsamkeit, eine Menge weiterer Polizeikollegen schwirrte umher. Sie grüßten sich und tauschten sich kurz aus.

Ana vernahm eine ihr bekannte Stimme und schaute genauer hin. »Sieh doch mal einer an«, sagte sie zu Ruiz. »Wenn das nicht unser geschätzter Kollege ist.«

Jorge Reyes. Der Mann, der den Ausdruck »auf Gelb machen« erfunden hatte, war ausnahmsweise im Dienst. In der Comisaría war er schon lange nicht mehr aufgetaucht.

Er hatte sich herausgeputzt, um ein Haar musste Ana loslachen. In seinem schneeweißen Anzug, den glänzenden, ebenfalls weißen Lackschuhen und dem Hemd in leuchtendem Rosa glich er einer Mischung aus Sonny Crockett aus Miami Vice und einem Gockel in Neonfarben. Im Deckenlicht glänzte seine Glatze wie eine polierte Bowlingkugel, und für seinen Auf-

tritt hatte er sich ein starres Lächeln ins Gesicht gemei-
ßelt.

Ana und Ruiz gingen dichter an die Journalisten
heran. Reyes suhlte sich in ihrer Aufmerksamkeit.

»Señoras y Señores«, sagte er in die Mikrofone, »ich
versichere Ihnen: Ich werde höchstpersönlich dafür
sorgen, dass die Polizei alles unternimmt, um diesen
Fall so schnell wie mö–« Er stoppte, als Anas und seine
Blicke sich trafen. Energisch winkte er sie zu sich, und
da die Journalisten nun ihre Kameras auf sie richteten,
blieb ihr keine Wahl. Sie kämpfte sich einen Weg frei
und stellte sich widerwillig neben ihn. Reyes legte seinen Arm um sie und drückte sie fest an sich, als sei sie
ein verschwundenes Kind, das erst nach Tagen zurück-
gekehrt war. Er wandte sich wieder der Menge zu. »Vor
Ihnen steht Inspectora Montero, eine von mir hochge-
schätzte Kollegin. Sie wird diesen Fall schneller lösen,
als Sie Ihre Berichte in die Tasten hauen können. Eine
fähigere Ermittlerin werden Sie auf den Kanaren nicht
finden. Deshalb habe ich an höchster Stelle danach ver-
langt, dass sie mit diesem Fall betraut wird.«

Die Journalisten nickten anerkennend. Aus der
Menge schoss ein Arm in die Luft.

»Was sagen Sie dazu, Inspectora?«, fragte eine männ-
liche Stimme. Das dazugehörige Gesicht war von anderen verdeckt und kaum zu erkennen. »Sind Sie ebenso
zuversichtlich wie Ihr Kollege?«

Dieser hinterhältige Scheißkerl, ging es Ana durch
den Kopf. Reyes war ein scheinheiliger, opportunisti-
scher Schwätzer. Dass sie und Ruiz am Flugplatz waren,

hatte nicht das Geringste mit ihm zu tun. Sollte sie ihm eine Lektion erteilen? Möglicherweise würde das ein Nachspiel für sie haben, denn Reyes besaß einflussreiche Freunde bei der Polizei. Der Ehrenmann war nur einer von ihnen.

»Tu es nicht«, flüsterte die Stimme ihrer Vernunft. »Lass dir diese Chance nicht entgehen«, erwiderte die ihrer Schadenfreude. Ana hörte auf Letztere. »Nun, Señoras y Señores«, leitete sie ihr Statement ein, »im Gegensatz zu meinem Kollegen bin ich keine Freundin großer Worte, sondern großer Taten.«

Wie auf Knopfdruck entglitten den Journalisten die Gesichtszüge. Das hatte gesessen. In der Halle konnte man eine Stecknadel fallen hören. Reyes reagierte professionell und ließ sich nichts anmerken. Er nahm es sportlich und überspielte die Situation mit einem Lachen, das so künstlich war, dass man es im Museum of Modern Art ausstellen konnte.

»Wie Sie gehört haben, ist Señora Montero nicht nur eine begnadete Ermittlerin, sondern auch eine schlagfertige Gesprächspartnerin.« Erheiterung breitete sich aus, die Lage entspannte sich wieder. »Und nun schlage ich vor, lassen wir die Kollegin ihre Arbeit machen.« Er zog Ana zu sich heran und flüsterte ihr ins Ohr: »Dafür werden Sie bezahlen, Montero.« Er schnappte sich ihre Hand und entließ sie mit einem erzwungenen Händeschütteln aus der Menge. Sofort wandte er sich wieder den Mikrofonen zu. Die Traube setzte sich in Bewegung und strömte durch den Haupteingang nach draußen auf den Vorplatz.

Nachdem der letzte Journalist die Halle verlassen hatte, stellte Ruiz sich neben Ana und verschränkte die Arme. Sie schauten nach draußen, wo die zweite Staffel der Reyes-Show anlief.

»Wenn du ein Mann wärst, würde ich sagen, dass du Eier hast.«

Ana erwiderte nichts.

»Los, fangen wir an.«

Sie ging voran, die Treppen hinunter in den Sicherheitsbereich. In einer Sitzecke hockten mehrere Personen, eine Galerie kreidebleicher Gesichter. Unter ihnen eine Frau mit Pferdeschwanz und ein Mann, der etwa im selben Alter wie sie war, sie trugen beide den gleichen Blaumann. Das Logo der Firma SkyJump war auf die Brust genäht, ein roter Fallschirm auf himmelblauem Hintergrund, davor eine Cessna im Steigflug.

Ana und Ruiz gingen zu ihnen hinüber. »Buenos días«, begrüßten sie sie.

Sie drangen nicht durch. Die beiden Angestellten kauerten auf der Bank und schwiegen. Vornübergelehnt, die Ellbogen auf die Oberschenkel gestützt, die Hände auf die hängenden Köpfe gelegt. Die Erschütterung über das, was sich vor wenigen Stunden ereignet hatte, drang ihnen aus jeder Pore.

»Buenos días«, wiederholte Ruiz mit kräftiger Stimme.

Die Angestellten schreckten auf, als hätte er sie aus einem tiefen Traum gerissen.

»Das ist meine Kollegin, Inspectora Montero. Ich bin Inspector Ruiz.« Sie zückten ihre Dienstausweise.

»Buenos días«, sagte auch Ana zum zweiten Mal.

Weil die beiden sie weiter wortlos anschauten, ging sie vor ihnen in die Hocke und zeigte mit dem Kinn auf den Aufnäher. »Sie gehören zu SkyJump?«

Die Frau nickte zaghaft. Ihre Haare glänzten fettig, ihr Gesicht war dreckverschmiert. Ein dünner Film aus Öl, Staub und Fett, hinter dem sich hübsche, gütige Züge sowie volle Lippen zu verbergen schienen. Sie formte sie zu einem schüchternen Lächeln.

Ana legte eine Hand auf ihr Knie. »Wie heißen Sie, Señora?« Erst jetzt erkannte sie, dass die Frau zitterte.

»Teresa Raición«, antwortete sie mit brüchiger Stimme.

Ana lächelte ihr zu. »Vale, Teresa.« Sie legte ihre zweite Hand auf das andere Knie. »Mein Kollege und ich wollen herauszufinden, was sich hier abgespielt hat. Fühlst du dich in der Lage, uns dabei zu helfen?«

Ein weiteres zaghaftes Nicken.

Der Mann beugte sich zu ihnen herüber. »Ich auch«, sagte er. »Ich heiße Manuel. Manuel Ortiz.«

»Schreiben Sie meine Aussage mit?«, fragte Teresa.

Ruiz kramte sein Diensthandy aus seinem Jackett und hielt es den beiden hin. »Auch wir sind schon im einundzwanzigsten Jahrhundert angekommen«, versuchte er die Stimmung aufzulockern. Manuel und Teresa schauten ihn jedoch weiter aus betroffenen Gesichtern an.

»Wir würden eure Antworten gerne aufzeichnen«, erklärte Ana. »Seid ihr damit einverstanden?«

Sie stimmten zu.

»Vale, wunderbar.« Sie bat Ruiz, ebenfalls in die Hocke zu gehen. In den meisten Fällen zeigten Menschen sich auskunftsfreudiger, wenn man ihnen wortwörtlich auf gleicher Höhe begegnete. Ihr Kollege öffnete den Sprachrekorder und drückte auf den roten Punkt.

Ana richtete sich zuerst an Manuel. »Kannst du uns erklären, wie eine Sicherheitsüberprüfung vor einem Sprung abläuft?«

»Nun, der Springer ist selbst dafür verantwortlich, seine Ausrüstung zu überprüfen. Sprich den Haupt- und Reserveschirm, den Öffnungsautomat und den Höhenmesser.«

»Demnach hat auch Fraude das gemacht?«

Er schüttelte den Kopf. »Bei uns läuft das anders. Normalerweise kommen Kunden hierher, die noch nie gesprungen sind. Teresa und ich wechseln uns also ab, aber der jeweils andere schaut immer dabei zu.«

»Und bei Fraude? Habt ihr da auch ein Auge drauf geworfen?«

»Claro que sí. Nach seinen Übungssprüngen hat er das zwar nicht mehr für nötig gehalten, aber Sicherheit geht vor.«

Ruiz räusperte sich. »Ihr habt einen Öffnungsautomat erwähnt. Was hat es damit auf sich?«

»Den kann man sich wie eine Lebensversicherung vorstellen«, erklärte Teresa. »Zuerst gibt das Gerät eine akustische Höhenwarnung von sich, einen hohen, nervigen Piepton. Für den Fall, dass der Springer ohnmächtig geworden ist oder mehrere miteinander kollidiert sind. Wenn daraufhin keine Reaktion erfolgt, wird automatisch der Reserveschirm ausgelöst.«

»In welcher Höhe?«

»Die muss vorher eingestellt werden. Wenn das System dann unter dieser Höhe eine zu hohe Geschwindigkeit feststellt, greift es ein.«

»Fraude hat an den Griffen gezogen, es ist nichts passiert. Wie erklärt ihr euch das?«

Die beiden sahen einander fragend an. Manuel zuckte mit den Schultern. »Dass der Hauptschirm nicht ausgelöst hat, könnte an verklemmten oder verbogenen Kabeln oder Pins gelegen haben. Allerdings hätten wir das am Boden bemerkt, und mir leuchtet nicht ein, wie das in der Luft passiert sein soll.«

»Dazu kommt, dass der Öffnungsautomat selbst dann funktioniert«, ergänzte Teresa.

Nun waren es Ana und Ruiz, die sich unschlüssig anschauten. Er rückte mit dem Handy dichter heran. »Was meinst du damit, er hätte funktionieren müssen? Wenn doch wichtige Teile verklemmt oder verbogen waren?«

»Es sind zwei verschiedene Systeme. Der Automat arbeitet unabhängig von der manuellen Mechanik.«

»Okay. Könnt ihr die Funktion für uns beschreiben?«

Manuel überlegte einen Moment. »Wie Teresa schon gesagt hat: Es beginnt damit, wenn der Springer unter die eingestellte Höhe fällt. Dann leitet das System einen elektronischen Impuls an den *Cutter* weiter. Mit diesem wird die Zündkapsel aktiviert, der Metallbolzen schnell nach links, zerschneidet die Verschlussschlaufe, und da der Reserveschirm dank einer Feder unter Spannung steht, schleudert diese ihn nach draußen, wo er sich entfaltet.«

Ruiz schürzte die Lippen. »Klingt sicher.«

»Das ist es auch. Ich habe keine Ahnung, was da schiefgelaufen ist.«

Ana tippte sich an die Nasenspitze. »Vale, ich denke, wir haben so weit –«

»Was zum Teufel machen Sie da?«, wurde sie von einer Stimme in ihrem Rücken unterbrochen.

Die beiden Beamten drehten sich um. Ein hochgewachsener Mann hetzte die Treppe herunter in den Sicherheitsbereich und auf sie zu. Er trug einen hellblauen Anzug, in dem er aussah wie ein hochrangiger Angestellter des Flugplatzes, wahrscheinlich Verwaltung. Er schaute finster drein und stemmte seine Fäuste in die Hüften. Wer auch immer er war, sie schienen sich auf etwas gefasst machen zu können.

Der Mann baute sich vor den Inspectores auf. »Sie verraten mir augenblicklich, wer Sie sind! Oder ich lasse Sie hochkant rauswerfen!«

Ruiz setzte ein Pokerface auf. »Sie können Ihre Knarre wieder wegstecken, Cowboy«, antwortete er. Zuerst zückte er seinen Dienstausweis und dann tat Ana es ihm gleich.

Der Mann im Anzug machte ein Gesicht, als hätte er auf eine Zitrone gebissen. Er nahm seine Fäuste von den Hüften und verschränkte seine Arme hinter dem Rücken. Seine Stimme verlor ihre Härte und wurde auf einmal einschmeichelnd.

»Ich bitte um Verzeihung, Inspectores«, sagte er. »Ich hatte keine Kenntnis, dass hier noch weitere Beamte im Gebäude unterwegs sind.« Er zupfte an seiner karierten Krawatte, als schnürte sie ihm die Luft ab. »Wie kann ich Ihnen zu Diensten sein?«

Sie steckten ihre Ausweise wieder ein. Ana lächelte gekünstelt. »Fangen wir doch mit Ihrem Namen an.«

»Natürlich.« Das Lächeln ihres Gegenübers wirkte mindestens genauso aufgesetzt. »Meine Name ist César Ibarra. Ich bin der Leiter des Aeródromo.« Stolz huschte über sein bleiches längliches Gesicht, sein Brustkorb schwoll an. »Darf ich annehmen, dass die Ermittlungen in dem Fall Fraude Sie hierherführen?«

»Dürfen Sie«, antwortete Ruiz. »Können wir uns irgendwo ungestört unterhalten?«

»Sicher. In meinem Büro?« Er drehte sich um und zeigte auf einen Flur, der vom Eingangsbereich auf der Empore abzweigte. »Wenn Sie mich bitte dorthin begleiten würden …«

Ana und Ruiz folgten ihm die Treppe hinauf und durch den kurzen Gang. Ibarras Büro befand sich hinter der letzten Tür rechts. Der Flugplatzleiter ließ sich an einem überdimensionierten Schreibtisch nieder und bot den Inspectores die zwei klapprigen Stühle davor an. Er richtete seine Krawatte und fragte: »Also, wie darf ich zu Ihrer Wissensmehrung beitragen?«

Ana und Ruiz tauschten einen Blick aus und sprachen sich wortlos ab. Ana hatte größtenteils die Befragung von Teresa und Manuel geführt, bei Ibarra würde nun ihr Kollege diese Rolle übernehmen.

Ruiz überkreuzte die Beine und legte seine Hände auf dem Knie ab. »Zunächst einmal hoffen wir auf Ihre rückhaltlose Unterstützung bei unseren Ermittlungen«, sagte er.

Ibarra blinzelte. »Selbstredend, Señores.«

»Estupendo.« Ruiz deutete auf eine kleine Kamera in einer Ecke des Büros. »Hängen die überall im Gebäude?«

»Sí.«

»Also gibt es auch Aufzeichnungen von heute?«

»Nein, da muss ich Sie leider enttäuschen.«

Stille. Ana und Ruiz sahen sich irritiert an.

»Wie dürfen wir das verstehen?«

»Nun, bis vor Kurzem wurde das Aeródromo relativ lückenlos überwacht.«

»Relativ, weil …?«

»Mit Ausnahme von ein, zwei Räumen.«

»Zum Beispiel?«

»Unsere Angestellten brauchen private Rückzugsmöglichkeiten«, erklärte Ibarra. »Es verbietet sich, sie dort zu überwachen.« Ana staunte, so viel Menschlichkeit hatte sie ihm nach seinem bisherigen Auftreten gar nicht zugetraut. »Allerdings sind unsere Kameras seit Tagen außer Betrieb.«

Ruiz musste diese Info anscheinend erst einmal verdauen. »Warum das?«, hakte er nach.

Ibarra verschränkte die Arme. »Unser letzter Hausmeister hat's verbockt. Fragen Sie mich nicht, wie er das angestellt hat, aber«, er zeigte über seine Schulter in die Kamera in der Ecke, »die Dinger dienen bestenfalls noch als Attrappen. Aber keine Sorge«, er schnitt mit der Handkante demonstrativ durch die Luft, »ich hab den Nichtsnutz auf die Straße gesetzt.

Angeblich arbeitet er jetzt in irgendeinem Supermarkt an der Kasse. Mal sehen, wann der Versager auch da rausfliegt.«

Ruiz stand die Verwirrung ins Gesicht geschrieben. Sie mischte sich jedoch auch in seine Stimme, als er fragte: »Und Sie als Leiter haben absolut keine Vorstellung, was genau da passiert ist?«

Ibarra warf die Arme in die Luft. »Keine Ahnung, unser IT-Experte arbeitet mit Hochdruck an einer Lösung. Es ist wohl kein Hardware-, sondern ein Software-Problem.«

Ruiz fragte weiter: »Wieso haben Sie sich kein neues Überwachungssystem angeschafft? Ihnen stand ein außerordentliches Ereignis ins Haus. Da müssen Sie doch Vorkehrungen getroffen haben?« Ana pflichtete ihm nickend bei, sie hätte dieselbe Frage gestellt.

Der Flugplatzleiter rümpfte die Nase, als käme diese einer Majestätsbeleidigung gleich. Nach seinem kurzen Ausflug in die Freundlichkeit gab er sich nun wieder ganz wie der Alte. »Wir sind ein Wirtschaftsunternehmen, Inspectores. Wir treffen eigenständige Entscheidungen, die nicht Bestandteil Ihrer Ermittlungen zu sein brauchen.«

Ruiz zeigte sich ob dieser mehr oder weniger subtilen Anspielung unbeeindruckt. Reglos schaute er Ibarra ins Gesicht und verzog keine Miene. Das wiederum schien den Flugplatzleiter zu verwirren. Anscheinend hatte er einen direkten Widerspruch erwartet.

Auf Ana erweckte er trotz allem nicht den Eindruck, als hätte ihn Fraudes Absturz sonderlich mitgenommen.

Dabei standen ihm und dem Aeródromo nun schwierige Zeiten ins Haus. Denn dass einer der aussichtsreichsten Kandidaten auf das Amt des Inselpräsidenten von hier aus in den Tod gesprungen war, war sicher alles andere als gute PR für den Flugplatz. Genauso wenig wie die sich aufdrängenden Fragen nach den Hintergründen. Ibarra ließ das entweder kalt oder er ahnte nicht, was in den nächsten Tagen und Wochen auf ihn zukommen würde.

Ruiz räusperte sich. Er blickte über seine Schulter in die Richtung des anderen Gebäudeteils, wo sie Teresa und Manuel befragt hatten. »Was können Sie uns über die beiden Mitarbeiter von SkyJump sagen?«, fragte er. Er zückte sein Smartphone und schaute in seinen Notizen nach. »Raición und Ortiz?«

»Gute Leute«, antwortete Ibarra. »Auf die lasse ich nichts kommen. Zwei Kollegen, auf die ich mich immer verlassen kann.«

Ruiz tippte diese Aussage kommentarlos in sein Handy ein. Steckte das Gerät anschließend wieder ein und sah zu Ana hinüber. Sie verstand seine stumme Botschaft, er wollte aufbrechen.

»Haben Sie vielen Dank für Ihre Zeit, Señor …« Er fasste sich an die Stirn und tat, als würde er nachdenken. Ana schmunzelte, mit Sicherheit ein verspäteter kleiner Seitenhieb als Antwort auf vorhin.

Der Flugplatzleiter rümpfte ein weiteres Mal die Nase und deutete auf das silberne Namensschild auf seinem Schreibtisch, das – in Relation zu der Größe seines Arbeitsplatzes – klein ausfiel.

Ruiz beugte sich vor und kniff die Augen zusammen. »Ibarra. Natürlich«, sagte er. »Wie konnte mir das entfallen.«

Ana unterdrückte ein Lachen. »Auch von mir vielen Dank«, sagte sie. Sie machte den Anfang und stand auf. »Falls uns noch Fragen einfallen sollten, kommen wir auf Sie zu.«

Ibarras Kopf nahm eine rötliche Farbe an. »Muchas gracias, Inspectores.« Er bekam seine Lippen kaum auseinander. »Wenn Sie mich dann bitte entschuldigen? Die Arbeit ruft.« Er drehte sich um und klappte seinen Laptop auf.

Ana und Ruiz verließen das Büro. Gingen durch den Flur und die Empfangshalle nach draußen ins Freie.

Leider hatte keine ihrer Befragungen sie weit vorangebracht, dachte Ana. Nach allem, was sie bisher gehört hatte, stellte Fraudes Todessprung nach wie vor ein Rätsel dar.

*

Felix saß abfahrbereit vor seinem Bungalow und trippelte mit den Füßen. Als er ein Hupen hörte, sprang er auf und eilte durch das Staketentor auf die Straße.

Candelas Anruf hatte ihm Sorgen bereitet. Da sie am Telefon nichts über ihr Gespräch mit Gabriel erzählt hatte, brannte er darauf, mehr zu erfahren.

Mit laufendem Motor stand der feuerrote Tourer seiner Mentorin direkt vor der Anlage.

»Hola, ¿qué tal?«, begrüßte Felix sie durch das heruntergelassene Fenster. Er öffnete die Tür, glitt auf den Beifahrersitz und schnallte sich an.

Candela fuhr noch sportlicher an als sonst. Anstatt seine Begrüßung zu erwidern, schaute sie mit festem Blick auf die Straße.

Nach einer Weile hielt Felix die Spannung nicht mehr aus. »Also, was hat Gabriel gesagt?«, fragte er.

Sie schluckte und schüttelte kaum merklich den Kopf. »Das soll er dir erklären«, antwortete sie wortkarg.

Diesmal fuhr sie nicht über die GC-500 nach Norden, sondern in entgegengesetzter Richtung nach San Agustín. Ausnahmsweise wollte Candela die dortige Autobahnauffahrt ansteuern, um nicht an Bahía Feliz, der Bucht von Tarajalillo und am Aeródromo vorbeizukommen. Felix hielt das für klug, weil auch er befürchtete, dass am Flugplatz kein Durchkommen war.

Candela ging es trotzdem nicht schnell genug voran. Die Höchstgeschwindigkeit von einhundertzwanzig, die in Spanien auf allen Autobahnen galt, war weit überschritten. Felix klammerte sich an den Türgriff und atmete tief durch. Seine Mentorin schreckten anscheinend nicht einmal die empfindlichen Geldstrafen ab, die bei Tempoverstößen verhängt wurden.

Bald darauf hatten sie die Städte und Gemeinden auf dem Weg nach Las Palmas hinter sich gelassen. El Doctoral, Vecindario, Carrizal und vorbei am Flughafen. Dahinter Telde, Mercalaspalmas. Sie erreichten die Außenbezirke der Hauptstadt.

Felix beugte sich vor und schaute nach oben. Als hätten sie eine innerkanarische, klimatische Grenze überquert, verbarg sich der blaue Himmel hinter einer dicken Wolkenschicht. *Panza del Burro* nannten die Canarios dieses für den Norden ihrer Insel typische Phänomen, der Bauch des Esels.

Sie kamen zum Autobahnkreuz. Candela blieb auf der GC-1, sie rauschte geradeaus durchs Stadtgebiet. Die dichte Bebauung irritierte sie nicht, nach wie vor sah sie keine Veranlassung, vom Gas zu gehen. Erst als sie den Stadtteil Triana passierten, bremste Candela ab. Vorbei an Grünanlagen gelangten sie zum Parque de Santa Catalina, gegenüber lag der berühmte Strand Playa de las Canteras, der einer der Hotspots für Windsurfer und Wellenreiter war. Gabriel wohnte in der Nähe – in einem Mehrfamilienhaus in exponierter Lage mit Blick auf den Atlantik. Candela fuhr in die Tiefgarage, die zu dem Haus gehörte, und stellte den Tourer auf einem Parkplatz ab.

»¡Vámonos!«, sagte sie und schwang sich aus dem Auto. Ihr erstes Wort seit zwanzig Minuten. Felix schnallte sich ab und folgte ihr.

Sie klingelten Sturm, bis Gabriel sie hereinließ. Sein Apartment befand sich im zweiten Stock am Ende des Flurs. Als Candela und Felix aus dem Treppenhaus kamen, lehnte er mit nacktem Oberkörper am Türrahmen.

»War ja klar, dass du den alemán mitbringst«, empfing er sie.

El alemán – der Deutsche.

Felix rollte mit den Augen, er hasste diesen Spitznamen. Nicht weil er sich für seine Heimat schämte, denn Deutschland war ein Land, in dem es sich vorzüglich leben ließ. Er mochte es einfach nicht, auf seine Herkunft reduziert zu werden, und von Gabriel, neben dem Karl Marx wie ein Konservativer ausgesehen hätte, wünschte er sich dahingehend mehr Feingefühl.

Sie erreichten das Apartment und standen voreinander. Candela kam direkt zum Punkt.

»Wir müssen mit dir reden«, sagte sie. Sie verschränkte die Arme und schaute ihren Lebensgefährten mit auffordendem Blick an.

Eine Eiseskälte bedeckte ihre Stimme. Dabei hatten die beiden sich seit Tagen nicht gesehen. Wenn Felix es nicht besser gewusst hätte, wäre er niemals auf die Idee gekommen, dass diese beiden Menschen ihr Leben miteinander teilten. Kein Hauch von gewohnter Zuneigung, von Zweisamkeit lag in der Luft, stattdessen kühle Distanz.

Gabriel ließ sich Zeit. Abfällig pfiff er durch die Zähne und wuschelte sich durch seine Löwenmähne. »Ich dachte, ich wäre am Telefon deutlich genug gewesen.«

»Sag ihm, was du mir gesagt hast.« Candela zeigte mit einem Nicken in die Wohnung. »Los, lass uns rein.«

»Coño, wenn's sein muss …« Gabriel wandte ihnen den Rücken zu und schlurfte voran. »Setzt euch, wenn ihr wollt.« Er hätte nicht abweisender klingen können. »Vorausgesetzt, ihr findet einen Platz.«

Felix war zum ersten Mal bei ihm zu Hause. Auch hatte Candela bisher nichts von dem Ort erzählt, an dem ihr Lebensgefährte wohnte. Wobei *hausen* zutreffender wäre: eine Hügellandschaft aus Schmutzwäsche bedeckte den Boden, dazwischen ragten übervolle Umzugskartons und Bananenkisten heraus und von den Decken baumelten schirmlose Glühbirnen. An den Wänden klebten vergilbte Schwarz-Weiß-Fotos von Che Guevara, darüber hing die Flagge der früheren Sowjetunion.

Candela zog Felix sanft an der Schulter. Sie schob die leeren Verpackungen herunter, die sich auf dem Sessel stapelten, und setzte sich. Ihre Körpersprache war mehr als deutlich: Sie war auf hundertachtzig.

»Los, frag ihn«, forderte sie Felix auf.

Er kratzte sich am Kopf. »Und was genau?«

»Ob er etwas zu tun hat mit dieser Scheiße! Ob diese Verrückten da mit drin hängen.«

»Candela, ich weiß nicht, das ist doch –«

»Frag ihn!«

»Vale, de acuerdo.«

Er atmete tief durch. Seinen Vorgesetzten derart unter Druck zu setzen, hielt er nicht für die schlaueste Idee, und Gabriels prüfender Blick unterstrich sein Gefühl. Was für eine Zwickmühle! Seine innere Stimme verriet ihm, dass ihm keine Wahl blieb. Früher oder später musste er ihn fragen.

Gabriel kam ihm zuvor. »Lass gut sein«, sagte er und winkte ab. Er schnappte sich ein Haargummi vom Couchtisch und zwängte seine Mähne in einen Dutt. »Ich antworte dir dasselbe, was ich auch ihr gesagt habe: dass ich keine Auskunft gebe.«

Candela drohte überzukochen. »Wie kannst du nur …

Was für eine Scheiße … Was soll das heißen?« Sie rang um Worte, fuchtelte mit den Armen. »Wir sind doch nicht auf einer Pressekonferenz! Seid ihr es gewesen oder nicht?«

»Kein Kommentar.«

Felix sah zu Candela herüber, eine Träne lief ihre Wange herunter.

»Aber verdient hat er's.«

Das hatte er nicht gesagt?

Felix war sprachlos, ihn durchfuhr ein eiskalter Schauer. Ja, er hatte Verständnis für Protestaktionen, sie machten das Wesen einer lebhaften Demokratie aus. Auch als sie Bayu, den Flüchtling, in dem Raum über der Redaktion versteckt hatten, hatte er das unterstützt – mit Bauchschmerzen zwar, aber er hatte mitgespielt. Dass auf Gran Canaria die Dinge anders liefen als in Deutschland, nicht immer schnurgerade auf der Linie des Gesetzes, hatte er inzwischen ebenfalls gelernt.

Doch bei Gewalt hörte es auf. Das, was Gabriel von sich gegeben hatte, überschritt seine innere rote Linie. Das meinte er nicht ernst, oder doch? Den Tod eines Menschen gutzuheißen, bloß weil er ihn als seinen politischen Feind betrachtete?

Candela zückte ein Taschentuch und tupfte ihre Wange trocken. Sie schluchzte. Ihre Wut hatte sich in Trauer verwandelt.

»Ich erkenne dich nicht wieder«, sagte sie. Der Straßenlärm, der trotz geschlossener Fenster nach drinnen drang, verschluckte beinahe ihre Worte. »Was ist aus dem Mann geworden, in den ich mich verliebt habe?«

Gabriel schienen ihre Äußerungen nicht zu interessieren. Er lehnte sich zurück, breitete seine Arme aus und verzog keine Miene. »Ihr werdet jetzt gehen«, sagte er. »Ich möchte euch in meiner Wohnung nie wieder sehen.«

✳

Ana nahm die Auffahrt zur GC-1. Bei El Doctoral fuhren sie ab, durchquerten die Gemeinde, und hinter Orilla Baja und Sardina bogen sie auf die kreuzende GC-65 ab. Von hier würden sie noch etwa eine halbe Stunde brauchen bis Santa Lucía de Tirajana. In dem Bergdorf war die Familie Fraude zu Hause.

»Madre mía, was für ein Kotzbrocken«, spielte Ruiz auf ihr Gespräch mit César Ibarra an. »Bei dem würde es bei Matthäus heißen: Du sollst dich selbst lieben wie dich selbst.«

Ana hätte dafür sicherlich andere Worte gewählt, aber der Aussage stimmte sie zu. Mit seiner gockelhaften Art erinnerte er sie an Reyes.

»Und die anderen zwei sind ganz schön fertig mit der Welt«, sagte Ruiz. Er konnte nur Teresa und Manuel meinen.

»Kannst du es ihnen verdenken?«, fragte Ana zurück. »Die beiden sind nicht nur Augenzeugen eines tödlichen Unfalls geworden, sie sind indirekt auch noch darin verwickelt gewesen. Dafür haben sie auf mich sogar einen ziemlich gefassten Eindruck gemacht.«

»Wenn man's so sieht …«

Er schaute eine Weile aus dem Fenster.

Ohne sich ihr wieder zuzuwenden, fragte er: »Glaubst du ihnen?«

»Sie klangen ziemlich überzeugend. Und wenn sogar Ibarra für sie bürgt? Welchen Eindruck hattest du?«

»Denselben.« Ruiz drehte sich wieder nach vorn. Faltete seine Hände und legte sie in den Schoß. »Aber man kann Menschen nur vor den Kopf gucken. Was sich dahinter abspielt ...« Er zuckte mit den Schultern. »Was es komplizierter für uns macht.«

Ruiz hatte recht, der Fall gestaltete sich so nebulös wie Gran Canaria während eines Calimas. Die regelmäßig wiederkehrenden Sahara-Winde überzogen die Kanarischen Inseln meist tagelang mit Unmengen Sand, sodass die Luft diesig und undurchsichtig wurde.

Der Unfallhergang gab ihnen Rätsel auf. Getreu ihrem Vier-Augen-Prinzip hatten Teresa und Manuel Fraudes Ausrüstung ordnungsgemäß überprüft. Warum hatte der Fallschirm sich in der Luft also nicht geöffnet?

»Es muss im Flugzeug passiert sein«, sagte Ruiz, »irgendwann zwischen Start und Absprung.«

»Außer dem Piloten war nur der Kameramann in der Maschine«, erwiderte Ana. »Er hat die ganze Zeit gefilmt.«

»Wir müssen uns die Bilder ansehen. Möglicherweise stoßen wir dabei auf einen Hinweis.«

Ana bezweifelte das. Wie sollte jemand, der eine Kamera hielt, eine Hand frei haben und damit unbemerkt einen Fallschirm manipulieren? Und vor allem aus welchem Motiv heraus?

Erneut drehte Ruiz sich zur Seite. Wortlos sah er aus dem Fenster und kratzte sich am Kinn. Er versank tief in seine Gedanken und bemerkte nicht, dass Ana ihn zweimal ansprach.

»Wir müssen noch eine andere Option in Betracht ziehen«, meldete er sich zurück.

Sie ahnte, worauf er hinauswollte. »Du meinst Suizid?«, fragte sie.

Er nickte. »Fraude könnte seinen Fallschirm selbst bearbeitet haben. In einem unbeobachteten Moment am Boden, oder sogar in der Luft, vor der Kamera.«

»Wenn er überhaupt an dem Haken gezogen hat. Möglicherweise hat er das nur vorgetäuscht.«

»Auch denkbar. Fragt sich nur, warum er seinem Leben ein Ende setzen sollte.«

»Klingt tatsächlich nicht sehr plausibel. Er wurde gerade erst zum Parteichef gewählt. Für die Parlamentswahlen nächstes Jahr sah es alles andere als schlecht aus. Hast du das Interview gehört? Da wirkte er sehr angriffslustig.«

»Man weiß nie, was tatsächlich in einem Menschen vorgeht«, entgegnete Ruiz. »Lass uns erst mal tiefer graben. Wer weiß, was alles ans Tageslicht kommt.«

Schweigend fuhren sie weiter durch die Berge.

In Santa Lucía de Tirajana bog Ana von der Haupt- auf eine steile Nebenstraße, die zu dem abgelegenen Grundstück der Familie Fraude führte. Die Inspectores hielten vor einem Metalltor, eine Mauer umschloss das Anwesen. Palmen und Akazien überragten sie und ließen dahinter einen imposanten Vorgarten vermuten.

Sie stiegen aus und sahen sich wortlos an. Kanarienvögel zwitscherten, ihr Gesang vermischte sich mit dem Plätschern eines Brunnens. Über der Sprechanlage war eine Überwachungskamera installiert. Ana drückte die Klingel, es knarzte.

»Wer ist da?«, fragte eine Männerstimme.

Sie rückte dichter an das Mikrofon heran. »Inspectores Ruiz und Montero, Policía Nacional.« Ihr Kollege zückte seinen Dienstausweis und streckte ihn in die Kamera. »Wir würden gerne mit Señora Fraude sprechen.«

Sekundenlang keine Reaktion, nur Rauschen drang durch den Lautsprecher.

»Die Señora ist in Trauer«, erklärte der Mann am anderen Ende. »Aber sie ist bereit, sich mit Ihnen zu unterhalten.« Eine rote Lampe leuchtete auf, und begleitet von einem rhythmischen Piepton öffnete sich allmählich das Metalltor. »Bitte treten Sie ein, ich hole Sie am Eingang ab.«

Ruiz ging voran, Ana folgte ihm über den von farbenfrohen Pflanzen flankierten Fußweg. Vorbei an vereinzelten, mit Mosaiksteinen verzierten Brunnen, Sitzecken mit Bastmöbeln sowie bizarren Skulpturen und mittelalterlichen Rüstungen auf Podesten.

»Fraude scheint interessante Hobbys gehabt zu haben«, kommentierte Ruiz.

»Allerdings«, stimmte Ana zu.

Sie schritten zwischen hohen Marmorsäulen hindurch und gelangten zum Haupthaus. In der Flügeltür stand ein etwa fünfundzwanzig Jahre junger Mann, er trug einen schwarzen Anzug mit gleichfarbiger Krawatte über einem cremefarbenen Hemd mit gestärktem Kragen. Er brauchte sich nicht vorzustellen, es war offensichtlich, dass er als Hausangestellter diente. Die Anstecknadel an seiner Brust verriet seinen Vornamen.

»Die Señora befindet sich auf der Terrasse«, begrüßte Gaël die Inspectores. »Wenn Sie mir bitte folgen würden.« Er trat zur Seite und bat sie mit ausgestrecktem Arm hinein.

Diesmal ging Ana vor. Ruiz schloss sich ihr an, dahinter folgte Gaël und wies ihnen den Weg durch ein Labyrinth aus hohen, verwinkelten Räumen und dunklen Fluren.

Sie gelangten auf die Terrasse. Ana sah hinab auf den abgesenkten Poolbereich, er war von einem meterhohen Sichtschutz aus Schilfrohr umgeben, durch den schemenhaft die dahinterliegenden bewaldeten Schluchten der Barranco de Tirajana zu erahnen waren. Am Beckenrand lief ein weiterer Bediensteter auf und ab und fischte mit einem Kescher Blätter und Insekten aus dem Wasser. Auf der überdachten Terrasse stand ein Holztisch mit Beinen aus abgesägten Baumstämmen und einer gewölbten Platte.

Carmen Fraude saß seitlich zur Terrassentür. Sie trug Sporttights, ein Batik-Shirt und darüber einen weißen Seidenmantel mit bunten Ornamenten. Ihr Blick ruhte auf dem Zeichenblock in ihrem Schoß.

Gaël räusperte sich. Die Witwe schaute auf, musterte ihre Gäste und legte ihren Pinsel in einer Tonschüssel ab.

»Sind das die beiden Inspectores?«, fragte sie.

»Sí, Señora. Das sind Inspector Ruiz und Inspectora Montero von der Policía Nacional.«

Sie nickte kaum merklich, das Zeichen für ihren Angestellten, sie mit ihnen allein zu lassen. Gaël verbeugte sich und zog sich zurück.

»Unser aufrichtiges Beileid zum Tod Ihres Mannes«, sagte Ruiz.

»Vielen Dank, dass Sie uns empfangen«, ergänzte Ana.

Stumm wies die Witwe sie auf zwei freie Stühle hin. »Darf ich Ihnen etwas zu trinken anbieten?« Sie zeigte auf einen Getränkekühler, der auf einem Rollwagen neben dem Tisch stand und eine Flasche Dom Pérignon beherbergte.

»Wir sind im Dienst«, sagte Ana.

»Ich verstehe.« Carmen Fraude griff nach dem Gürtel, band ihren Mantel zu und drehte sich zu ihren Gästen.

Erst jetzt sah Ana ihr ganzes Gesicht. Die Wangen waren eingefallen, die Haut braun und ledrig. Tief liegende, erschöpfte Augen, an deren Rändern sich kleine Falten abzeichneten. Ihr aschblondes, zu großen Teilen ergrautes Haar sah strohig aus. Als Kontrast dazu hatte sie volle, glänzende Lippen, die sie zu einem gekünstelten Lächeln quälte. Sie faltete ihre Hände und stützte sich auf den Tisch. »Also, wie weit sind Sie mit Ihren Ermittlungen vorangekommen?«

»Wir fangen gerade damit an«, antwortete Ruiz. »Aus diesem Grund sind wir hier. Wir hoffen, dass Sie möglicherweise Licht ins Dunkel bringen können.«

»Noch sehen wir viele Fragezeichen«, fügte Ana erneut hinzu.

»Nun, ich will ehrlich zu Ihnen sein.« Die Witwe streckte ihre Hand zu dem Beistelltisch aus und griff nach einem Briefumschlag. Kommentarlos entnahm sie ein Blatt, faltete es auseinander und händigte es den Inspectores aus.

»Was ist das?«, fragte Ruiz.

In ihren Augen blitzte Wut auf. »Die Polizei, dein Freund und Helfer«, sagte sie sarkastisch. »Nehmen Sie Hilferufe immer auf die leichte Schulter?«

»Aber nein, Señora!« Ohne zu wissen, wovon sie sprach, fühlte Ana sich in die Defensive gedrängt. »Wir wären Ihnen dankbar, wenn wir zusammen an einem Strang –«

»Ich wäre Ihnen dankbar, wenn Sie Ihrer Arbeit nachkommen würden«, sagte Carmen Fraude.

Ruiz versuchte zu beschwichtigen. »Ich bitte Sie, Señora! Wir verstehen, dass Sie aufgebracht sind. Lassen Sie uns bitte trotzdem –«

»Sie hören mir jetzt gut zu, verehrte *Inspectores!* Kurz nach seiner Ankündigung im Radio erhält mein Mann diesen Brief. Er geht damit zu Ihnen, bittet Sie um Hilfe. Und was passiert? Nichts. Stattdessen kommen Sie heute in mein Haus und sagen mir, Sie stochern im Nebel.« Sie rümpfte die Nase.

»Darf ich mal sehen?« Ana streckte ihre Hand aus, Ruiz reichte ihr das Blatt.

»Nicht einmal untersucht haben Sie es«, wütete Carmen Fraude weiter. »Und warum? Weil Ihnen die Politik meines Mannes nicht schmeckt.« Jede Faser ihres Körpers sprühte vor Abscheu. »Aber Sie sind ja die Guten.«

Ana ignorierte diese Äußerung und widmete sich dem Papier in ihrer Hand. Ein am Computer verfasster Brief, alles in Großbuchstaben. Adressiert an Francisco Fraude, angesprochen mit den Worten »An den Verbrecher, der mein Leben zerstört hat«. Darunter wenige, aber umso schwerwiegendere Zeilen: »Ich bete dafür, dass du wie ein Stein vom Himmel fällst.« Unterzeichnet mit: »Von dem Mann, der dein Leben jederzeit beenden kann«.

Ana gab Ruiz den Brief zurück, mit kritischem Blick überflog er den Text. Sie wandte sich wieder der Hausherrin zu. »Ihr Mann ist damit zur Polizei gegangen, sagen Sie?«

Die Witwe nickte. Ihr Ein- und Ausatmen glich einem lauten, wütenden Schnauben.

»Warum haben Sie diesen Brief dann? Er hätte kriminaltechnisch untersucht werden müssen.«

»Das müssen Sie Ihre werten Kollegen in der Comisaría fragen.«

Ruiz schluckte. Ob auch ihm bewusst wurde, dass ihre Behörde möglicherweise einen gravierenden Fehler begangen hatte? Nicht auszumalen, welche Konsequenzen es nach sich ziehen würde, wenn sich dieser Verdacht erhärtete. Ganz zu schweigen von dem vernichtenden medialen Echo.

Ana drängte sich die nächste Frage auf. Sie überlegte nicht und stellte sie sofort: »Wieso ist Ihr Mann trotz dieses Drohbriefs gesprungen?« Sie zeigte auf den Zettel in Ruiz' Hand. »Obwohl er befürchten musste, dass ein Wahnsinniger ihn ausschalten wollte. Hat er die Drohung nicht ernst genommen?«

»Nun, wenn Sie meinen Mann gekannt hätten, wüssten Sie die Antwort.« Ein flüchtiges, überraschend warmherziges Grinsen ergriff das Gesicht der Witwe. »Er war ein Sturkopf. Er hat sich von nichts und niemandem Angst einjagen lassen, und schon gar nicht von einem, der sich hinter einem Schreibtisch verschanzt und Briefe schreibt.«

»Haben Sie eine Idee, wer Ihrem Mann diesen geschickt haben könnte?«, fragte nun Ruiz.

Carmen Fraude schüttelte den Kopf. »Nein. Aber ist es nicht Ihre Aufgabe, das herauszufinden?«

Er schluckte ein weiteres Mal.

»Das werden wir tun«, sagte Ana, »darauf gebe ich Ihnen mein Wort.« Sie setzte auf Deeskalation, um ihrem Gegenüber den Wind aus den Segeln zu nehmen, zumindest für den Moment. »Ist es zutreffend, dass das Vermögen Ihres Mannes durch den Verkauf von zwangsgeräumten Immobilien entstanden ist?«

Die Witwe schaute sie finster an. »Er hat die Regeln des Spiels nicht erfunden.«

»Was meine Kollegin andeuten möchte«, klinkte Ruiz sich wieder ein, »ist, dass möglicherweise ein ehemaliger Hausbesitzer Ihrem Mann diesen Brief geschrieben haben könnte.« Er fuhr mit dem Zeigefinger über die Anrede. »Das Motiv könnte Rache sein.«

Ana nickte. Sie lehnte sich zurück und tippte sich an die Nase. »Könnten Sie uns eine Liste mit allen Personen anfertigen, deren Immobilien Ihr Mann hat zwangsräumen lassen?«

»Dazu müsste ich seine Ordner durchsuchen. Das kann eine Ewigkeit dauern.«

»Wir schicken Ihnen ein paar Kollegen vorbei, die Sie dabei unterstützen«, versprach Ruiz. Er zeigte auf den Brief. »Mit Ihrer Erlaubnis würden wir den gerne konfiszieren.«

»Zur kriminaltechnischen Untersuchung«, präzisierte Ana. »Vielleicht finden wir Fingerabdrücke oder können durch den Poststempel oder das verwendete Material Näheres in Erfahrung bringen.«

Mit einer Geste willigte die Witwe ein. »Machen Sie das, Inspectores.« Dieses Mal betonte sie das letzte Wort nicht mehr so verächtlich wie zuvor. »Wenn Sie mich jetzt entschuldigen würden.« Sie stützte sich auf die Armlehnen ihres Stuhls und erhob sich. »Ich habe noch eine Menge sehr unangenehmer Dinge zu erledigen.«

*

Auf der Rückfahrt sprachen sie kein Wort miteinander.

Hin und wieder linste Felix zu Candela hinüber. Im Gegensatz zu vorhin fuhr sie nun langsam. Sie starrte nach vorn auf die Straße, ohne ihren Kopf auch nur einmal zu ihm zu drehen.

In Playa del Águila steuerte sie den Parkplatz vor der Bungalow-Anlage an und hielt vor dem Staketentor. Seufzend schaltete sie den Motor aus.

»Darf ich mit zu dir kommen, Peque?«, fragte sie. »Ich möchte gerade nicht allein sein.«

»Na klar«, antwortete Felix, »du bist immer willkommen.«

»Gracias. Aber erwarte bitte nichts, im Moment bin ich keine tolle Gesellschaft.«

Er winkte ab. »Los, stell deinen Flitzer da drüben ab, ich warte vorm Tor.«

Wenige Minuten später saßen sie auf seiner Terrasse und schauten aufs Meer. Auf dem Tisch standen eine Flasche Syrah und zwei Gläser. Es war Ende Oktober. In Deutschland hatte der Herbst Einzug gehalten, seine Eltern hatten ihm am Telefon berichtet, dass die Blätter des Kirschbaumes in ihrem Garten sich in gedeckte Gelb- und Rottöne verfärbt hatten. Felix erinnerte sich daran, wie er als kleiner Junge zu jeder Jahres- und auch Tageszeit in dem Baum herumgeklettert war. In Kassel wurde es zunehmend früher dunkel, bestimmt hatte sein Vater schon die Heizungen aufgedreht. Auf Gran Canaria gestaltete sich der Herbst hingegen nuancierter. Die Temperaturen fielen nur leicht, sie pendelten sich bei knapp über zwanzig Grad ein. Auch die Pflanzenwelt zeigte sich dank der klimatischen Stabilität auf der Insel unbeeindruckt. Am deutlichsten spürte Felix den Jahresausklang daran, dass die Sonnenstunden weniger wurden. Mit durchschnittlich zehn am Tag hatte er jedoch keinen Grund zu klagen.

»Er hat sich so verändert«, sagte Candela. Sie schüttelte den Kopf, griff nach ihrem Glas und führte es zum Mund. »Hätte ich es doch nur verhindert.«

»Du hättest es nicht vorhersehen können«, widersprach Felix. »Du trägst dafür keine Verantwortung.«

Sie trank einen kräftigen Schluck. »Das sagt sich so

leicht, Peque. In Beziehungen muss man aufeinander achtgeben.«

»Gabriel ist ein erwachsener Mann, er hat diese Entscheidung allein getroffen.« Felix nippte ebenfalls an seinem Wein. »Du kennst ihn besser als ich, er lässt sich ohnehin von niemandem reinreden. Auch nicht von dir.«

Candela stellte ihr Glas wieder ab. »Da hast du recht.« Sie drehte sich zum Tisch und rutschte mit ihrem Stuhl näher an ihn heran. »Trotzdem, ich habe zu lange die Augen verschlossen. Er hat mit mir über die Gruppe gesprochen, da hätten alle Alarmglocken läuten müssen.«

»Was genau hat er dir erzählt?«

»Dass sie die Einzigen seien, die den Ernst der Lage verstehen. Dass die anderen nur reden, dass uns nur noch wenige Jahre bleiben.«

Der »Ernst der Lage« – diese Phrase hatte der Chefredakteur bei jeder sich bietenden Gelegenheit für die bevorstehende Klimakatastrophe gewählt. Felix hatte ihn von Anfang an als engagierte Person kennengelernt, und für seine Anliegen brachte er Verständnis auf. Die Richtung, in die Gabriel sich entwickelt hatte, war allerdings keine gute gewesen. Er hatte sich zunehmend radikalisiert. Für ihn hatten nur zwei Kategorien existiert: Freunde oder Feinde, Gute und Böse. Alles, was zählte, war die Moral. Mit dem Ergebnis, dass er den tragischen Tod eines Politikers guthieß.

»Was sagt eigentlich Barra zu der Sache?«, erkundigte sich Felix. »Hast du schon mit ihm gesprochen?«

»Bisher noch nicht«, räumte Candela ein. »Aber du hast recht, das sollte ich tun.« Sie stand auf, trank sich mit einem weiteren Schluck Wein Mut an und verschwand nach drinnen.

Felix konnte nicht so schnell reagieren. Überrumpelt vom Tatendrang seiner Mentorin, blieb er auf der Terrasse sitzen und sah ihr verdutzt hinterher. Als er ihre Stimme aus dem Wohnzimmer hörte, schnalzte er beeindruckt mit der Zunge.

Er war gespannt, wie ihr Verleger zu diesen Neuigkeiten stand. Javier Barra gehörte selbst nicht der bürgerlichen Mitte an, woran er auch äußerlich keinen Zweifel ließ. Felix kannte ihn nur als einen bescheidenen, zuvorkommenden und empathischen Mann mit Fleshtunnels in den Ohren, einem Septum-Piercing und langen, filzigen Haaren. Er mischte sich kaum in das Redaktionelle ein und gewährte seinen Mitarbeitenden viele Freiheiten. Rückblickend betrachtet, hätte Gabriel die eine oder andere Grenze sicherlich gutgetan.

Felix nippte an seinem Rotwein und schaute auf den Atlantik hinaus. Zwischen Stand-up-Paddlern, Badegästen auf Luftmatratzen und vereinzelten Schwimmern spiegelte sich das gelblich rote Licht der untergehenden Oktobersonne auf der Wasseroberfläche. Weiter in der Ferne, am Horizont, verschmolz es mit dem Azurblau des Meeres. Aus der Richtung des Kiesstrands zu seiner Linken drangen die Rufe vergnügt spielender Kinder. Wie unfassbar schön es hier sein konnte. Er war froh, dass er nicht auf Ana Montero gehört, sondern stattdessen Candela vertraut und seine Zelte auf der Insel nicht abgebrochen hatte. Diesen Fehler hätte er sich nie vergeben.

Dankbar verlor Felix sich in seinen Gedanken.

»Peque?« Candelas Rufe aus dem Wohnzimmer ließen ihn aufschrecken. Wie lange war er wohl eingenickt?

Er rieb sich durchs Gesicht und kam wieder zu sich. »Ich bin immer noch hier draußen«, rief er zurück.

»Du wirst nicht glauben, was passiert ist.« Seine Mentorin wirkte wie ausgewechselt. »Barra, er ... Ich hab ihm alles erzählt. Er hat ... Also, Gabriel, er ist nicht mehr ... Dafür hat er mich –«

»Ruhig, jetzt setz dich erst mal hin«, unterbrach Felix ihr Gestotter. »Atme durch, trink einen Schluck ...«

Candela befolgte seinen Rat. Sie holte tief Luft und kippte den Rest ihres Weins in einem Zug hinunter.

»Ich bin die neue Chefredakteurin von LA VIDA«, platzte es nun aus ihr heraus. Freudestrahlend hüpfte sie über die Terrasse. Bis sie Felix erschöpft um den Hals fiel und ihm einen Schmatzer auf die Wange drückte.

Er wusste nicht, was ihn mehr außer Gefecht setzte. Die Information, dass sie seine neue Chefin war, oder die Erkenntnis, dass er sich etwas vorgemacht hatte. Er hatte sich die quirlige Spanierin längst noch nicht aus dem Kopf geschlagen.

*

Ana sah im Rückspiegel, wie sich allmählich das Metalltor schloss. Dann vergewisserte sie sich, dass ihr Kollege angeschnallt war, und drückte aufs Gas.

»Lust auf einen Cortado?«, fragte sie. »Wir sind vorhin an einem Restaurant vorbeigefahren, da könnten wir kurz einkehren.«

»De acuerdo«, antwortete Ruiz.

Wenig später erreichten sie wieder das Zentrum von Santa Lucía. Sie bogen auf die Hauptstraße ab, die zurück Richtung Küste führte, und parkten den BMW vor dem Ortsausgang auf einem Schotterplatz. Das Restaurant, von dem Ana gesprochen hatte, verbarg sich in einem Innenhof. Über dem Eingang baumelte ein morsches Kutschenrad im Wind, daneben ein Schild, auf dem ein chinesischer Familienname den Eigentümer verriet.

Ruiz schaute kritisch nach oben. »Ob der Cortado hier etwas taugt?«, fragte er.

»Das werden wir sehen«, antwortete Ana.

Sie betraten den menschenleeren Innenhof, steuerten einen der im chinesischen Stil dekorierten Tische an, und nachdem sie zwei Cortados bestellt hatten, richteten sie ihre Stühle zur Sonne aus und schlossen die Augen. Ana genoss die wohlige Wärme auf ihrer Haut. In ihrer Vorstellung ließ sie die Begegnung mit Carmen Fraude Revue passieren. Auch Ruiz schien in Gedanken zu sein.

»Was hältst du von der Sache mit dem Drohbrief?«, fragte er.

»Weiß nicht, könnte was dran sein«, antwortete Ana,

die Augen weiterhin genießerisch geschlossen. »An Feinden dürfte es Fraude nicht gemangelt haben.«

»Kein Wunder, bei dem Geschäftsgebaren. Dann hätten wir es allerdings nicht nur mit einem Verdächtigen zu tun.«

»Eher mit einem bunten Strauß davon. Mal sehen, was die Untersuchungen ergeben. Vielleicht stoßen die Kollegen auf einen entscheidenden Hinweis.«

»Die Hoffnung stirbt bekanntlich zuletzt.«

Die Bedienung brachte ihre Cortados und stellte sie auf den Tisch. Sie deutete eine Verbeugung an, drehte sich um und kehrte ins Haus zurück.

»Ich bin gespannt«, sagte Ruiz. Er runzelte die Stirn und probierte. Kurz darauf nippte er schlürfend ein weiteres Mal, um seinen ersten Eindruck zu überprüfen.

Ana griff nach ihrer Tasse und tat es ihm gleich. Mit einem neckischen Schmunzeln sah sie ihn fragend an. »Und? Was sagst du?«

Er setzte wieder ab. »No es malo«, antwortete er und verzog anerkennend das Gesicht. »Nicht der beste, den ich je getrunken habe, aber auch nicht der schlechteste.«

Schweigend genossen sie ihr Heißgetränk und blickten auf die Barrancos in der Ferne. Eine Aussicht, die Ana demütig machte.

»Du bist immer noch nicht warm geworden mit der Insel, stimmt's?«, fragte Ruiz.

Sie neigte überrascht den Kopf. Bislang waren ihre Gespräche fast ausschließlich beruflicher Natur gewesen. Hin und wieder hatte Ana erfolglos versucht, sie in eine private Richtung zu lenken. Denn was sein außerdienstliches Leben anging, zeigte Ruiz sich verschlossener als eine Auster.

»Ist das so offensichtlich?«, fragte sie zurück.

Er zuckte mit den Schultern. »Wir sind Ermittler.«

»Hatte ich fast vergessen.« Sie lächelte, trank ihren Cortado aus und streifte ihr Kleid glatt. »Nun, ich fühle mich nicht mehr ganz so unwohl wie am Anfang, aber …«

»Dir fehlt Madrid. Großstadtkind, hm?«

»Immer gewesen. Dieses Provinzielle ist nicht mein Ding.« Sie hob entschuldigend die Arme. »Nicht böse gemeint.«

»No pasa nada.« Er legte seine Fingerspitzen aneinander. »Also bist du unfreiwillig hierhergekommen?«

»Könnte man so sagen.«

»Demnach muss es einen dunklen Fleck in deiner Akte geben.«

»Schon wieder gut kombiniert, Inspector.«

»Und, was hast du verbrochen?« Er streifte sich durch den Bart. »So, wie ich dich einschätze, hast du jemandem ans Bein gepinkelt.«

»Wie kommst du darauf?«

»Du machst gerne dein eigenes Ding, Ana.«

Auch das hatte sie sich schon öfter anhören müssen. Von ihren Kollegen in Madrid, die sie mit ihren häufigen Alleingängen vor den Kopf gestoßen oder in Schwierigkeiten gebracht hatte, insbesondere jedoch von ihren dortigen Vorgesetzten. Über die Jahre hatte sie sich auf ihrer alten Dienststelle zunehmend isoliert.

»Ich bin schon als Kind so gewesen, Ruiz. Ich hatte meinen eigenen Kopf. Und aus Regeln, Hierarchien und Dienstanweisungen habe ich mir noch nie etwas gemacht.«

»Dann bist du ja bei der Polizei genau richtig gelandet.«

Sie lachte. »Du sagst es. Als Kind hätte ich mir auch nicht vorgestellt, dass Verbrecher zu jagen so bürokratisch abläuft.«

Er verschränkte die Arme. »Aber das allein kann nicht der Grund für deine Versetzung sein«, überlegte er laut. »Dein dunkler Fleck muss größer sein, wenn sie dich hierher abgeschoben haben.«

Ruiz hatte ein untrügliches Gespür, denn erneut hatte er ins Schwarze getroffen. Doch vorerst genügte das, heute hatten sie sich die ersten Schritte aufeinander zubewegt.

»Das erzähle ich dir ein andermal«, wiegelte Ana ab.

Ein Mann trat aus dem Haus und kam auf sie zu. Ana und Ruiz verfolgten ihn mit ihren Blicken. Er war kurz gewachsen, trug eine Leinenhose, darüber ein weißes Hemd mit einer Kordel und Stickereien am Kragen sowie schwarze Slipper. Er stellte sich vor ihren Tisch, verschränkte die Arme hinter dem Rücken und verbeugte sich. Ruiz fühlte sich animiert, es ihm gleichzutun, und beugte im Sitzen seinen Oberkörper ebenfalls nach vorn. Ana unterdrückte ein Lachen.

»Entschuldigen Sie bitte die Störung«, sagte der Mann, »Sie sind die Einzigen hier draußen. Ich kam nicht umhin, Ihre Unterhaltung mitzuhören.« Er kratzte sich am Kopf. »Sie haben über Señor Fraude gesprochen, richtig? Ich nehme an, Sie sind …?«

»Inspectores, Policía Nacional«, bestätigte Ana. Sie

präsentierten ihre Dienstausweise. »Kannten Sie Señor Fraude?«

»Sí, sí, er hat uns manchmal beehrt. Eine furchtbare Sache, dieser Absturz.« Der Mann schien abzudriften.

»Wie können wir weiterhelfen?«, holte Ruiz ihn wieder zurück. »Ich nehme an, Sie haben uns nicht ohne Grund angesprochen, oder?«

Der Mann schüttelte den Kopf. Obwohl sie allein im Innenhof waren, schaute er sich nervös um. Er rückte näher an den Tisch heran und beugte sich zu den Inspectores herunter.

»Es gibt hier im Dorf diese Gerüchte«, flüsterte er.

Ana schielte zu Ruiz, er machte ein skeptisches Gesicht. »Gerüchte?«, wiederholte sie.

»Sí, sí. Die Menschen sagen, es habe nicht gut gestanden um die Ehe.«

»Eine andere Frau?«

»No, no, ein anderer Mann.« Er nickte in die Richtung, in der das Anwesen der Fraudes lag. »Man erzählt, der Señor habe einen Detektiv engagiert, um die Señora auszuspionieren, wegen eines Liebhabers.«

»Kennen Sie den Namen des Detektivs?«

»Leider nein. Aber ich könnte versuchen, ihn herauszufinden.«

Ruiz griff in sein Jackett. »Unter dieser Nummer können Sie meine Kollegin und mich erreichen«, sagte er und legte seine Visitenkarte auf den Tisch. Es war seine Idee gewesen, eine gemeinsame für Ana und ihn drucken zu lassen, auf der die Nummern ihrer dienstlichen Mobiltelefone vermerkt waren.

Der Mann verbeugte sich. »Muchas gracias, Inspectores.« Die Karte verschwand flugs in seiner Hosentasche. »Ich melde mich, sobald ich etwas Neues weiß.«

3

»Buenos días a todos«, begrüßte Candela die Teilnehmer der Morgenkonferenz. »Bestimmt fragt ihr euch,
wo Gabriel steckt und warum ich heute diese wichtige
Sitzung leite. Vor allem nach den schrecklichen Ereignissen von gestern.«

»Ist er krank?«, rief Guillermo in den Raum. Mit dem
Zeigefinger schob er seine schwere Brille zurück auf den
Nasenrücken. Er riss seine Augen auf, sodass sie hinter
den dicken Gläsern noch größer wirkten als sonst, und
kaute an dem Nagel seines Daumens.

Candela schüttelte den Kopf. »Es geht ihm gut.«

»Warum zum Teufel ist er dann nicht hier?«, blaffte
Vega. Wie bei jeder Konferenz hielt es sie auch heute
kaum auf ihrem Stuhl. »Ich meine, was fällt ihm eigentlich ein?«

»¡Exacto!«, stimmte Ines zu. Sie brach ein Stück
Túrron, des beliebten spanischen weißen Nougats, aus
einer Tafel. »Ich meine, vor nicht einmal vierundzwan-
zig Stunden stürzt dieser Nazi vom Himmel, die Kanaren drehen durch, die Medien überschlagen sich, und er
sitzt einfach zu Hause rum?« Sie schob sich das Stück
in den Mund und kaute hörbar darauf herum.

Die drei Redakteure richteten ihre Blicke auf Candela.
Auch Felix, der sich bisher zurückgehalten hatte, schaute

sie von der Seite an. Sie wirkte angespannt, ihre Körpersprache verriet, dass sie noch mit ihrer neuen Rolle fremdelte. Ständig wechselte sie ihre Haltung, stand entweder mit verschränkten Armen da und wippte auf einem Bein oder sie ballte eine Faust und bedeckte ihren Mund. Ihr Kopf war feuerrot angelaufen, ihr Brustkorb bewegte sich hektisch auf und ab.

Entgegen seiner Erwartung platzte es nicht aus ihr heraus. Stattdessen stellte Candela sich stabil hin, legte ihre Hände auf ihren Bauch, was wohl Besonnenheit und Zurückhaltung ausstrahlen sollte, und sagte mit ruhiger Stimme: »Ich kann euren Unmut verstehen. Wenn ich an eurer Stelle wäre und nicht wüsste, warum unser wichtigster Mann an einem Tag wie diesem nicht mit uns am Tisch sitzt, wäre ich genauso fassungslos.«

Damit gelang es ihr, die Lage zu entschärfen. Eine Fähigkeit, die Candela nach Felix' Einschätzung zu einer tollen Chefin machen würde. Da sie sich inzwischen gut kannten, vermutete er, dass diese Zurückhaltung sie enorme Kraft kostete.

»Wie ihr wisst, hat Gabriel sich vor geraumer Zeit der GCDN angeschlossen«, erklärte sie weiter. »Auch ihr habt mitverfolgt, wie er sich in den vergangenen Wochen verändert hat.« Die anderen nickten stumm. »Deshalb sind Felix und ich gestern Nachmittag zu ihm gefahren. Um ihn zu fragen, ob etwas dran ist an den Gerüchten. Ob die Gruppe mit Fraudes Absturz in Verbindung steht.«

»Und, tut sie es?«, warf Guillermo ein. »Diese Spinner haben mit Sicherheit etwas damit zu tun, oder?«

Vega schoss zu ihm herum. Sie bedachte ihn mit einem drohenden Blick, als ob sie jeden Moment auf ihn springen würde. Für den schmächtigen Politikredakteur würde das ein böses Ende nehmen.

»Wieso Spinner?«, fauchte Vega. »Die machen wenigstens was und reden nicht nur!«

Guillermo wehrte sich. »Etwas Ähnliches hat Fraude auch von sich behauptet.«

Vor Schreck purzelte Lola das Turrón aus dem Mund. Sie fragte: »Du willst doch nicht etwa die Aktivisten mit diesem Nazi vergleichen?«

»¡Chicos!«, versuchte Candela sich verbal zwischen die Streithähne zu stellen.

Die anderen ignorierten sie. Es entstand ein hitziges Wortgefecht, alle redeten durcheinander, ihre Beiträge vermengten sich zu einem wirren Brei.

Plötzlich schlug Candela mit der Faust auf den Tisch. »¡Chicos!«, brüllte sie.

Schlagartig herrschte Stille. Fassungslos starrten die Redakteure sie an. Niemand traute sich zu reden.

Candela ließ ein paar Sekunden verstreichen. »Jetzt ist nicht der richtige Moment, um übereinander herzufallen. Dafür ist unsere Lage zu ernst. Wir müssen solidarisch miteinander sein.«

Hinter seinen Flaschenbodengläsern blinzelte Guillermo irritiert. »Was meinst du damit? Wieso ist unsere Lage ernst?«

»Weil Gabriel uns gegenüber keine Aussage machen wollte. Das hat mich maßlos schockiert.«

»Mich genauso«, klinkte Felix sich in die Runde ein.

»Auf mich machte er keinen besonders betroffenen Eindruck. Im Gegenteil, es scheint, als würde er sich über Fraudes Tod freuen.«

»Exacto. Aus diesem Grund habe ich mit Javier telefoniert. Ich habe ihm von unserem Gespräch mit Gabriel berichtet und ihn gefragt, wie wir nun verfahren sollen.«

Die Spannung im Raum war mit den Händen zu greifen.

»Und?«, hielt Vega es nicht mehr aus.

Candela drehte sich zu Felix. Er wusste, was ihr Zwinkern bedeuten sollte: Sie bat ihn darum, ihre Kolleginnen und Kollegen über das Ergebnis des Telefonats in Kenntnis zu setzen.

Er nickte und lächelte zurück. Stand auf und hüstelte sich in die Hand. »Darf ich euch vorstellen: die neue Chefredakteurin von LA VIDA, Candela Sánchez.«

Als hätten sie sich abgesprochen, fiel den Redakteuren gleichzeitig die Kinnlade herunter.

*

Was für eine Qual! Ana stöhnte. Sie griff nach ihrem Smartphone, das sie über Nacht in den Flugmodus schaltete, tippte aufs Display und ließ es aufleuchten.

Fünf Uhr neunzehn. Puta madre.

Für gewöhnlich wären ihr noch eineinhalb Stunden Schlaf geblieben, bevor sie aufgestanden wäre und sich für den Dienst fertig gemacht hätte. Aber diese Nacht war fürchterlich gewesen. Ständig hatte sie in ihren Träumen den Moment durchlebt, in dem Ruiz und sie die sterblichen Überreste von Francisco Fraude in Augenschein genommen hatten. *Durchlebt* traf es gut, denn es hatte sich real angefühlt, nicht wie ein Traum. Und als wäre das nicht genug gewesen, hatte ihr gestriges Gespräch mit Ruiz auch noch Erinnerungen an den Tag x in ihr wachgerufen. Damals hatte sie diesen einen schweren Fehler begangen, wegen dem sie seit über einem Jahr auf dieser Insel festsaß. Sie nannte ihn Fehler Nummer eins. Nummer zwei, sich mit einem Kollegen einzulassen, war da schon seit Monaten im Gange.

Gregorio Escoto, so hieß der Scheißkerl. Der stinkreiche Erbe eines Immobilienimperiums und seine Frau Sol residierten im Madrider Elite-Viertel Barrio de Salamanca. Ihr Penthouse befand sich im sechsten Stock eines prachtvollen Gebäudes aus der Jahrhundertwende, es erstreckte sich über die komplette obere Etage und bot mehr Wohnraum als manches Haus sowie eine unvergessliche Aussicht auf die Hauptstadt.

Ihre Straße lag im Zuständigkeitsbereich von Anas damaliger Dienststelle. Mit trauriger Regelmäßigkeit wurden sie zu den Escotos gerufen, weil mutige Bedienstete – die daraufhin ihre Jobs verloren – sich bei der Polizei meldeten und am Telefon einen Verdacht auf häusliche Gewalt äußerten. Über die Monate verkam es zu einem Ritual, mit wechselnden Kollegen wurde Ana aufgefordert, bei den Escotos nach dem Rechten zu sehen. An der Tür empfing sie Gregorio mit einem überheblichen Grinsen im Gesicht und bat sie hinein.

Er tischte ihnen immer dieselben Lügen auf: Er könne sich das nicht erklären, es müsse sich um ein Missverständnis handeln, seine Frau sei beim Reiten vom Pferd gestürzt und habe sich dabei ihre Verletzungen zugezogen. Ana befragte Sol allein, während ihre Kollegen Gregorio im Auge behielten. Trotzdem gelang es ihr nie, die Ehefrau dazu zu bewegen auszupacken – zu groß musste ihre Angst gewesen sein. Und solange sie ihren Mann deckte, indem sie seine Aussagen bestätigte, blieben der Polizei die Hände gebunden. Gregorio wusste das, und jedes Mal, wenn Ana und ihre Kollegen daraufhin die Wohnung wieder mit leeren Händen verließen, gab er ihnen machohafte Äußerungen mit auf den Weg. Stets in wohlklingende Worte gekleidet, aus denen trotzdem seine Verachtung für sie deutlich wurde.

An Tag X kam es, wie es kommen musste. Wieder hatte sich das erbärmliche Schauspiel in der Wohnung der Escotos ereignet, hatte Gregorio sie siegesgewiss empfangen, und Sol hatte erneut die Anschuldigungen gegen ihren Mann abgestritten. Den Beamten war keine Wahl geblieben, als unverrichteter Dinge abzuziehen. Bis zu diesem Tag war Ana es gelungen, das Gefühl der Machtlosigkeit, das sie jedes Mal dabei empfand, einigermaßen im Zaum zu halten.

An der Tür, mit Gregorios herabwürdigenden Worten im Ohr, überfiel es sie plötzlich wie ein Fieber. Es nahm seinen Anfang im Bauch. Wärme stieg von dort nach oben bis in ihren Kopf, wo sie sich ausbreitete. Anas Verstand setzte aus. Sie holte aus und prügelte auf Escotos Gesicht ein. Er ging zu Boden, doch sie hörte nicht auf. Erst als ihr Kollege sie zurückzog und in Schach hielt, ließ sie von ihm ab. Gregorio Escoto trug schwere Verletzungen davon, seine Nase war gebrochen und blutüberströmt und krumm wie ein orientalischer Säbel.

Nicht einmal Carlos, ihr damaliger Kollege und zugleich ihre Affäre, konnte sie aus diesem Schlamassel herausholen. Sicher, er hätte es mehr versuchen können, davon war Ana bis heute überzeugt. Die Beförderung zum Comisario, mit der ihn sein Dienstvorgesetzter lockte, wäre dadurch jedoch in weite Ferne gerückt. Und da ihr Kollege – dank Escotos finanzieller Förderung – nicht zu ihren Gunsten aussagte, degradierte ihr Dienstherr sie zur Inspectora. Der Innenminister ordnete eine besondere Disziplinarmaßnahme an: Er versetzte sie so weit wie möglich weg von der Hauptstadt, in eine der hintersten Ecken Spaniens, nach Gran Canaria.

Ana warf die Decke zur Seite und stieg aus dem Bett. Mit ihrem Notebook setzte sie sich auf die Couch, fuhr den Rechner hoch und loggte sich in das Intranet der Policía Nacional ein. Zur Begrüßung blinkte ein roter Punkt über dem Symbol ihres E-Mail-Programms, was bedeutete, dass unbeantwortete Nachrichten in ihrem Postfach nach Aufmerksamkeit verlangten.

Sie begann mit der obersten in der Liste, sie stammte von Hidalgo. Ihr Betreff: »Aufbau SOKO Fraude«. Das war vielsagend genug. Obwohl sie eine böse Vorahnung beschlich, öffnete Ana sie mit einem Doppelklick.

Sehr geehrte Kolleginnen und Kollegen!
Hiermit ordne ich mit sofortiger Wirkung die
Gründung einer Sonderkommission mit dem
Namen SOKO Fraude an. Inspector Hugo Ruiz
und Inspectora Ana Montero sind mit der Lei-
tung betraut. Die übrigen Mitglieder habe ich
bereits ausgewählt. Weitere Informationen fol-
gen in Kürze.
Mit freundlichen Grüßen
José Hidalgo (Comisario principal)

Am liebsten hätte Ana ihr Notebook gegen die Wand
geworfen. Dieser verfluchte Ehrenmann! Ob das die
Quittung war, die sie für ihren Auftritt am Flugplatz
erhielt? Reyes schien schnell gehandelt zu haben.

Klar, auf jeder anderen Dienststelle wäre die Tatsache, eine Sonderkommission zu leiten, eine Aus-
zeichnung gewesen. Bei Hidalgo wusste sie, dass er
sie nicht wegen ihrer Qualifikation ausgewählt hatte.
Sondern weil er seinen Golf-Partner Reyes für dessen
Speichelleckerei belohnen wollte, indem er ihm die
mit der Leitung einer SOKO verbundenen Überstun-
den ersparte. Hidalgo hatte nicht einmal den Schneid
besessen, Ruiz und ihr diese Entscheidung persön-
lich mitzuteilen.

Wutschnaubend schloss Ana die E-Mail und öffnete die nächste. Sie stammte von Alma und hatte zwar
keinen Betreff, dafür jedoch Dateien im Anhang. Die
Fernsehaufnahmen vom Unglückstag? Ana lud alles
herunter und spielte die Videos nacheinander ab.

Auf ihrem Bildschirm tauchte das Gesicht einer sportlichen Frau mit langen, blondierten Haaren auf. Die am unteren Rand eingeblendete Bauchbinde verriet ihren Namen: »Ana Salas«, eine Namensvetterin. Oben rechts prangte das Logo des Fernsehsenders, sie hatte die Live-Sendung moderiert. Obwohl sie versuchte, professionell zu bleiben, sah man ihr an, dass die Ereignisse vor dem Aeródromo sie bestürzten.

Ana wunderte sich nicht über die Tumulte vor dem Flugplatz. Sie hatte erwartet, dass die PR-Aktion des umstrittenen Politikers nicht ohne Zwischenfälle ablief. Das waren die Geister, die er mit seinen Äußerungen gerufen hatte.

Salas nahm die Zuschauer mit in die Eingangshalle, dann nach draußen auf das Vorfeld, wo der Parteichef sich fertig machte. Ein paar Fragen zur Vorbereitung, ein kurzes kritisches Nachhaken, das Fraude souverän retournierte, und schon war die Sendung vorbei. Das Video endete mit einem Standbild der Moderatorin, die gezwungen in die Kamera lächelte.

Ana öffnete die nächste Video-Datei. Diese Aufzeichnung setzte wenige Minuten später ein, sie war in der Kabine des Flugzeugs gefilmt worden. Es schien das Material des Kameramanns zu sein, der mit Fraude mitgeflogen war. Die Bilder waren unscharf und verwackelt. Ständig wechselte die Perspektive, zeigte entweder ein Close-up vom Gesicht des Politikers, wanderte durch die Maschine, zoomte in den Himmel oder aufs Meer. Hin und wieder richtete Fraude sich zur Kamera aus, gestikulierte und sprach zu den Zuschauern. Weil der dröhnende Motorenlärm ihn übertönte, war er nicht zu verstehen.

Irritiert kniff Ana die Augen zusammen. Irgendetwas an diesem Ausschnitt verwirrte sie. Aber was?

Wieder meldete sich ihr Bauchgefühl. Sie drückte auf Pause und spulte zurück. Ließ das Video erneut bis zu der Stelle laufen, an der Fraude sprang. Sie achtete auf jedes Detail, mögliche verdächtige Gegenstände im oder Veränderungen am Flugzeug sowie die Regungen im Gesicht des Politikers. Wiederholte diese Prozedur ein zweites, drittes und viertes Mal.

Da war nichts. Keine Hinweise darauf, dass ihr Gefühl sie nicht getrogen hatte.

Ana gab nicht auf. Sie spürte, dass in den Aufnahmen etwas existierte. Nur wusste sie bisher nicht, was. Hatte Ruiz sich die Videos bereits angesehen? Möglicherweise konnte er mehr mit ihnen anfangen als sie.

Ihr Diensthandy klingelte. Ana schreckte auf und tastete ihren mit Zeitschriften bedeckten Couchtisch ab. Sie erfühlte das Smartphone unter dem Prospekt eines Möbelherstellers. Kritisch schaute sie aufs Display. Unbekannter Teilnehmer.

Mit ihrem privaten Handy hätte sie den Anruf weggedrückt. Bei ihrem dienstlichen Anschluss konnte sie jedoch sicher sein, dass derjenige, der sie zu erreichen versuchte, ihre Nummer von ihr oder von einem Kollegen aus der Comisaría erhalten hatte.

»Montero?«, meldete sie sich. Es raschelte laut. Ana streckte das Telefon von sich. Dann eine Stimme, die ihr bekannt vorkam.

»Inspectora? Hier ist Zhang, Jinhao Zhang. Sie und Ihr Kollege sind gestern bei uns gewesen, Sie erinnern sich?«

»Sí, claro.«

»Bitte entschuldigen Sie, dass ich Sie so früh anrufe.«

»No pasa nada. Ich war ohnehin schon wach. Was kann ich für Sie tun?«

Der Mann senkte seine Stimme. Wurde er gestört? Oder war er sich unsicher, mit der Polizei zu sprechen? »Sie haben mich um einen Gefallen gebeten«, flüsterte er.

»Sie haben den Namen des Privatdetektivs herausgefunden?«

»Sí, sí, er heißt …«, Zhang schien kurz zu überlegen, »Marcos Peña.«

Murmelnd wiederholte Ana den Namen wie ein Mantra. In ihrem Kopf klingelte es. Sie kannte ihn. Aber woher?

Sie stellte das Gespräch auf Lautsprecher, öffnete ihre Notizen-App und tippte die vier Buchstaben ein: P-E-Ñ-A.

»Muchas gracias«, sagte sie, »Sie haben uns sehr geholfen.«

»De nada«, antwortete der Restaurantchef. »Melden Sie sich bitte, wenn ich Sie wieder unterstützen kann.«

Sie verabschiedeten sich. Es tutete in der Leitung, und Ana legte auf. Sie erschrak, als nun das Uhren-Widget auf ihrem Display zum Vorschein kam: Viertel vor sieben.

Sie klappte ihr Notebook zu und sprang von der

Couch auf. Hoffentlich wusste Ruiz mehr mit dem Video und dem Namen anzufangen.

*

Felix suchte sich einen Platz im Schatten unter einer Palme und klappte seinen Campingstuhl auf. Die Kühltasche, in die er zwei Dosen Tónica und ein Bocadillo eingepackt hatte, stellte er neben sich ab. Zufrieden sank er in den Stuhl und schloss die Augen. Die Welt zog an ihm vorüber. So ließ es sich aushalten.

Um diese Uhrzeit, an einem Nachmittag unter der Woche, hielten sich kaum Personen am Playa del Águila auf. Später, wenn die meisten Feierabend hatten, würden es mehr werden. Im Moment waren es vor allem ältere Menschen sowie eine Handvoll Jugendliche.

Nachdem er eine Weile vor sich hin gedöst hatte, öffnete Felix wieder die Augen und fuhr sich übers Gesicht. Er angelte sich eine Dose Tónica aus der Kühltasche und genoss das wohlige Prickeln, als das Erfrischungsgetränk seine Kehle hinunterfloss. Um sich zu stärken, biss er in das Bocadillo und erfreute sich an dem Ausblick auf den Ozean.

Ein innerer Frieden breitete sich in ihm aus. Ein Gefühl, als entzöge sich alles um ihn herum seiner Wahrnehmung von Zeit als linearer, eindimensionaler Größe. Am Meer zu sitzen und das Auf und Ab der Wellen zu beobachten, diesen ständigen Wechsel zwischen Entstehen und Vergehen, beruhigte ihn. Und lehrte ihn, demütig zu sein, konfrontiert mit der schier unendlichen Weite des Atlantiks. Seine Probleme rückten in den Hintergrund, lösten sich auf in der rauschenden Brandung, zerflossen wie der weiße Schaum der Gischt.

Die Recherche, fiel es Felix wieder ein. Candela hatte ihn damit beauftragt, alles über die GCDN herauszufinden und am nächsten Morgen seinen Kollegen vorzutragen. Er fummelte das Tablet aus dem Rucksack und sein Smartphone aus der Hosentasche und richtete einen Hotspot ein, um beide Geräte miteinander zu verbinden. In der Suchleiste seines Browsers tippte er die Worte *Grupo Canario de Defensa de la Naturaleza* ein. Es gestaltete sich komplizierter als gedacht, etwas über die GCDN herauszufinden. Wobei Felix es einleuchtete, dass die Umweltaktivisten, die nicht wegen ihrer radikalen Gesetzestreue für Aufsehen sorgten, keine umfassende Öffentlichkeitsarbeit betrieben. Er las sich durch zahlreiche Foren, Social-Media-Profile und Medienberichte. Nach einer Dreiviertelstunde hatte er die wichtigsten Informationen zusammengetragen.

Die Gruppe existierte länger, als er vermutet hatte. Er hatte angenommen, dass sie ungefähr erst seit einem Jahrzehnt bestand, doch weit gefehlt. Ihre Gründung war eine Folge des umstrittenen Bebauungsplans für die Region Maspalomas gewesen, dessen Umsetzung Anfang der 1960er-Jahre begann. Er sollte die Landschaft und mit ihr die Gemeinde für alle Zukunft verändern. Bis dahin war der Süden der Insel ein wüstenhafter Landstrich gewesen, unberührt von dem im Mutterland Spanien blühenden Tourismus. Die Siedlungen, in denen heute Millionen Besucher jährlich ihren Urlaub verbrachten, hatten noch nicht existiert. Der erste Spatenstich leitete die sagenhafte Verwandlung ein, zum Preis eines immensen Rückbaus der Natur, der erwartungsgemäß massiven Widerstand erzeugte.

Ein Produkt war die GCDN. Sie kämpfte gegen das – aus ihrer Sicht – wuchernde Geschwür des Tourismus und dessen Folgen für Mensch und Umwelt. Ihren größten Erfolg feierte die Gruppe, als das Dünengebiet von Maspalomas Ende der Achtziger unter Naturschutz gestellt wurde. Auf diesen Lorbeeren ruhte sie sich aus – zu lange, wenn Felix den Meinungen in den Foren Glauben schenkte. Dies sei der Grund dafür, dass die GCDN in den folgenden Jahren in der Bedeutungslosigkeit versank. Erst mit dem Beitritt von Gabriel Castillo, der 2018 zu der Gruppe stieß, habe sich das Blatt gewendet. Sein Engagement habe den Aktivisten neue Ziele verschafft und ihnen wieder Leben eingehaucht.

Zu der von ihm eingeleiteten Radikalisierung äußerten sich die Blogger gespalten. Manche von ihnen wiesen dieses Wort vehement zurück, sie betrachteten es als kapitalistischen Kampfbegriff einer tendenziösen, von Großkonzernen gelenkten Berichterstattung. Der überwiegende Teil jedoch bestritt nicht, dass die Vorgehensweise der GCDN sich verschärft habe, wobei sie dafür keine eigene Verantwortung sahen. Vielmehr sei dies ein Ergebnis verpasster Klimapolitik, womit sie den schwarzen Peter der Politik zuschoben. Und einer Gesellschaft, die die Dringlichkeit der Klimakatastrophe einfach nicht begreifen wollte.

Felix schaltete sein Tablet in Stand-by und verstaute es wieder im Rucksack. Er lehnte sich in seinem Campingstuhl zurück und schaute aufs Meer. Hatten seine Recherchen ihn weitergebracht? Ja und nein. Einerseits fühlte er sich vorbereitet auf die Redaktionskonferenz am nächsten Morgen, in der er seinen Kollegen die Ergebnisse vortragen würde. Andererseits hatte ihn das, was er über die Gruppe gelesen hatte, zusätzlich verwirrt. Vor seinen Recherchen hatte er die Stimmen in den Medien, die den Aktivisten die Schuld für Fraudes Tod gaben, als vorverurteilend empfunden. Nachdem er zahlreiche Foren und Social-Media-Beiträge durchforstet hatte, war er sich dahingehend nicht mehr so sicher.

Der Nachrichtenton seines Handys unterbrach seine Überlegungen. Felix hatte vergessen, es auf lautlos zu schalten. Aber warum war das Geräusch aus der Kühltasche gekommen? Er griff hinein und ertastete sein Smartphone zwischen einer Dose Tónica und dem angebissenen Bocadillo. Verwundert verzog er das Gesicht. Hatte er es darin abgelegt? Er schmunzelte über sich, holte das Gerät heraus und entsperrte es mit seinem Fingerabdruck. Unmittelbar leuchtete eine App-Mitteilung der größten spanischsprachigen Medienagentur EFE auf. Für Felix und seine Kollegen von LA VIDA war diese unersetzlich, durch sie erfuhren sie, was sich auf der Welt ereignete. Er öffnete die Anwendung und wartete gespannt.

Als er die Überschrift las, wäre ihm um ein Haar sein Smartphone aus der Hand gefallen. Fragen zuckten durch seinen Kopf, betäubten seinen Verstand und ließen kein strukturiertes Denken zu. Die Buchstaben auf dem Display verschwammen.

Felix schluckte.

Candela.

Er musste sie sofort anrufen.

✳

Zur Abwechslung entschied Ana sich heute für etwas mehr casual, eine dunkelblaue Stoffhose und einen cremeweißen Blazer. Um den Hals band sie sich ein Tuch in der Farbe ihrer Hose, zupfte es vor dem Spiegel zurecht und schlüpfte zum Schluss in schwarze Espadrilles. Während sie mit ihrem BMW aus Arinaga hinausfuhr, gab sie sich Stevie Wonders »As« auf die Ohren und drehte voll auf. Nicht ihr Lieblingssong von ihm, aber er passte zu der Stimmung, mit der sie zur Dienststelle aufbrach.

Sie parkte ihr Auto in der Tiefgarage. Fuhr mit dem Fahrstuhl nach oben und begrüßte Rodrigo an der Pforte nickend. Er sah sie aus rot unterlaufenen Augen an und hatte eine wuschelige Sturmfrisur. Auch er schien eine kurze Nacht hinter sich zu haben. Als Ana an ihm vorbeilief, gähnte er und hob entschuldigend die Hand.

Durch die dunklen Flure der Comisaría flitzte sie weiter in ihr Büro. Kaum hatte sie ihre Tasche auf dem Schreibtisch abgelegt, schwang in ihrem Rücken die Tür auf. Ruiz streckte seinen Kopf durch den Spalt. Im Gegensatz zu Ana machte er einen ausgeschlafenen Eindruck.

»Buenos días«, begrüßte er sie.

»Buenos días«, erwiderte Ana.

»Willst du erst in Ruhe ankommen, oder …?«

Sie schmunzelte. »Komm ruhig rein.«

Er öffnete die Tür und stellte sich zu ihr an den Schreibtisch. Vergrub beide Hände in den Taschen und sah sie mit wachen Augen an. Mit einem Nicken zeigte er auf ihren Computerbildschirm. »Hast du schon deine Termine für heute überprüft?«

»Nein, warum?«

»Hidalgo hat das erste SOKO-Treffen eingetragen. In zwei Stunden.«

Sie rollte mit den Augen. »Wen er uns wohl zugeteilt hat?«

»Ich bin auch sehr gespannt.«

»Ich hoffe ja auf Soler, Santana und Espinosa.«

»Sind die nicht mit anderen Ermittlungen beschäftigt?«

»Vielleicht hat er sie ja abgezogen? Immerhin geht's um einen der medienwirksamsten Fälle in der Geschichte der Insel. Da könnte der Ehrenmann kräftig sein Image aufpolieren.«

Ruiz zuckte mit den Schultern. »Wir werden sehen. Hoffen dürfen wir ja.«

Unaufgefordert schlich er zur Kaffeemaschine hinüber. Nahm zwei Tassen aus dem Hängeschrank und überprüfte ihre Sauberkeit mit kritischem Blick.

»Cortado?«, fragte er über die Schulter.

»Sí, gracias«, antwortete Ana. Warum sich nicht bedienen lassen? Wenn ihr Kollege sich schon freimütig in ihrem Büro bewegte, als wäre es sein eigenes, konnte er auch gern das Kaffeekochen übernehmen.

Im Hintergrund mahlte die Maschine die Bohnen und erhitzte das Wasser. Vorübergehend ohne Aufgabe, drehte Ruiz sich herum, lehnte sich an den Beistelltisch und verschränkte die Arme. »Hast du dir schon das Material angesehen?«, fragte er.

Ana sank in ihren Bürostuhl. »Heute Morgen. Ich konnte nicht mehr schlafen, war 'ne komische Nacht.«

»Vollmond«, diagnostizierte er, »wie bei meiner Frau.«

Darauf hätte sie auch selbst kommen können. Bei Vollmond hatte Ana immer Schwierigkeiten, durchzuschlafen. Die grauenvollen Bilder vom Fundort, die ihr keine Ruhe gelassen hatten, hatten ihr Übriges getan.

»Also, ist dir etwas aufgefallen?«, lenkte Ruiz das Gespräch wieder auf die Aufzeichnungen. Neben ihm fing die Kaffeemaschine zu blubbern an.

Ana nickte. »Ist es tatsächlich.« Sie verschränkte ihre Hände hinter dem Kopf und wippte im Stuhl sanft vor und zurück. »Ich hab mir die Videos mehrfach angeschaut. Mir ist jedoch partout nicht eingefallen, was mich genau an ihnen stört.«

»Ist mir genauso ergangen. Bis ich sie meiner Frau gezeigt habe.« Ruiz tippte sich an die Schläfe. »Dann ist es mir klar geworden. Von diesem Moment an, konnte ich es nicht mehr übersehen.« Er warf Ana einen erwartungsvollen Blick zu.

»Nun rück schon raus mit der Sprache«, forderte sie. Für Ratespielchen hatte sie definitiv zu wenig geschlafen.

»Warte, ich zeig's dir.« Ruiz drückte sich von der Tischkante ab und kam zu ihr herüber. Er kramte sein

Diensthandy aus der Hosentasche, wischte auf dem Display herum und hielt Ana das Smartphone vor die Nase. »Das ist Fraude als Gast bei einer Talkshow«, erklärte er. Das Gerät war lautlos gestellt, sodass es aussah, als würde der gestikulierende Parteichef sich als Pantomime versuchen. »Da tritt er auf, wie wir ihn kennen. Ernst, kompromisslos, zielstrebig. Ein herausragender Rhetoriker, mit Ausflügen in die Demagogie.«

»Von wann sind die Aufnahmen?«

»Das war vor einer Woche.«

»Worum ging es in der Talkshow?«

Ruiz räumte diese Frage mit einer Handbewegung beiseite. »Das ist nicht so wichtig.« Erneut drückte er auf dem Handy herum. »Das sind jetzt die Bilder aus dem Flugzeug.«

Auf dem Bildschirm spielten sich die bekannten Szenen ab. Erst auf dem Vorfeld, dann in der Luft. Wieder stumm, wobei Fraudes Äußerungen wegen des Motorenlärms ohnehin unverständlich waren. Direkt nach dem Absprung stoppte Ruiz das Video. »Und, ist dir etwas aufgefallen?«

Ana durchdrang eine leise Ahnung, worauf er hinauswollte. Ihr fehlten jedoch die treffenden Worte für ihren Verdacht. »Du meinst …?«

»Dein Gesichtsausdruck verrät mir, dass du auf dem richtigen Weg bist.« Er ließ das Telefon zurück in seine Hosentasche gleiten. »Am Tag des Absprungs ist Fraude auf einmal wie verwandelt. Er wirkt locker, nicht so steif wie sonst, strahlt in die Kamera, witzelt herum. Das ist doch seltsam, findest du nicht?«

Ana nickte. Das war es! Fraude hatte an diesem Tag ein konträres Bild zu dem abgegeben, das die Menschen von ihm kannten. Ana drängte sich die Frage nach dem Warum auf. »Du hast recht«, sagte sie und beugte sich zu ihrem Kollegen vor. »Dabei hätte er doch noch viel angespannter sein müssen.«

Ruiz schnippte und zeigte mit dem Finger auf sie. »¡Exacto! Wenn ich wüsste, dass ich aus mehreren tausend Metern Höhe über dem Atlantik aus einem Flugzeug springe, wäre ich nicht so gelassen.«

Sie tippte sich an die Nase. »Aber wie erklärst du dir dann sein Verhalten?«

»Noch überhaupt nicht. Es ist mir lediglich aufgefallen.«

Das abschwellende Blubbern der Kaffeemaschine deutete darauf hin, dass die Cortados trinkfertig waren. Ruiz schaute Ana an und zog eine Augenbraue hoch. Als ob er sich erhoffte, dass sie nun die beiden Tassen holen würde, nachdem er den ersten Teil des Zubereitungsprozesses übernommen hatte. Sie tat ihm den Gefallen. Stand auf und ging zu dem Beistelltisch hinüber.

»Und, gibt's sonst noch Neuigkeiten?«, fragte er.

»Die gibt's in der Tat.« Sie nahm die Tassen heraus und goss in ihre einen Schluck Milch. »Dieser Restaurantbesitzer hat mich angerufen. Er hat mir den Namen des Privatdetektivs genannt.« Sie balancierte mit den Cortados zurück zur Sitzecke. »Das ist schon der nächste Punkt, er kommt mir bekannt vor.«

Ruiz nahm Ana seinen Kaffee ab und dankte ihr mit

stummer Geste. Er führte ihn direkt zum Mund und schlürfte daran. »Dann lass mal hören.«

Da sie sich nicht mehr an den Namen erinnerte, fischte sie ihr Diensthandy aus der Hosentasche und scrollte durch ihre Notizen. »Er heißt Marcos Peña.«

»Peña, Peña …« Ruiz verzog grübelnd das Gesicht. »Sagt mir nichts. Wissen wir etwas über ihn?«

»Ich habe noch nicht nachgeschaut. Das hole ich aber gleich nach.«

»De acuerdo, dann halte mich bitte auf dem Laufenden. Wir sehen uns nachher zur ersten SOKO-Besprechung.« Ihr Kollege stand auf und verließ mit seiner Tasse in der Hand das Büro.

*

Ich lasse den Sack in den Container fallen. Die Metalltüren quietschen, als ich sie wieder verschließe, und zuletzt schiebe ich den Sperrriegel davor, mit einem Klick rastet das Vorhängeschloss ein. Nachdenklich stehe ich eine Weile vor dem Verschlag, die Strahlen der aufgehenden Sonne wärmen sanft meinen Rücken. Reicht das aus, um meine Spuren zu verwischen? Nach langen Überlegungen habe ich mich für diesen Weg entschieden. Er ist der gewöhnlichste, und gewöhnlich bedeutet unauffällig. Dennoch bleibt ein Restrisiko.

Ich spaziere zur Haltestelle. An einem Automaten in dem kleinen Supermarkt ziehe ich mir einen Cortado und stelle mich in die Sonne zu den anderen wartenden Menschen. Sie sehen aus, als würden sie zur Arbeit fahren.

Als der Schnellbus kommt, steige ich ein und setze mich ans Fenster. Normalerweise genieße ich den Ausblick auf die vorüberziehende Landschaft. Doch heute fällt es mir schwer, meine Gedanken wollen einfach nicht bei dem bleiben, was ich sehe. Immer wieder wandern sie ab, schwingen wie Äffchen durch meinen Kopf, lassen sich nicht einfangen.

Meine Insel. Mein Zuhause.

Ich habe alles gegeben, um sie, um es zu verteidigen. Aber: War das auch genug? Ich bin bereit gewesen, diesen hohen Preis zu bezahlen. Die Bedrohung hat mir keine Wahl gelassen. Ob *er* stolz auf mich wäre, wenn er noch leben würde?

Auf meinem Schoß liegt mein Rucksack, ich will ihn nicht in der Ablage verstauen. Mein Blick verfängt sich an ihm. Als würde ich einen Film schauen, spielen sich die vergangenen Wochen vor meinem inneren Auge ab. Angst, damit hat es angefangen, als er im Radio seinen Plan angekündigt hat. Gefolgt von dem Gefühl, handeln zu müssen, nicht tatenlos zuzusehen, genau wie *er* damals. Hektisches Planen, durch glückliche Fügung hat sich mir eine einmalige Chance geboten. Ausgleichende Gerechtigkeit, weil *ihn* das Glück damals verlassen hat, so kurz vor dem Ziel? Zweifel, immer wieder Zweifel. Dann: der große Tag.

Ich habe es getan. Hinterher habe ich mich erleichtert gefühlt – und schuldig zugleich. Aber mit meiner Tat rette ich mehr Leben, als sie gekostet hat. Das muss ich mir immer wieder vor Augen führen.

Und jetzt? Wie werden die nächsten Tage, Wochen,

Monate aussehen? Ungewissheit. Vor mir liegt das unbeschriebene Blatt meiner Zukunft, den Stift halte nicht nur ich in der Hand.

Der Aeropuerto kommt zum Vorschein und mit ihm seine gläserne Fassade. Ich beobachte, wie die Sonnenstrahlen freudig an ihr entlanghüpfen, als würden sie mich begrüßen, den neuen, stillen Helden der Insel. Ich beschirme meine Stirn und sehe hinüber. Wische mir eine Träne aus dem Gesicht, schließe die Augen und lehne mich zurück.

Ich will einfach nur sein.

Solange das noch möglich ist.

*

Felix packte seine Siebensachen zusammen und brachte sie in seinen Bungalow. Dann hetzte er wieder nach draußen auf die Straße und hielt das erstbeste Taxi an.

»Vecindario, Calle Famara«, gab er das Ziel an, »so schnell wie möglich!«

Die Fahrerin nickte. Mit einem Lächeln auf den Lippen setzte sie seine Anweisung um und raste los. In dem Nachbarort Vecindario steuerte sie die Zielstraße an und kam mit knirschenden Reifen vor einem seegrünen Haus mit pflanzenbehangenen Balkonen zum Stehen. Felix bezahlte, drückte ihr ein großzügiges Trinkgeld in die Hand und stieg aus.

»¿Quién es?«, erkundigte Candela sich durch die Gegensprechanlage, wer bei ihr geklingelt hatte. Ihre Stimme klang flach und zittrig.

»Ich bin's, Felix.«

Es dauerte einen Moment, bis der Summer ertönte. An der Wohnungstür fiel Candela ihm um den Hals. Ihr Gesicht war kreidebleich, ihre Augen gerötet. Sie brachte kein Wort heraus. Sie vergaß sogar, ihn mit den üblichen Küsschen zu begrüßen.

Nach einer Weile löste Felix sich sanft aus ihrer Umklammerung. »Darf ich reinkommen?«, fragte er.

Sie wischte sich ihre Tränen aus dem Gesicht, trat zur Seite und machte ihm mit einer einladenden Geste Platz.

Die beiden setzten sich auf die Couch im Salón, auf dem Tisch davor lag Candelas aufgeklapptes Notebook. Wie gebannt starrte Felix auf den Bildschirm. Darauf eindeutig zu erkennen: ihr Lebensgefährte. Felix' ehemaliger Vorgesetzter. Der frisch geschasste Chefredakteur von LA VIDA. Eingefroren zu einem Standbild mit verzerrtem Gesicht, aufgerissenem Mund und verdrehten Augen, in denen keine Pupillen, sondern nur Weiß zu sehen war. Er saß an einem Tisch, in einem mit schwarzem Tuch abgehängten Kabuff. Vor ihm ein Kabelsalat, an dessen Ende ein Mikrofon auf ihn ausgerichtet war. Die Szene, von der Felix bisher nur im Radio gehört hatte.

»Zeigst du es mir?«, fragte er.

Candela sah ihn mit tränenfeuchten Augen an. Wortlos drückte sie auf die Leertaste, wodurch das Video startete.

Das Bild erwachte zum Leben. Gabriels groteske Haltung löste sich auf, er bewegte sich. Er griff nach einem Zettel, senkte seinen Blick und las ein Statement ab.

»Gestern am frühen Nachmittag ist Francisco Fraude, die neue Lichtgestalt von RAZÓN, bei einem Fallschirmsprung ums Leben gekommen. Diesen hatte sich der Demokratieverächter zunutze machen wollen, um die Macht über unsere Insel an sich zu reißen. Dabei hatte er nie einen Hehl daraus gemacht, was sein wirklicher Plan gewesen ist: unser Land zurück in den Faschismus zu führen, zurück in das dunkelste Kapitel seiner Geschichte.«

Gabriel schaute kurz in die Kamera, sein Blick war eindringlich und streng. Er gewährte seinen Zuhörern einen Moment, seine Aussage zu verarbeiten. Gleichzeitig ließ der erste Teil erahnen, worauf seine Ansprache hinauslaufen würde.

»Wir von der Grupo Canario de Defensa de la Naturaleza sehen nicht unbeteiligt zu, wenn die Demokratie unter Beschuss steht. Denn die Parallelen zu unserer Geschichte sind so unverkennbar wie dramatisch: Damals hatte Francisco Franco seinen Sitz in Las Palmas, unserer schönen Hauptstadt. Von den Kanarischen Inseln aus begann er seinen sogenannten Aufstand gegen die Regierung, der in den Spanischen Bürgerkrieg mündete und Hunderttausende Opfer forderte. Deshalb wollen und werden wir die neue faschistische Bedrohung aufhalten – und zwar mit allen Mitteln.« Die Kamera zoomte auf Gabriels Gesicht, bis es bildschirmfüllend zu sehen war. *»Damit alle Spanierinnen und Spanier wissen, dass wir es ernst meinen, haben wir uns zu folgendem Schritt entschlossen: Hier und heute bekennen wir uns dazu, den Absturz von Francisco Fraude geplant und verursacht zu haben.«*

Felix rieb sich fassungslos übers Gesicht. Es schien wahr zu sein, die Sensationsnachricht der Presseagentur war kein falscher Alarm gewesen. Gabriel und seine radikalen Mitstreiter nahmen die Schuld für Fraudes Tod auf sich.

Am Ende des Videos klappte Candela ihr Notebook zu. Wahrscheinlich ertrug sie es nicht, das Gesicht ihres Lebensgefährten zu sehen. Sie atmete kräftig ein und aus und befreite ihre Wangen erneut von herunterfließenden Tränen.

Plötzlich sprang sie auf, als hätte sie aus einer unsichtbaren Quelle frische Energie bezogen. Wie ausgewechselt klatschte sie in die Hände.

»Wir müssen die anderen zusammentrommeln«, sagte sie zu Felix. »Du rufst Guillermo an, ich Vega und Lola.«

»Wozu?«, fragte er verdutzt.

»Außerordentliche Redaktionskonferenz in einer Stunde!«

*

»Vielen Dank, dass Sie sich mit mir treffen«, sagte Ana.

»Für die Polizei nehme ich mir immer Zeit«, erklärte Marcos Peña. »Ich hoffe, dass Sie sich an meine Kooperationsbereitschaft erinnern werden.« Seine Mundwinkel bogen sich flüchtig nach oben zu einem Grinsen, das schleimiger war als eine Schneckenspur.

Ana schluckte ihren Ekel herunter. Es fiel ihr schwer, diese wenig subtile Anspielung nicht zu kommentieren.

Sie hielt es jedoch für klüger, zumindest bis klar war, ob Peña für Ruiz und sie von Nutzen sein würde.

Der Privatdetektiv hob sein Wasserglas, nippte daran, als handelte es sich um teuren Wein, und schaute Ana dabei erwartungsvoll an. Sie ließ sich nicht irritieren und schätzte ihn in Ruhe ab. Er musste ungefähr Ende fünfzig sein. Mit klarem Blick, militärischer Körperhaltung, fast schon steif, und einer formellen und distanzierten Ausdrucksweise. Dazu passte sein Kleidungsstil, bestehend aus einem rotbraunen Jagdhemd aus Flanell mit geschnitzten Holzknöpfen, einer Lederhose und schwarzen Stiefeln. Das Ebenbild eines pensionierten Offiziers des spanischen Heeres, der seine Uniform mit Stolz getragen und im Geiste nie abgelegt hatte. Er trug eine Allerweltsfrisur, an den Seiten kurz geschnitten, mittig gescheitelt. Seine Haare waren schneeweiß, genauso wie sein Bart. Von den Schläfen ausgehend umschloss dieser sein markantes Gesicht wie ein Rahmen, mit dünnen Linien entlang der Wangenknochen und einem buschigen Teil am Kinn. Auf seinem Schoß ruhte ein Barett in NATO-oliv, bei seiner Ankunft in dem Außenbereich des Restaurants hatte er es andächtig abgesetzt.

»Mit Ihrer Erlaubnis?« Peña zeigte nickend auf eine Schachtel, die vor ihm auf dem Tisch lag. Ohne abzuwarten, bediente er sich an ihr. Er steckte sich einen Zigarillo an. Zog mehrmals kurz hintereinander, sodass ihn eine nach Vanille duftende Rauchwolke umhüllte.

»Also, Inspectora, wie kann ich Ihnen zu Diensten sein?«

Ana schob ihm den Aschenbecher über den Tisch. Er quittierte dies mit einer angedeuteten Verbeugung. »Unseren Informationen zufolge hat Francisco Fraude Sie vor seinem Tod engagiert. Ist das korrekt?«

Er schaute ihr eine Zeit lang schweigend in die Augen. »Das ist zutreffend, ja.«

»Mit welchem Auftrag?«

»Nun, Señora …« Peña nahm einen weiteren Zug, aschte ab und glitt daraufhin mit dem Glimmstängel an der Innenseite des Aschenbechers entlang. »Ich bitte um Nachsicht, aber auch verstorbenen Mandanten gegenüber fühle ich mich zu Verschwiegenheit verpflichtet.« Wieder ein schleimiges Grinsen. »Sie verstehen?«

Und wie sie verstand. Er wollte verhandeln. Grundsätzlich war er bereit, ihr Informationen zu liefern, das hatte er mit seiner ersten Äußerung angedeutet. Doch seine Auskünfte würde er nicht kostenlos erteilen. Alles eine Frage des Preises, verhieß sein Gesichtsausdruck.

Was für ein abartiger Typ, dachte Ana. Wobei Geld in diesem Fall keine Rolle zu spielen schien. Peña ging es um etwas anderes.

Sie vergewisserte sich, dass ihnen niemand zuhörte, und beugte sich zu ihm herüber. »Selbstverständlich setzen wir uns dafür ein, dass Ihr Beitrag zur Aufklärung des Mordes an Francisco Fraude angemessen gewürdigt wird«, deutete sie verschwörerisch an.

Erneut fixierte er stumm ihre Augen. »Wenn es ein Mord war«, erwiderte er.

Ana zuckte und legte grübelnd den Kopf schief. Diese Antwort verblüffte sie. Was wollte er damit sagen? Hatte es also doch einen Grund gegeben, weswegen Fraude sich umgebracht haben könnte?

Peña lächelte, als er ihre Reaktion sah. Er schien erreicht zu haben, was er beabsichtigt hatte.

Ana sammelte sich und fragte: »Wie meinen Sie das?«

Mit seiner freien Hand streifte der Privatdetektiv eine Weile über das Barett in seinem Schoß. »Krebs«, antwortete er. Ana entglitten sämtliche Gesichtszüge. »Mein Mandant ist schwer krank gewesen.«

Sie rang um Worte und Fassung. »Sie meinen, er …«

»Wäre ohnehin gestorben, ja. Schwer zu sagen, wie viel Zeit ihm noch geblieben wäre. Wochen, Monate, Jahre. Wer weiß das schon?«

Ana schluckte. Dieses Gespräch entwickelte sich anders, als sie angenommen hatte. Bis sie sich Gewissheit über Fraudes Gesundheitszustand verschafft haben würde, stand Peñas Behauptung im Raum. Sie löste sich von diesen Gedanken und würde versuchen, das Gespräch auf das Gerücht zu lenken, das Zhang erwähnt hatte.

»Uns ist zu Ohren gekommen, dass Carmen Fraude eine Affäre mit einem anderen Mann gehabt haben soll. Wissen Sie auch hierzu etwas?«

Peña blies einen Rauchkringel heraus. Verträumt verfolgte er dessen Flugbahn. »Auch das muss ich bestätigen, Inspectora. Die Señora hatte einen Liebhaber, oben in Arucas.«

»Wer ist der Mann? Ich nehme an, dass Sie Beweise für Ihre Unterstellung vorlegen können?«

»Sí. Ich habe Bild- und Videomaterial, Restaurant- und Hotelrechnungen. Ich lasse Ihnen alles zukommen.«

»Dafür wären wir Ihnen sehr verbunden.« Der Privatdetektiv deutete eine weitere Verbeugung an. »Und jetzt möchte ich Sie bitten, mich zu entschuldigen, ich muss zurück in die Comisaría.«

»Niemals würde ich es mir erlauben, Sie an Ihren dienstlichen Verpflichtungen zu hindern, Inspectora.« Mit forschem Blick sah Peña zu dem Kellner hinüber, der in der Terrassentür zum Außenbereich lehnte. Mit einer lapidaren Geste winkte er ihn herbei. Ana zückte ihre Brieftasche.

»Ich bitte Sie, Señora!« Der Privatdetektiv sah sie an, als hätte sie ihn beleidigt. Angewidert betrachtete er das Portemonnaie in ihrer Hand. »Selbstredend werde ich Ihre Unkosten begleichen.« Er zwinkerte, setzte sich sein Barett auf und rückte es penibel zurecht.

Ana bedankte und verabschiedete sich. Mit einem mulmigen Gefühl stieg sie in ihren BMW und begab sich auf den Weg zurück in die Comisaría.

Noch glich der Fall Fraude einem kaum zu entwirrenden Wollknäuel. An welcher Stelle musste sie ziehen und wo die bereits vorhandenen Knoten lösen?

Hoffentlich würde die erste SOKO-Besprechung sie weiterbringen, dachte Ana.

TEIL ZWEI

SOKO FRAUDE

4

»Hören Sie, Montero«, sagte Hidalgo mit rauchiger Stimme. Ana und er standen vor dem Getränkeautomaten im Flur. Sie hatte den Ehrenmann auf dem Weg zur ersten SOKO-Besprechung abgefangen und um ein kurzes dienstliches Gespräch gebeten. Während er sprach, drückte er in kurzen Abständen auf den *Cortado*-Knopf, die Maschine verharrte jedoch stoisch im Schlafmodus. »Ich verstehe Sie ja, ehrlich. Aber die Kollegen Soler, Santana und Espinosa stehen nicht zur Verfügung.«

»Und wenn Sie sie abziehen?«, versuchte es Ana. »Ich brauche Sie vermutlich nicht an die mediale Tragweite dieses Falls zu erinnern.«

Weil der Automat nicht reagierte, schlug Hidalgo nun mit der Faust dagegen. »Dieses verfluchte Mistding!«

Ana hätte ihm den Trick, mit dem sie die störrische Maschine immer zum Einlenken brachte, verraten können. Sie fand es jedoch amüsanter, ihrem Vorgesetzten bei dem verzweifelten wie aussichtslosen Kampf zuzusehen.

Hidalgo gab auf und stemmte seine Fäuste in die Hüften. »Die drei stecken mitten in ihren Ermittlungen, Montero. Ich habe sie dazu befragt, sie wollen erst ihre Fälle schließen. Ich respektiere das. Es ergibt keinen Sinn, sie jetzt rauszuholen. Das würde alle bisherigen Fortschritte gefährden, das kann ich nicht verantworten.« Er drehte sich zu ihr um und zeigte auf den Automaten. »Wissen Sie zufällig, wie dieses Ding …?«

Ana schüttelte den Kopf. »Nein, tut mir leid«, log sie. »Danke für Ihre Zeit, Jefe.« Sie drehte sich um und ging davon.

Kurz darauf saß sie im Besprechungsraum und trommelte mit den Fingern auf ihren Tisch. Ruiz stand neben ihr und verschränkte die Arme. Nach und nach trudelten mit reichlich Verspätung die restlichen Mitglieder der neu gegründeten SOKO Fraude ein.

Der Erste, der sich zu ihnen gesellte, war Vicente Delgado. Sein Nachname hätte nicht weniger zu ihm passen können, denn schlank war an ihm gar nichts. Er nahm sich einen Stuhl in der letzten Reihe, sicherlich um seine innere Distanz zu diesem Treffen auszudrücken, und packte eine Chipstüte aus – die sollte wohl sein Frühstück ersetzen.

Auf ihn folgte Iker Redondo. San Iker, wie sein Spitzname lautete, behauptete beharrlich, der weltgrößte Fan von Real Madrids Torwartlegende Casillas zu sein, mit dem er sich den Vornamen teilte. Mehr wussten weder Ana noch Ruiz über ihn.

Zuletzt kam Marta Rey durch die Tür geschneit. Die Frau, die gleich zwei Spitznamen in der Comisaría besaß – »La Reína«, die Herrscherin, und »La Loca«, die Verrückte –, grüßte forsch in die Runde, als sie den Raum betrat. Dazu bedachte sie ihre Kollegen mit einem

Blick, der die Erklärung für einen ihrer beiden wenig schmeichelhaften Namen lieferte.

»Da nun alle da sind, fangen wir am besten gleich an«, eröffnete Ruiz das Treffen. Ana bewunderte, dass er seinen Missmut über die Zusammensetzung der SOKO so gut verbergen konnte. Mit wenigen Sätzen setzte er die anderen ins Bild. Er fasste die Befragungen am Flugplatz zusammen, gab den Inhalt ihres Gesprächs mit Carmen Fraude wieder und begann anschließend, auf dem Whiteboard eine Liste der Verdächtigen anzuschreiben.

An oberster Stelle die GCDN. Das Bekennervideo hatte den Aktivisten rund um ihre Leitfigur Gabriel Castillo zu Hauptverdächtigen werden lassen.

Delgado machte durch ein Brummen auf sich aufmerksam. Er leckte sich Chipskrümel von seinen fleischigen Fingern und meldete sich zu Wort. »Wenn diese Ökos sich zu dem Anschlag bekannt haben, warum sitzen sie dann noch nicht in U-Haft?«

Ruiz holte Luft, aber Ana kam ihm zuvor. »Die Haftbefehle sind schon ausgestellt. Wir wissen allerdings nicht, wo sich die Mitglieder von GCDN derzeit aufhalten. Die Insel verlassen können sie nicht, dafür sind bereits alle Maßnahmen getroffen. Früher oder später werden sie uns ins Netz gehen.«

»Außerdem wird das Video derzeit noch analysiert, um die Echtheit zu überprüfen«, ergänzte Ruiz.

Sie blickten in leere Gesichter in der letzten Reihe. Delgado gab sich mit dieser Antwort zufrieden, nickte und setzte die Ausgrabungen in seiner Chipsmine fort. Redondo und Rey schauten abwesend aus dem Fenster.

Dann schrieb Ruiz die nächsten Personen ans Whiteboard. An zweiter Stelle kam »Carmen Fraude«. Über die Witwe hatten sie inzwischen eine Menge in Erfahrung gebracht. Zum einen war sie mutmaßlich ehebrüchig geworden, was es zu überprüfen galt, und zum anderen mussten sie noch ermitteln, ob ihr mit dem Ableben ihres Mannes eine beträchtliche Summe aus einer Lebensversicherung zustand.

»Die Kollegin Montero und ich werden im Anschluss an unsere Sitzung erneut zur Witwe fahren und sie befragen«, erklärte Ruiz. »Mal sehen, was wir aus ihr herausbekommen.«

Delgado, Redondo und Rey nahmen auch das ausdruckslos zur Kenntnis.

Ruiz verzog die Augenbrauen und warf Ana einen flüchtigen Blick zu. Was sollten sie mit diesen Kollegen bloß anfangen? Diese Frage war ihm auf der Stirn abzulesen. Ana beantwortete sie mit einem Schulterzucken.

»Zuletzt haben wir noch einen Verdächtigen, dessen Name uns noch nicht bekannt ist«, führte Ruiz die Liste fort, indem er das Wort »Desconocido« an die dritte Stelle schrieb. »Es könnte sich hierbei um einen Geschädigten handeln, der während der Immobilienkrise sein Haus an Fraude verloren hat.«

»Diesbezüglich haben wir eine spannende Information von der Witwe bekommen«, fügte Ana hinzu. »Demnach habe ihr Mann einen Brief erhalten, in dem ein Unbekannter explizit von Fraudes Absturz gesprochen hat. Auch hierzu wissen wir jedoch erst mehr, sobald die kriminaltechnische Untersuchung abgeschlossen ist.«

Ruiz zog einen Strich unter die Liste. Darunter schrieb er in Großbuchstaben »Suizid«, gefolgt von drei Fragezeichen. Die, die über den Köpfen ihrer Gegenüber schwebten, waren mindestens genauso groß.

»Wieso Selbstmord?«, warf Rey ein.

»Möglicherweise ist Fraude an Krebs erkrankt gewesen«, antwortete Ana. »So zumindest die Info von Peña.«

Ruiz griff ihren Hinweis auf. »Womit wir auch schon bei eurer Aufgabe wären.« Er drückte die Verschlusskappe auf den Stift und zeigte mit ihm reihum auf ihre Kollegen. »Noch haben wir keine Ergebnisse von der Obduktion. Es wäre möglich, dass Fraudes Körper zu zerschmettert ist. Deshalb sollt ihr ermitteln, was an dieser Sache dran ist. Hatte Fraude tatsächlich Krebs, und wenn ja, wie sah seine Prognose aus? Bestand eine Chance auf Heilung oder nicht?«

»Exacto«, pflichtete Ana ihm bei, »findet heraus, wo er in Behandlung gewesen ist, und befragt die jeweiligen Ärzte.«

Damit war ihre erste Sitzung beendet. Delgado, Redondo und Rey trotteten aus dem Besprechungszimmer.

Ana wartete, bis sie außer Hörweite waren. »Und, was sagst du?«

Ihr Kollege war sprachlos. Er schien nach den passenden Worten zu suchen für das, was sich soeben abgespielt hatte. Er verschränkte die Arme und sagte:

»Gäbe es eine Castingshow, die Spaniens unmotivierteste Ermittler sucht, diese drei würden das Finale unter sich ausmachen.«

Dem hatte Ana nichts hinzuzufügen.

✻

»Wollen wir etwas essen gehen?«, schlug Felix vor. Die anderen waren nach Hause aufgebrochen, direkt nachdem Candela die Redaktionskonferenz beendet hatte. »Ich kenne eine gute Pizzeria in Bahía Feliz. Das liegt ja ohnehin auf unserem Weg, von daher …«

Sie nickte zwar, schien jedoch nicht sonderlich begeistert. Vielmehr vermittelte sie einen in sich gekehrten Eindruck.

»Die Pizzeria liegt im Innenhof des Centro Comercial«, versuchte Felix, sie zu überzeugen. »Ich weiß, klingt nicht gerade vielversprechend. Aber die Pizza schmeckt wirklich lecker dort, glaub mir.« Er wartete auf eine Reaktion, doch Candela schaute weiter geistesabwesend umher. Er stupste sie mit der Schulter an, probierte es mit einem Zwinkern und sagte: »Gib dir einen Ruck. Geht auch auf meinen Nacken.«

Ihr Blick fiel zu Boden. »Entschuldige, Peque, ich kann mich … Ich muss vorher …« Sie fummelte ihr Handy aus der Tasche und streckte es ihm entgegen. Das Display leuchtete auf. Das Symbol eines verpassten Anrufs war darauf zu sehen, darüber der Name desjenigen, der versucht hatte, sie zu erreichen: »Gabriel Castillo«. »Ich muss mich bei ihm melden.«

Felix streichelte über ihre Schulter. »Ich warte hier auf dem Flur auf dich.«

»Nein, Peque, du kannst dich ruhig schon losmachen, wenn du –«

Reflexartig legte er einen Finger auf ihren herzförmigen Mund. »Keine Widerrede! Auch du solltest mal etwas essen. Und warum sich dann nicht von mir einladen lassen?«

Verblüfft fing Candela an zu blinzeln. Als sich ihre Irritation gelegt hatte, griff sie sanft, aber bestimmt nach Felix' Hand und nahm sie von ihren Lippen.

»Also gut, bevor du noch länger quengelst.« Sie lächelte gezwungen. »Aber deine Finger behältst du das nächste Mal bei dir, ¿vale?«

»Vale«, bestätigte Felix kleinlaut.

Dann ging er aus dem Raum und ließ Candela allein. Er lehnte am Türrahmen der gegenüberliegenden Herrentoiletten. Was zum Teufel hatte ihn zu dieser Geste getrieben, fragte er sich beschämt. Es musste eine Kurzschlussreaktion gewesen sein. Verärgert schlug er sich mit der flachen Hand gegen die Stirn.

Er dauerte zwanzig Minuten, bis Candelas Stimme wieder verstummte. Felix hatte ein unverständliches Gemurmel aus dem Konferenzraum gehört. Am liebsten hätte er sein Ohr an die Tür gelegt und gelauscht, doch zum einen wäre das indiskret gewesen, und zum anderen hätte es ihm bei der ersten Nachfrage direkt die Schamesröte ins Gesicht getrieben. Er war ein miserabler Geheimniskrämer, und Candela konnte er sowieso nichts vormachen. Sie roch sofort, wenn er ihr etwas zu verschweigen versuchte.

Felix erschrak, als sie durch die Tür kam und ihn mit tränenfeuchten Augen ansah. Er drückte sich von dem Türrahmen ab und ging ihr entgegen.

»Was ist passiert?«, fragte er.

Sie schluchzte und winkte ab. »Nicht hier, Peque.« Sie faltete ein Taschentuch auseinander und trocknete sich damit das Gesicht. »Komm, lass uns zu dieser Pizzeria fahren. Ich habe Hunger.«

»De acuerdo.«

Sie verließen die Redaktion, schlossen hinter sich ab und gingen durchs Treppenhaus nach unten. Die Calle Isla de Cuba war wie ausgestorben, nur Candelas Auto parkte in der Straße.

Felix' Blick kletterte die Hauswand empor. Die Überreste einiger Nazi-Schmierereien waren nach wie vor zu erkennen, denn die Stadtreiniger hatten immer noch nicht alle Graffiti-Spuren beseitigt. Was auch daran lag, dass es nicht bei den Sprüchen geblieben war, die Felix an seinem ersten Arbeitstag aufgefallen waren. Als die Information durchgesickert war, dass LA VIDA einen Geflüchteten bei sich versteckt hatte, waren täglich weitere dazugekommen.

Sie stiegen ein und ließen Las Palmas auf dem schnellsten Weg hinter sich. Sie sprachen kein Wort miteinander. Trotzdem kam Felix es vor, als unterhielten sie sich stumm. Diese Verbindung zwischen ihnen hatte er von Anfang an gespürt, und durch ihre gemeinsamen Erlebnisse war sie zunehmend stärker geworden. Ob nur er so empfand? Er hatte sich noch nicht getraut, Candela diese Frage zu stellen.

Felix sah aus dem Fenster. Sie fuhren ungewöhnlich langsam über die GC-1, die Peripherie der Hauptstadt zog gemächlich an ihnen vorüber. Sie passierten das Castillo de San Cristóbal, einen Kanonenturm aus dem sechzehnten Jahrhundert, dessen Überreste bei Ebbe zum Vorschein kamen. Der englische Freibeuter Francis Drake und der niederländische Admiral Pieter van der Does hatten die Festung bei ihren Angriffen auf die Stadt massiv beschädigt, sodass sie neu aufgebaut werden musste. Seitdem umgab den verwitterten Kanonenturm eine mystische Aura.

Sie fuhren weiter, ließen auf ihrer Route belebte Buchten und Strände hinter sich. Vierzig Minuten nachdem sie die Redaktion verlassen hatten, nahmen sie die Ausfahrt nach Bahía Feliz. Candela parkte den Wagen direkt vor dem Centro Comercial.

»Hier bin ich tatsächlich noch nie gewesen«, sagte sie und deutete auf den Gebäudekomplex. »Sieht nett aus.«

»Lass dich überraschen«, antwortete Felix und zwinkerte. Es wunderte ihn nicht, dass es Candela bisher nicht hierher verschlagen hatte. Auch er war skeptisch gewesen, als die Besitzerin des Supermarkts in Playa del Águila, bei der er gern einkaufte, ihm dieses Lokal empfohlen hatte. Ein Restaurant im Innenhof eines Einkaufszentrums gelegen, direkt gegenüber eines mehrstöckigen Hotels? Das konnte nichts Vernünftiges sein. Trotzdem hatte er sich drauf eingelassen, wenn auch aus dem Grund, dass sein Lieblingsrestaurant in San Agustín damals vorübergehend geschlossen hatte. Da er bis zuletzt an der Empfehlung gezweifelt hatte, war er umso überraschter gewesen, als er das Zentrum von Bahía Feliz erreicht hatte.

Felix ließ seine Erinnerungen ziehen und hakte sich bei Candela unter. Sie schmunzelte, weil sie die Rollen tauschten, und streckte ihre Nase zum Himmel. Die beiden lachten und schritten die kurze Steintreppe auf die Empore hinauf, traten durch den geschwungenen Torbogen, und dahinter offenbarte sich ihnen ein freier Blick auf den Innenhof.

Candela staunte, mit weit geöffneten Augen sah sie sich um. Sie zog Felix zu sich heran und flüsterte ihm ins Ohr: »Peque, es ist wunderschön hier!«

Er teilte diese Meinung. Für ihn versprühte dieser Ort eine eigene Magie, die ihn auch an diesem Abend sofort wieder in seinen Bann zog. Auf ihn wirkte er wie eine Mischung aus einem arabischen Basar und einem römischen Atriumhaus. Mit einem eingelassenen Platz aus roten Pflastersteinen in der Mitte, auf dem Kinder spielten, und vereinzelten Laternen, die die Szenerie in gelbliches Schummerlicht tünchten. Drumherum überdachte Restaurants in ein- bis zweistöckigen, orientalisch anmutenden Flachdachhäusern. Palmen flankierten die Empore und verliehen dem Platz eine sommerliche Wohlfühlatmosphäre.

Candela steuerte einen Tisch an, von dem aus sie alles im Blick hatten. Sie brauchte das, das Geschehen musste sich immer vor ihren Augen abspielen. Eine Eigenart, mit der Felix sie gern aufzog, doch er spürte, dass sie heute nicht in der Stimmung für derlei Späße war.

Sie winkten einen Kellner zu sich und gaben bei ihm ihre Bestellung auf. Auf seine Empfehlung entschied Candela sich für eine Pizza Florencia mit Serrano-Schinken, Rucola und gehobeltem Parmesan und trank ein Glas Weißwein. Felix stand der Sinn nach Fisch, er probierte es mit Seehecht, wozu dasselbe Getränk passte. Der Kellner notierte ihre Bestellung und bescheinigte ihnen, eine vorzügliche Wahl getroffen zu haben.

Nachdem er sich zurückgezogen hatte, fasste Candela sich ein Herz und fing an zu erzählen. Felix hörte ihr aufmerksam zu. Im Gegensatz zu vorhin schien sie etwas gefasster. Offensichtlich hatte sie das Telefonat mit Gabriel inzwischen ein wenig verdaut.

Sie senkte ihren Blick und suchte nach den richtigen Worten. »Peque, was soll ich sagen? Ich mache es kurz: Gabriel und ich haben uns getrennt.«

Sie hatten was? Vor Überraschung weiteten sich Felix' Augen. Sein Verstand versuchte diese Information zu verarbeiten, blockierte dabei aber jegliches Denken. »Okay ... Krass«, stammelte er. Zu mehr war er nicht in der Lage.

Candela schien seine Verblüffung zu entgehen. Sie erzählte weiter: »Er hat gesagt, dass er mit mir reden müsse. Ich habe ihm geantwortet, dass ich es im Moment nur schwer ertragen kann, in seiner Nähe zu sein. Du hast ihn gesehen, er ist völlig abgedreht. Diese GCDN hat einen anderen Menschen aus ihm gemacht.«

»Hm, hm«, brummte Felix. Als hätte ihm jemand sein Sprachvermögen gestohlen, war er nicht mehr in der Lage, eine Unterhaltung zu führen.

»Er hat vorgeschlagen, eine Pause einzulegen. Auf solche Spielchen habe ich aber keine Lust. Man ist ein Paar, oder man ist keins. Dazwischen gibt es für mich nichts.«

Konsterniert nickte Felix vor sich hin. Sprachlos, verwirrt und überfordert mit den Gedanken und Gefühlen, die durch seinen Kopf rasten.

Eine Träne kullerte über ihre Wange, Candela drehte sich beschämt weg. Sie tastete nach der Serviette in ihrem Rücken, bekam sie zu greifen und trocknete sich damit das Gesicht. Eine Weile blieb sie sitzen, von Felix abgewandt, und atmete zur Beruhigung tief ein und aus.

»Warte mal«, meldete sie sich kurz darauf zurück. Sie drehte sich wieder herum und sah ihn mit einem irritierten Blick an. »Guck bitte nicht gleich hin, aber sitzt da hinten nicht Erik Vestergaard?«

Felix unterdrückte den Impuls, sofort nachzuschauen. »Wo genau?«, fragte er. Mit verkniffenen Augen sah er von einem Tisch zum nächsten. Er war froh, dass er seine Sprache wiedergefunden hatte.

Candela nickte kaum merklich über ihre Schulter. »Na, dort, bei dem Torbogen.«

Zur Tarnung schnappte Felix sich die Speisekarte. Er hielt sie sich vors Gesicht und spähte an ihr vorbei zu den hinteren Tischen.

Tatsächlich! Trotz des schummrigen Lichts konnte er den Mann, der täglich auf seinem Surfbrett an Felix'

Bungalow vorbeiflitzte, deutlich erkennen. Erik Vestergaard saß allein an einem Tisch am Rand des Außenbereichs. Er trug ein blaues Poloshirt, eine gleichfarbige kurze Hose und an den Füßen Flip-Flops. Vor ihm stand ein Cocktail mit Schirmchen, aus dem er in diesem Augenblick einen kräftigen Zug mit dem Strohhalm nahm. Danach lehnte er sich entspannt zurück und legte einen Arm um den Stuhl neben sich.

»Sollen wir ihn ansprechen?«, fragte Candela. Ihre geröteten Augen schienen zu funkeln.

Felix schüttelte den Kopf. »Der möchte bestimmt seine Ruhe haben.«

»Du hast mir doch neulich erst erzählt, dass du Surfen lernen willst?«

»Ja, schon, aber doch nicht –«

»Ach was, der freut sich, wenn ihm jemand Gesellschaft leistet.« Sie lächelte, drückte sich am Tisch ab und stand auf.

Da war sie wieder, die alte Candela. Voller Energie und Tatendrang.

*

Zum zweiten Mal innerhalb weniger Tage brachen die Inspectores zum Anwesen der Fraudes auf und schlängelten sich durch die engen Bergstraßen nach Santa Lucía. Kurz vor dem Ortsschild klingelte Ruiz' Diensthandy, er fischte es aus seiner Hosentasche und entsperrte das Display. Der Name des Anrufers leuchtete auf.

»Der Ehrenmann«, kommentierte er.

Ana rollte mit den Augen. »Was will der schon wieder? Etwa uns eine zweite SOKO aufbrummen?«

Ruiz schmunzelte. Er drehte sich zur Seite und nahm das Gespräch an.

Aus seinen Antworten schloss Ana, dass Hidalgo von ihm eine Meldung über die Ergebnisse der ersten Sitzung erwartete. Ihr Kollege unterrichtete ihn darüber und teilte ihm mit, welche Aufträge sie Vicente, Iker und Marta aufgetragen hatten und dass er und Ana gerade auf dem Weg zu Carmen Fraude waren.

Es folgte eine längere Ausführung ihres Vorgesetzten. Ana verstand weiterhin nicht genau, was er sagte. Sie hörte nur Raunen sowie dazwischen Ruiz' bestätigendes »Sí, Señor«. Kurz bevor sie beim Anwesen ankamen, legte ihr Kollege auf.

Ana schaute fragend zu ihm hinüber.

»Die CIAIAC ist nun auch mit an Bord«, erklärte Ruiz.

»Muy bien«, sagte sie. »Hattest du schon mal mit denen zu tun?«

»Nein, bisher nicht. Du?«

Ana schüttelte den Kopf. Für sie war es ebenfalls eine Premiere, dass sie mit der spanischen Untersuchungsbehörde für Flugunfälle zusammenarbeitete.

Ruiz erzählte weiter: »Die haben sich die Absturzstelle angesehen und die Ausrüstung zur Untersuchung sichergestellt. Hat wohl so lange gedauert, weil die Ermittler erst aus Madrid anreisen mussten.«

»Wissen wir, wann mit einem Ergebnis zu rechnen ist?«

Er zuckte mit den Schultern. »Laut Hidalgo in ein paar Tagen. Aber dann wissen wir hoffentlich endlich etwas Definitives.«

Sie erreichten das Anwesen, parkten den BMW erneut vor der Mauer und Ana klingelte. Gaël erkannte sie sofort wieder. Er öffnete das Tor, und nachdem es auf der Schiene ein Stück zur Seite gefahren war, schlüpften die Inspectores durch den Spalt auf den Vorhof. Sie hielten sich nicht lange auf und nahmen den Weg geradewegs zum Eingang. Gaël begrüßte sie mit professionell vorgetragener Freundlichkeit. Doch was er nicht verbergen konnte, war, dass seine Freude über ihren Besuch in Wahrheit keine war. Ana war es egal. Er führte sie und Ruiz wieder durch das Anwesen. Diesmal allerdings mit einem anderen Ziel: die private Bibliothek, dorthin hatte sich Carmen Fraude zurückgezogen.

»Die Señora ist weiterhin bereit, mit Ihnen zu kooperieren«, sagte Gaël.

Ana schnaufte und holte tief Luft für eine Antwort. Ruiz stieß sie sanft mit dem Ellbogen in die Seite. Sie sah zu ihrem Kollegen hinüber, sein Kopfschütteln war ein deutliches Zeichen. Am liebsten hätte sie dem Hausangestellten gesagt, dass diese Entscheidung bald nicht mehr im Ermessen der Señora liegen könnte. Falls sich bewahrheitete, was sie über sie herausgefunden hatten, würden sie ihr nächstes Gespräch auf der Comisaría führen. Ana konnte sich den Kommentar jedoch verkneifen.

Vor der Tür mit dem Schild *Biblioteca* hielt Gaël an. »Bitte sprechen Sie in angemessener Lautstärke, Inspectores. Die Señora mag es nicht, wenn drinnen laut geredet wird.«

»Das liegt nicht nur an uns«, antwortete Ana.

Ruiz betrieb Schadensbegrenzung. »Wir werden uns bemühen.«

Der Hausangestellte klopfte an und wartete auf Antwort. Ein widerwillig zustimmendes Brummen gab ihnen grünes Licht. Gaël drückte die Klinke herunter und öffnete die Tür. Die Inspectores schlichen an ihm vorbei in den Raum hinein.

Carmen Fraude saß in einem senffarbenen Ohrensessel, mit dem Rücken zu dem einzigen, durch eine Jalousie verdunkelten Fenster. Auf dem dreibeinigen Beistelltisch daneben ruhte ein Bücherstapel, bewacht von einer ausgeschalteten antiken Leselampe mit grünem Schirm und goldfarbener Kette.

Die Hausherrin sah von dem schmalen Buch in ihren Händen auf und erkannte die Beamten aus dem Augenwinkel. Sie begrüßte sie mit einem Blick, dem nur wenig zum Höchstmaß an Verachtung fehlte. Stumm zeigte sie auf die Holzbank an ihrer Seite. Ana und Ruiz setzten sich.

Die Witwe schlug das Buch zu, legte es oben auf den Stapel und rückte diesen zurecht, indem sie die Buchrücken penibel auf einer Linie anordnete. In Richtung der Inspectores fragte sie: »Haben Sie schon etwas über den Brief herausgefunden?«

Ruiz räusperte sich. »Nein, Señora, leider nicht. Er wird noch untersucht.«

Eine Weile nickte sie wortlos vor sich hin. Kein zustimmendes Nicken, sondern ein geringschätziges, das aussagte, dass ihre Erwartungen nicht übertroffen wurden.

»Wie gedenken Sie weiter zu verfahren?«, fragte sie.

Ana beugte sich vor und stützte sich mit den Ellbogen auf ihren Oberschenkeln ab. »Nun, Señora, wir sind in unseren Ermittlungen bereits ein gutes Stück vorangekommen.«

Ein kurzer, vergewissernder Blick zu Ruiz: Er saß mit übereinandergeschlagenen Beinen da, die gefalteten Hände umfassten sein Knie. Eine Pose, aus der sie schloss, dass er Ana das Feld überließ. Auf der Fahrt hierher hatte sie eine Strategie abgewogen. Ein Weg war, Carmen Fraude direkt mit den brisanten Informationen über sie und ihren verstorbenen Mann zu konfrontieren. Ihr von den Anschuldigungen des Privatdetektivs zu erzählen, sich zurückzulehnen und die Reaktion zu beobachten. Ana schätzte, dass diese Methode zu einer Eskalation führen würde. Bei Carmen Fraude musste sie behutsamer vorgehen.

Sie wagte den ersten Schritt und sagte: »Señora, auch wenn ich es nicht gerne tue, muss ich mich leider erkundigen, wie es um die Gesundheit Ihres Mannes stand.«

Augenblicklich hielt die Witwe inne. Sie zögerte, bis sie sich vollständig zu den Inspectores herumdrehte und dabei tiefer in dem Ohrensessel versank. »Mein Mann ist vollkommen gesund gewesen«, sagte sie.

Ana wiegte den Kopf hin und her. »Leider haben wir dahingehend andere Informationen erhalten. Nach unserem derzeitigen Kenntnisstand war Ihr Mann an Krebs erkrankt.«

Die Witwe bedachte sie mit einem Blick, der genauso eisig war wie ihr Ton. Sie fragte: »Woher haben Sie diese Information?«

»Von unserer Quelle.«

»Wer ist diese Quelle?«

Ana schaute zu Ruiz hinüber, er saß unverändert da und hatte das Gespräch verfolgt. Er blinzelte, das Zeichen für sein Okay. Sie wandte sich wieder ihrem Gegenüber zu. »Es handelt sich um einen Privatdetektiv. Ihr Mann hat ihn damit beauftragt, Sie –«

Die Witwe lachte kurz auf, ihre vermeintliche Erheiterung endete genauso abrupt, wie sie ausgebrochen war. »Sie wollen mir aber nicht erklären, dass Marcos Peña Ihre Quelle ist?«

Ana versuchte, ihre Überraschung zu überspielen. »Sie kennen ihn?«

»Natürlich.«

»Woher, wenn ich fragen darf?«

»Mein Mann hat jahrelang mit ihm zusammengearbeitet. Er hat ihm Aufträge erteilt und ihn fürstlich entlohnt. Bis er herausgefunden hat, wer Marcos Peña in Wahrheit ist.«

»Also halten Sie ihn nicht für einen fähigen Ermittler?«

»Ich halte ihn vor allem für einen fähigen Betrüger.«

Aus dem Augenwinkel sah Ana, dass Ruiz' Blick blitzartig zu ihr herüberschoss. Auch ihr wären um ein Haar die Gesichtszüge entglitten. Sie blinzelte irritiert, es fiel ihr schwer, die Beherrschung zu bewahren. Was hatte das zu bedeuten?

»Was wollen Sie damit sagen?«, schaltete sich Ruiz in die Befragung ein. »Haben Sie Beweise dafür, dass er –«

»Ja, habe ich«, ließ die Witwe ihn nicht aussprechen. »Auch wenn ich nicht der Auffassung bin, dass es mir obliegt, Personen und deren Behauptungen zu überprüfen.« Sie zog die Schublade des Beistelltisches auf und entnahm ihr einen Stapel Papiere. Auffordernd hielt sie ihn den Inspectores hin.

Ana war wie schockgefroren. Zum Glück nahm Ruiz das Bündel entgegen. Er legte es auf seine Oberschenkel und blätterte es flüchtig durch.

»Das ist nur ein kleiner Teil aus der Kollektion seiner Gerichtsurteile«, erklärte die Witwe. Mit einem selbstzufriedenen Lächeln kuschelte sie sich zurück in ihren Sessel. »Verleumdung, üble Nachrede, Falschaussage, Urkundenfälschung …«

Ruiz hatte genug geblättert. Er schluckte und reichte die Papiere an Ana weiter.

»Natürlich bin ich keine Expertin auf dem Gebiet, wie Sie es sind, Inspectores«, kommentierte die Witwe mit süffisantem Unterton. »Nach meiner unmaßgeblichen Einschätzung wirft das jedoch kein gutes Licht auf Señor Peña.« Sie faltete ihre Hände und legte sie im Schoß ab. »Oder liege ich damit falsch?«

Einen flüchtigen Moment wurde Ana rot. Sie spürte den Blick ihres Kollegen auf ihr ruhen, als würde er sie wortlos maßregeln. Er hatte recht, ihr war ein Anfängerfehler unterlaufen. Niemals hätte sie Carmen Fraude mit Peñas Behauptungen konfrontieren dürfen, ohne zuvor seine Glaubwürdigkeit überprüft zu haben. Sie war auf ihn und seine Scharade hereingefallen, und wie aus den Gerichtsurteilen hervorging, war sie nicht sein erstes Opfer. Und mit Sicherheit nicht sein letztes.

Ana räusperte sich. »Wir müssen uns bei Ihnen entschuldigen, Señora«, sagte sie betreten. Mehr bekam sie im Moment nicht heraus.

Die Witwe rümpfte die Nase, erhob sich aus ihrem Sessel und wies die Inspectores mit einem Nicken auf die Tür in ihrem Rücken hin.

»Ich denke, Sie sollten sich mit den wirklich wichtigen Fragen in diesem Fall beschäftigen. Zum Beispiel, wer meinem Mann diesen Brief geschrieben hat.« Sie zupfte ihren Mantel zurecht, schnappte sich ihre Lesebrille von dem Bücherstapel und klemmte sie sich an den Kragenbund. »Gaël wird Sie nach draußen begleiten. Ich wünsche erst wieder von Ihnen zu hören, wenn Sie den Verfasser des Briefes ausfindig gemacht haben.« Ohne ein weiteres Wort verschwand sie auf den Flur, wo ihre Schritte verhallten. Eine Zeit lang blieben die Inspectores wie versteinert sitzen.

»Komm, lass uns abhauen«, schlug Ruiz vor. Er klopfte Ana aufmunternd aufs Knie. »Hier können wir nichts mehr ausrichten.«

*

Worauf hatte er sich da nur eingelassen? Wie ein begossener Pudel kauerte Felix im Sand und schaute auf den

Atlantik. Er tastete sich an die Stirn und beäugte seine blutverschmierten Finger.

»Alles gut, Peque?«, rief Candela ihm vom Meer aus zu.

»Alles gut«, antwortete er, gefolgt von einem aufgesetzten Lächeln. Eine glatte Lüge, denn gut war überhaupt nichts. Felix hatte sich lange nicht mehr so beschissen gefühlt.

Candela schien das nicht zu bemerken. Sie grinste, winkte ihm zu und kletterte zurück auf das Surfbrett. Unter den beobachtenden Augen von Erik Vestergaard, der sie umkreiste und dabei erneut so entspannt aussah, als läge er gerade bei der Massage.

Der pochende Schmerz in seinem Kopf erinnerte Felix an seine ersten, kläglich gescheiterten Surfversuche. Irgendwann hatte er aufgehört zu zählen, wie oft er ins Wasser gefallen war, jedes Mal zur Erheiterung von Candela und Erik. Anfangs hatte er sich trotzdem immer wieder herausgekämpft. Als ihn schließlich eine Welle überraschte, war er der Naturgewalt machtlos ausgeliefert gewesen. Sie hatte ihn von den Beinen geholt, er hatte sich mehrmals überschlagen und war unter Wasser mit seinem Brett kollidiert. Die Erinnerung an diesen schmerzhaften Zusammenstoß, eine am Haaransatz verlaufende, zwei Zentimeter lange Schnittwunde, würde ihm eine Weile erhalten bleiben.

Seitdem saß er hier im Sand und war gezwungen zuzusehen, wie Candela und ihr gemeinsamer Surflehrer sich auf dem Wasser vergnügten. Dabei hätte er einfach Nein sagen können. Sowohl zu dem Vorschlag, sich in der Pizzeria zu Erik an den Tisch zu setzen, als auch zu dessen aberwitziger Idee, sich am nächsten Tag am Strand zu treffen und mit dem Unterricht zu beginnen. Doch gegen die Magie, die sich zwischen Candela und Erik am gestrigen Abend entwickelt hatte, hatte er nichts auszurichten gehabt. Irgendwann hatte er bloß noch dagesessen, mit geballter Faust unterm Tisch, und dabei zugesehen, wie sie dem Charme dieses Sonnyboys erlegen war. Auch Erik war gewissermaßen wie eine Naturgewalt gewesen, vergleichbar mit der Welle, die Felix zu Fall gebracht hatte.

»¡Peque!«, holte ihn Candelas Stimme zurück ins Hier und Jetzt. Er hob seinen Blick und beschirmte seine Stirn mit einer Hand gegen die Sonne. Candela kam aus dem Wasser, glitzernde Tropfen liefen an ihrem Körper herunter, sie lächelte von Kopf bis Fuß und hüpfte auf ihn zu. Felix versuchte, sich nichts anmerken zu lassen, aber dieser Anblick machte ihn unruhig. Wie viele junge Spanierinnen trug auch Candela einen Bikini, der kaum das verhüllte, was er zu bedecken hatte, und dabei die Linien ihres sportlichen Körpers betonte.

Sie ging in die Hocke und nahm sein Gesicht in beide Hände. »Lass mal sehen. Was macht die Wunde?« Sie drehte seinen Kopf hin und her.

»Ich werde es überleben.«

»Das würde ich begrüßen.« Sie ließ ihn wieder los und setzte sich neben ihn in den Sand. »Ist das nicht toll, dass wir einen eigenen Surflehrer haben?« Sie zeigte hinaus aufs Meer, wo Erik in einem Affenzahn vorbeiraste, selbstredend mit einem kamerareifen Lächeln im Gesicht. »Und dann auch noch einen was-weiß-ich-wie-vielfachen Weltmeister.«

»Hm, hm«, brummte Felix.

Candela stieß ihn mit der Schulter an. »Hombre, du wirst doch jetzt nicht wegen dieser Sache die Segel streichen, oder?« Sie grinste über ihren Wortwitz.

»Weiß nicht.«

»Weil wir dich aufgezogen haben?«

Er zuckte mit den Schultern.

»Dann tut es mir leid, Peque.« Sie hakte sich bei ihm unter und schmiegte sich an ihn. »Du hast süß ausgesehen! So hilflos und verzweifelt.«

Felix schaute zu seinen Füßen. Verlegen bohrte er seinen großen Zeh in den Sand. »Ich glaube, Surfen ist nichts für mich.«

Candela prustete. »¡Que va! Das kriegen wir schon hin.« Sie zog ihn zu sich heran und drückte ihm energisch einen Kuss auf die Wange. »Ich geh noch mal rein, kommst du mit?«

Er schüttelte den Kopf. Zeigte mit dem Kinn in Richtung der Steintreppe zu seiner Rechten, die am Rand des Strands entlang zum Privataufgang der Bungalow-Anlage führte.

»Ich werde gleich reingehen und mich an den Artikel setzen«, erklärte er.

»Mach das«, ermutigte Candela ihn und sprang auf die Beine. »Nach dem Unterricht komme ich zu dir, ¿vale?«

»Vale«, antwortete er.

Sie lächelte, wandte sich von ihm ab und sprintete auf das Wasser zu. Felix sah ihr hinterher und biss sich auf die Lippen. Dieser Bikini stand ihr ausgesprochen gut.

*

Wieder saßen Ana und Ruiz im Innenhof des chinesischen Restaurants. Diesmal deutlich später als bei ihrem letzten Besuch, es war kurz nach zwanzig Uhr. In dem Lokal herrschte reger Betrieb, sie hatten Glück gehabt und sich einen der wenigen freien Tische ergattert. Jinhao Zhang hatte sie freudig empfangen und sich erkundigt, ob sie mit ihren Ermittlungen weitergekommen seien. Ana hatte zaghaft genickt, dabei beschämt den Blickkontakt zu Ruiz vermieden und sich bei Zhang für seine Unterstützung bedankt.

Nun schaute sie bereits eine Weile gedankenverloren über die niedrige Steinwand, die den Innenhof begrenzte, und verfolgte die in einer Lücke zwischen den Bergschluchten untergehende Sonne. Es war ein atemberaubender Anblick, auch weitere Gäste verfielen in andächtiges Schweigen und sahen zum rot-gelb erstrahlenden Horizont. Ein Spiel der Farben, als ob der Himmel brennen würde.

Wie gerne hätte Ana diesen Augenblick mit Carlos genossen.

Zum ersten Mal seit Monaten spukte er wieder in ihrem Kopf herum. Vor allem in der Anfangszeit, in den Wochen nach ihrer Strafversetzung auf die Insel, hatte er das verstärkt getan. Um ihn zu vergessen, hatte Ana sich eingeredet, dass es sinnlos sei, ihm hinterherzutrauern, und hatte sich jegliche Erinnerung an ihn untersagt. Bisher war sie erst ein Mal rückfällig geworden, als sie zwischen ihren Sofakissen ein Foto mit ihnen beiden gefunden hatte. Darauf waren sie zu sehen gewesen, wie sie Arm in Arm auf der Tribüne der Stierkampf-Arena Las Ventas gesessen hatten.

Zum allererstem Mal war sie Carlos auf einer Fortbildung über den Weg gelaufen. Der Referent hatte die beiden nebeneinandergesetzt, und von Anfang an hatten zwischen ihnen die Funken gesprüht. Dabei war er optisch gar nicht ihr Fall, Ana fühlte sich eher zu gemütlichen Männern hingezogen, während Carlos ein sportlicher Typ war. Ohnehin wich er von dem stereotypen Bild eines Spaniers ab, wohingegen er in Skandinavien nicht aufgefallen wäre. Er war hochgewachsen, hatte kräftige, meerblaue Augen, in denen Ana ertrinken konnte, und eine lockige, blonde Mähne. Wenn sie ihn darauf ansprach, scherzte Carlos immer, dass der Storch ihn nur versehentlich über Spanien abgesetzt haben musste.

Sie waren einander sofort verfallen. Ein paar Monate lang hatte es sich wie der Himmel auf Erden angefühlt, nie zuvor war Ana derart zufrieden gewesen. Sie akzeptierten sich mit allen Ecken und Kanten, gingen wertschätzend und auf Augenhöhe miteinander um, ohne leidige Machtspielchen.

Bis Tag x die Wahrheit ans Tageslicht befördert hatte. Als es hart auf hart gekommen war, hatte Carlos kalte

Füße bekommen. Er hatte sich für seine Karriere und gegen ihre Beziehung entschieden.

»Woran denkst du?«, mischte Ruiz sich in ihre Gedanken.

Ana schüttelte sich. Sie atmete tief durch und schob die in ihrem Kopf aufblitzenden Bilder beiseite.

»An Peña«, log sie. »Ich frage mich, wieso ich mich von ihm habe täuschen lassen.«

Ruiz nickte und presste als stumme Geste der Zustimmung seine Lippen aufeinander.

»Und woran noch?«, fragte er weiter.

Ana verzog irritiert das Gesicht. Hatte ihr Kollege bemerkt, dass ihre erste Antwort eine Lüge gewesen war? Dass er ein ausgeprägtes zwischenmenschliches Gespür besaß, hatte sie inzwischen mitbekommen. Sie vermutete, dass es diese Eigenschaft war, die ihn zu einem herausragenden Vernehmungsexperten werden ließ.

Sie nahm ihren Blick von dem Naturspektakel und sah ihm in die Augen. Sollte sie sich ihm anvertrauen? Keine Frage, sie fühlte sich zu ihm hingezogen, vor allem, weil er immer so gut roch. Den Fehler, sich mit einem Polizisten einzulassen, würde sie jedoch nicht wiederholen. Außerdem war Ruiz verheiratet und hatte Kinder. Niemals würde sie einen liierten Mann an sich heranlassen und damit eine Ehe gefährden.

Aber warum sollten sie sich nicht anfreunden? Ana wohnte seit über einem Jahr hier, und trotzdem war sie bisher niemandem nähergekommen. Sie hatte sich nicht mal bei den Nachbarn im Haus vorgestellt. Sie lebte zurückgezogen wie eine Einzelgängerin, und das, obwohl sie in Madrid regelmäßig ausgegangen war, in Tapas-Bars, ins Theater, zum Tanzen. Zu all dem verspürte sie hier auf Gran Canaria keine Lust. Vom ersten Tag an hatte sie sich auf der Insel fremd gefühlt, wollte sich fremd fühlen, und hatte bisher nichts an diesem Zustand geändert.

Der Stachel ihrer Versetzung saß immer noch tief. Ob die Zeit gekommen war, ihn herauszuziehen? Herauszukommen aus dem Schneckenhaus, wieder teilzuhaben am Leben?

Ruiz wartete weiter auf eine Antwort.

Ana begann zu erzählen. »Ich habe an jemanden gedacht, den ich in Madrid zurückgelassen habe.« Sie nestelte mit ihren Fingern.

Ruiz schluckte. »Einen besonderen Jemand?«, fragte er.

Sie nickte, griff nach dem Glas Tropical und führte es zum Mund. »Er hieß Carlos.«

»Carlos«, wiederholte er. Seine Lippen verformten sich zu einem zaghaften Schmunzeln. »Und wer war er?«

»Wir waren Kollegen.«

Ruiz verschränkte die Arme und lehnte sich zurück. »War das ein Problem? Es gibt ja einige Polizisten, die ihr Kopfkissen miteinander teilen, auch hier bei uns.«

»Mag sein.« Ana zuckte mit den Schultern und nippte an ihrem Tropical. Sie liebte das kanarische Bier mit dem nicht zu süßen, erfrischenden Geschmack und dem weichen Aroma.

Ruiz verstand die Botschaft, Weiteres würde er heute nicht aus ihr herausbekommen.

»Dann lass uns mal den restlichen Sonnenuntergang genießen«, schlug er vor. Er verschränkte die Hände hinter seinem Kopf und zwinkerte ihr zu. »Oder was meinst du?«

Ana lächelte. »Ich bin ganz deiner Meinung«, antwortete sie.

Ja, sie würde den Stachel herausziehen. Jedoch nicht in einem Rutsch, sondern Stück für Stück. Zum ersten Mal seit langer Zeit hatte sie in diesem Augenblick das Gefühl, Madrid ein klein wenig hinter sich zu lassen.

*

Als Erstes kümmerte Felix sich um seine Verletzung. Er betrachtete sie kritisch im Spiegel, wusch die Wunde mit klarem Wasser aus, desinfizierte sie und klebte ein Pflaster darauf. Es war das letzte aus der Packung, ein Kinderpflaster mit dem Konterfei eines Piratenkapitäns. Er war gespannt, ob Candela es kommentieren würde.

Felix ging zum Kühlschrank und goss sich ein Glas eisgekühlte Tónica ein. Klemmte sich sein Notebook unter den Arm und setzte sich auf die Terrasse. Sogar von hier aus waren Erik und Candelas vergnügte Rufe zu hören, es klang nach einem Heidenspaß. Sollte Felix sich das Fernglas schnappen und sie beobachten?

Er unterdrückte diesen Impuls, auch wenn es ihm schwerfiel. Es würde ihm nicht guttun, den beiden zuzuschauen. Dort unten im Sand sitzend, angefressen, schlecht gelaunt sowie mit einer Verletzung an der Stirn, war ihm etwas bewusst geworden. Schon gestern Abend in der Pizzeria hatte diese Erkenntnis eingesetzt, als Felix ungewollt mitverfolgen musste, wie Erik Candela mühelos um seinen Surferfinger gewickelt hatte. Am Anfang war er ihm noch sympathisch gewesen, doch mit zunehmender Dauer hatte sich dieser Eindruck ins Gegenteil verkehrt. Am Ende hatte er ihn in seinen Gedanken verflucht und ihm die Pest an den Hals gewünscht. An der Wahrheit führte all das nicht vorbei: Felix war eifersüchtig, und wie!

Er klappte sein Notebook auf und zwang sich, aufs Display zu schauen. Üblicherweise brauchte er nicht lange, um in seinen Texten zu versinken, aber heute surften die Buchstaben vor seinen Augen herum, Worte oder Sätze konnte er nicht erkennen. Zu eindringlich bohrten sich die aus der Ferne an sein Ohr drängenden Stimmen von Erik und Candela in seinen Verstand, hallten in ihm wider und zerstörten jeden einzelnen produktiven Gedanken.

Das fing ja gut an.

Der nächste Artikel sollte ihr erster gemeinsamer werden. Kaum im Amt hatte Candela angekündigt, neue Wege beschreiten zu wollen. Ihr Vorschlag: Für die kommende Ausgabe würden sie alle zusammen, aber arbeitsteilig einen Beitrag über Fraude schreiben. Wenn es bei ihm so weiterlief, würde Felix bis zur vereinbarten Abgabe jedoch nur ein paar Absätze beisteuern können. Unbefriedigend, auf ganzer Linie.

Some days are fucked and can't be unfucked, fiel ihm plötzlich ein Spruch ein, den er vor Kurzem an einer Hauswand in Las Palmas gelesen hatte. Auf den gestrigen und den heutigen Tag traf diese Aussage unzweifelhaft zu.

Ihn weckte das schrille Geräusch der Klingel. Candela und er hatten sie zusammen repariert, nachdem sie zum x-ten Mal vor seiner Tür gestanden und er ihr Klopfen überhört hatte.

Felix schreckte auf und schüttelte sich. Mit beiden Händen fuhr er sich durchs Gesicht. Er war eingeschlafen, auf dem Display seines Notebooks mäanderten undefinierbare geometrische Formen als Bildschirmschoner umher. Vor ihm auf dem Tisch stand das unberührte Glas Tónica.

Mit einem Seufzen klappte er seinen Rechner zu und wankte schlaftrunken zur Tür.

»¡Peque!«, begrüßte Candela ihn. »¿Qué tal?« Sie stand auf der obersten Treppenstufe und fiel ihm um den Hals.

»Buenas noches«, antwortete Felix reserviert. »Ich komme gerade von der Terrasse.«

»Wie schön! Ich stoße gleich dazu, dann können wir uns den Sonnenuntergang anschauen, was meinst du?«

»Vale.«

»Vielleicht mit einem Glas Rotwein?« Sie zwinkerte. »Aber zunächst wollte ich dich fragen, ob ich bei dir –«

Ihr Blick fiel auf das Pflaster. Sie brauchte zwei

142

Sekunden, dann wurde ihr Gesicht von einem Schmunzeln erfasst.

»Oh, wie süß!«, quiekte sie. »Mein kleiner Pirat.« Sie zog seinen Kopf zu sich herunter und drückte ihm erneut einen Kuss auf die Stirn. »Der ist nur für dich.«

»Ist ja gut, du kannst natürlich bei mir duschen«, erwiderte Felix. »Komm, ich gebe dir ein Handtuch.«

Eine Dreiviertelstunde später saßen sie auf seiner Terrasse, das erste Glas Syrah hatten sie intus. Es hätte den Alkohol nicht gebraucht, um Candela die Zunge zu lockern, doch sie verfiel in einen sogar für ihre Verhältnisse wortstarken Redeschwall. Surfen mache ihr Spaß, erzählte sie, Erik sei ein lustiger und liebenswerter Kerl.

»Hm, hm«, brummte Felix. »Finde ich auch.« Er fasste sich an die Nase.

Candela setzte ihre Schwärmerei fort. Felix versuchte, sich nichts anmerken zu lassen, machte gute Miene zum bösen Spiel. Seine Gedanken drängten ihre Stimme in den Hintergrund. Es sah aus, als würde Candela stumm vor sich hin gestikulieren.

Sollte er sie fragen oder nicht? Felix war hin- und hergerissen. Er wollte diesen Moment nicht zerstören, denn nach wie vor war er der Einzige, mit dem sie sich Sonnenuntergänge anschaute. Und der, den sie heute von seiner Terrasse aus bestaunt hatten, hatte sich besondere Mühe für sie gegeben. Der Himmel war wolkenlos, und weil kein Wind wehte, lag eine friedvolle Stille über der Bucht. Am Horizont versank die rote Kugel gemächlich im Atlantik. Bis vor Kurzem wäre dieser Augenblick untermalt worden von den jammernd-krächzenden Rufen des Gelbschnabelsturmtauchers. Wegen des nahenden Winters hatten die Röhrenvögel den Klippen Gran Canarias jedoch den Rücken gekehrt und sich an die Küsten von Südafrika zurückgezogen. Sie würden erst im Frühjahr zurückkehren, um neue Brutkolonien zu gründen.

Felix sah Candela in die Augen. Während sie sprach, nickte er hin und wieder und murmelte zustimmende Antworten, wenn er glaubte, dass sie an dieser Stelle passten. In regelmäßigen Abständen griff er nach seinem Glas und nippte daran. Er genoss den schlanken und würzigen Geschmack des wohltemperierten Rotweins, der seine Kehle hinunterfloss. Er verlieh ihm den Mut, den er brauchte.

Candelas kurze Verschnaufpause verschaffte ihm die Gelegenheit, ihr die Frage zu stellen, die ihm seit gestern keine Ruhe ließ: »Du magst ihn gern, oder?«

Sie wich irritiert zurück und legte den Kopf schief. »Wen? Erik?« Er brummte zustimmend. »Na klar mag ich ihn, er ist ein netter Kerl.«

Felix konnte ihr nicht mehr in die Augen schauen und senkte seinen Blick. Er knibbelte an seinen Fingern.

»Ich meine mögen, mögen, ¿comprendes?«

»Ah«, begriff Candela, worauf er hinauswollte. »Ich verstehe.« Sie kippte einen Schluck Syrah und verschränkte die Arme. »Bist du eifersüchtig, Peque?«

»Ich?« Instinktiv fasste Felix sich an die Brust. »¡Que

va! Es ist nur …« Ihm fielen keine sinnvollen Worte ein, mit denen er seinen Satz hätte beenden können.

Candela sah ihm eine Weile in die Augen. Seine Frage schien ihr die Energie entzogen zu haben, mit der sie eben noch so lebhaft von ihrem Surferlebnis berichtet hatte. In ihrem Gesicht bewegte sich nichts. Keine Regung, die einen Hinweis darauf liefern könnte, wie sie reagieren würde. Mit jeder weiteren Sekunde wurde die Stille zwischen ihnen unangenehmer.

Nach gefühlten Minuten betretenen Schweigens löste Candela ihre Arme und griff seine Hand.

»Peque«, leitete sie ein, »einerseits finde ich es süß, dass du offensichtlich eifersüchtig bist. Andererseits verwirrt mich das. Ich dachte, wir hätten alles zwischen uns geklärt.« Sie sah ihn an, auf eine Antwort hoffend, zu der Felix sich nicht imstande fühlte. Deswegen sprach sie weiter: »Versteh mich nicht falsch, ich mag dich sehr gern. Vielleicht so gern, wie ich lange keinen Menschen mehr gemocht habe. Aber ich halte es einfach für klüger, wenn wir nicht –«

Ihr Handy klingelte und lenkte sie ab. Sie kramte das Gerät aus ihrer Tasche und schaute aufs Display. Verblüfft verzog sie das Gesicht.

»Unterdrückte Nummer«, lieferte sie die Erklärung. »Wenn's dir nichts ausmacht …?«

»Nein, nein«, sagte Felix, denn im Grunde kam ihm diese Unterbrechung gelegen. »Geh ruhig dran.«

»Sánchez?«, fragte Candela in die Leitung. Wieder hielt sie sich das Telefon auf die für sie typische Art ans Ohr. Zwischen Daumen und Zeigefinger, als wäre das Handy ein heißer Gegenstand, an dem sie sich verbrennen könnte. Sie machte ein grimmiges Gesicht. »Wer sagten Sie, sind Sie?«

Felix ließ sie in Ruhe telefonieren. Er kramte ebenfalls sein Smartphone hervor und scrollte durch die Nachrichten des Tages. Er öffnete einen Artikel, der sich mit der aktuellen politischen Lage auf Gran Canaria beschäftigte. Zum Glück befand dieser sich nicht hinter einer Paywall, und so fing Felix an zu lesen. Nach den ersten Absätzen stellte er fest, dass die Redakteurin ihr Handwerk beherrschte. Ihr Text las sich spannend, sodass er in die Zeilen eintauchte und Candelas Stimme in den Hintergrund trat. Von ihrem Telefonat mit dem oder der Unbekannten bekam er nichts mit. Nachdem er fertig gelesen hatte, stopfte er sein Handy zurück in die Hosentasche. Als hätten sie sich abgesprochen, beendete Candela zeitgleich ihr Gespräch.

»Vale, wir machen uns sofort los. ¡Hasta pronto!«, verabschiedete sie sich. Sie legte ihr Smartphone auf den Tisch, ihr Blick blieb gedankenversunken daran haften.

»Was ist los?«, fragte Felix. »Wer war das?«

Candela blickte zu ihm auf. »Kannst du noch fahren?«

Er runzelte die Stirn. »Was, wieso? Wohin? Ich meine … Würdest du mir erst mal verraten, wer dich angerufen hat?«

»Das erkläre ich dir unterwegs.« Sie sprang auf und zog ihn mit einem kräftigen Ruck auf die Beine. »Du wirst nicht glauben, was ich eben gerade erfahren habe.«

*

Als ich an der Reihe bin, hole ich meinen Rucksack aus dem Kofferfach und dränge mich durch die Reihen nach vorn. Ich verabschiede mich kopfnickend von den Flugbegleitern und Piloten und folge der Gangway zum Gate. Während des Flugs habe ich mich mit keinem unterhalten. Niemand soll sich später an mich erinnern können. Ich habe auch keine Zeitung gelesen oder anderweitig auf mich aufmerksam gemacht. Ich habe einfach nur dagesessen und so getan, als ob ich schlafen würde.

Die anderen Passagiere gehen zur Gepäckausgabe. Ich habe jedoch außer meinem Rucksack nichts dabei und suche stattdessen das Terminal nach einem Drogeriemarkt ab. In der imposanten, modernen Glaskuppel hängen zahlreiche ringförmige Lampen von der Decke, sie sehen aus wie in der Luft schwebende Heiligenscheine.

Ich entdecke ein Geschäft, kaufe eine Haarschneidemaschine und mache die nächstgelegene Toilette ausfindig. Verriegele die Tür, stelle mich vor den Spiegel und lege meinen Rucksack ab.

»So ein Mist«, fluche ich innerlich. Ich hätte es vorher üben sollen. Meine Augen tränen. Es ist schon der fünfte Anlauf, die Kontaktlinsen wollen einfach nicht so, wie ich es will. Immer wieder drängen Lautsprecherdurchsagen an mein Ohr, dazu ein Gemisch aus unterschiedlichen Geräuschen. Gesprächsfetzen, Schritte auf dem Marmor, dumpfes Rollen gezogener Koffer. Lachen, Kindergeschrei. Erst jetzt bemerke ich, wie sehr meine Hände zittern. Haben sie das schon immer getan?

Dann klappt es endlich, die Linsen gleiten vor meine Pupillen. Prüfend schaue ich in den Spiegel und fahre mit einer Hand über meinen kahl geschorenen Kopf. Drei Millimeter, so kurz habe ich sie noch nie getragen. Ich bin nicht wiederzuerkennen. Blaue statt grüne Augen, dazu ein täuschend echter Schnurrbart. Meine Tarnung ist perfekt. Ich besitze keine Ähnlichkeiten mehr mit der Person, die ich gewesen bin. Stattdessen sehe ich nun aus wie jene auf dem DNI, der vor mir auf der Ablage steht. Zufrieden mit dem Ergebnis lächele ich zaghaft in den Spiegel und binde mir zum Schluss locker ein Tuch um den Kopf. Die Haare und die Maschine entsorge ich mitsamt Verpackung im Mülleimer.

Jetzt kann es losgehen.

*

Ana nippte an ihrem Cortado und ließ ihren Blick durch die Runde schweifen. Was sie sah, linderte ihre Kopfschmerzen nicht. Vor ihr saßen Vicente, Iker und Marta, ihre Körpersprache eine Mischung aus Erwartung und Desinteresse. Immerhin waren sie pünktlich zur zweiten SOKO-Sitzung erschienen und hatten – entgegen Anas Vermutung – sogar etwas herausgefunden. Zumindest Vicente, vor ihm lag eine Seite mit handgeschriebenen Notizen. Daneben eine Tüte Erdnussflips, aus der er sich mit fettglänzenden Fingern bediente.

Mit einigem Abstand saß Alma in der letzten Reihe. Ruiz hatte sie gebeten, an dem heutigen Treffen teilzunehmen und Bericht zu erstatten, was sie über die Fraudes in Erfahrung gebracht hatte.

»Buenos días«, grüßte Ruiz in die Runde.

»Buenos días«, murmelte es zurück.

Ana saß mit dem Rücken zu dem Whiteboard, auf dem die Namen der Verdächtigen standen. Ihr Kollege erhob sich und ging auf die anderen zu. Er strahlte eine sagenhafte Fitness aus, als hätte er den gestrigen Abend in dem Restaurant, der ungeplanter Weise ausgeartet war, erheblich besser weggesteckt als sie.

Wie gelang ihm das nur? Ana kam sich vor wie eine Kreuzung aus Aschenbecher und Trinkhalle. Als sie heute Morgen von ihrem Wecker aus dem Schlaf gerissen worden war, hatte sie mit Sicherheit noch Restalkohol im Blut gehabt. Sie war mit dem Bus zur Comisaría gefahren, denn ihren BMW hatte sie auf dem Schotterplatz in Santa Lucía stehen gelassen. Den Schlüssel hatte Zhang ihr abgenommen, nachdem sie lallend bei ihm zwei weitere Gin Tonics bestellt hatte. Daraufhin hatte der Restaurantbesitzer für Ruiz und sie ein Taxi gerufen. Während der Fahrt hatten sie Arm in Arm die Lieder eines Achtzigerjahre-Senders im Radio mitgegrölt.

Neidisch schaute Ana zu Ruiz hinüber. Ihr Kollege stand felsenfest auf beiden Beinen in der Mitte des Raums und moderierte das Treffen. Sie war froh, sich auf dem Stuhl halten zu können, ohne einzuschlafen.

»Unser Plan für heute«, sagte er und nannte die Tagesordnungspunkte. »Zunächst werden die Kollegin Montero und ich über die Befragung von Carmen Fraude berichten.« Er zeigte auf Alma. »Daran schließt die Kollegin Mendoza ihren Bericht an.«

Mit erhobener Hand meldete Vicente sich zu Wort. Er wischte sich den Mund ab und leckte sich über die Lippen. »Ich habe auch etwas herausgefunden«, warf er ein. Er bemerkte die kritischen Blicke von Iker und Marta und korrigierte sich. »Beziehungsweise wir.«

»Das ist gut«, lobte Ruiz gekünstelt. »Auf eure Ergebnisse sind wir gespannt, wir hören sie uns direkt nach dem Bericht der Kollegin Mendoza an.« Er drehte sich herum und trat mit einem Lächeln auf den Lippen ein Stück zur Seite. Das verabredete Zeichen für Ana, dass er ihr das Feld überließ. Sie trank einen letzten Schluck Cortado und quälte sich mühsam auf die Beine. Sie fühlte sich benommen und unterdrückte ihren Wunsch, sich wieder hinzusetzen. Sie hustete in die Ellenbeuge und begann mit ihrem Bericht. »Uns wurde die Information zugetragen, dass die Ehe der Fraudes nicht mehr das Gelbe vom Ei gewesen sei. In dem Ort kursierten wohl Gerüchte über mögliche Ehebrüche.« Sie schwenkte kurz zu Ruiz, ihre vom Alkohol noch immer angeschlagene, krächzende Stimme erheiterte ihn. Hinter seiner Hand verbarg er halbherzig ein Schmunzeln. Ana versuchte, sich auf die anderen zu konzentrieren. »Unsere Quelle war der Privatdetektiv Marcos Peña. Fraude hatte ihn in den Jahren zuvor mehrere Male engagiert und angeblich nun auch dafür, seine Frau auszuspionieren. Er sollte herausfinden, ob sie einen Liebhaber hat.«

»Und?«, fragte Iker knapp.

»Peña behauptet ja, angeblich hat er auch Beweise dafür. Bisher hat er sie uns aber noch nicht zukommen lassen.«

»Wenn das wahr ist, sieht's finster aus für die gute Frau«, mischte sich Marta ein. »Reicht das nicht schon für eine Vorladung?«

»Nein, denn wie wir erfahren mussten, ist Peña alles andere als glaubwürdig. Er ist mehrfach vorbestraft wegen verschiedener Ehrverletzungsdelikte, übler Nachrede, Verleumdung. Kurz gesagt: Er hat's nicht so mit der Wahrheit.«

»Also können wir ihn vergessen«, schlussfolgerte wieder Vicente. Er belohnte sich für diesen Geistesblitz mit einem beherzten Griff in die Flipstüte.

»Sieht danach aus«, konstatierte Ana, »aber wir werden seine vermeintlichen Beweise trotzdem überprüfen. Insofern er uns denn welche vorlegt.« Sie sah Alma erwartungsvoll an. »Wie weit bist du mit deinen Recherchen, gibt's diesbezüglich schon etwas zu vermelden?«

Die gute Seele schien noch nicht mit ihrem Einsatz gerechnet zu haben. Irritiert, dass alle Augenpaare nun auf ihr ruhten, schüttelte sie sich kurz und zupfte ihr weißes Rüschenhemd zurecht.

»Wie bist du vorgegangen?«, griff Ana ihr unter die Arme.

Alma nickte und blätterte durch ihre Aufzeichnungen. Als sie den richtigen Zettel gefunden hatte, stand sie auf und räusperte sich. »Zunächst habe ich mich mit der finanziellen Situation der Fraudes beschäftigt.

Dazu habe ich bei der ASNEF die Daten für das Ehepaar angefordert.«

»¡Muy bien!« Die spanische Organisation fungierte als Bindeglied zwischen den Finanzhäusern, Behörden und Verbrauchern. Sie wäre auch Anas erste Anlaufstelle gewesen, denn sie war zur Weitergabe aller Informationen an die Polizei verpflichtet. »Was hast du dort herausbekommen?«

»Nun, wenig überraschend, die Familie ist sehr gut situiert. Es existieren keine offenen Kredite oder sonstigen Zahlungsverpflichtungen. Insgesamt verfügt das Ehepaar über drei unterschiedliche, aber allesamt gut gefüllte Konten. Zwei private von Francisco und Carmen sowie ein geschäftliches.«

»Vale. Und weiter?«

»Danach habe ich sämtliche großen Versicherungen abgeklappert. Ich habe eine Weile auf Antworten warten müssen, aber bei einer gab es schließlich einen Treffer.« Mit dem Finger fuhr sie über das Blatt und folgte ihren Notizen. »Hier hat Francisco vor sechzehn Jahren eine Risikolebensversicherung abgeschlossen, einzige Begünstigte ist Carmen, die Auszahlungssumme beträgt zweihundertfünfzigtausend Euro.« Stolz blickte Alma von ihrem Zettel auf.

Ana verschränkte die Arme und lehnte sich gegen das Whiteboard. »Wie schätzt du die Ergebnisse ein?«

Die gute Seele schürzte die Lippen und pendelte mit dem Kopf hin und her. »Schwer zu sagen. Aber wenn ich die Kontostände betrachte …« Sie zeigte auf ihre Notizen. »Geld brauchte Carmen Fraude jedenfalls nicht.«

»Was ist mit privaten Schulden?«, fragte Marta. »Vielleicht stand Fraude aufs Würfeln oder hat sich bei irgendwem Geld geliehen? Kredithaie, von denen wir nichts wissen?«

Alma zuckte mit den Schultern. »Können wir natürlich nicht gänzlich ausschließen, sieht aber nicht danach aus. Den offiziellen Informationen zufolge ging es dem Ehepaar Fraude erheblich besser als den allermeisten Spanierinnen und Spaniern.«

»Vale, danke für deinen kurzen Vortrag«, schob Ana weiteren Diskussionen einen Riegel vor. »Das hört sich für mich danach an, als könnten wir Carmen Fraude mangels Motiv von der Liste der Verdächtigen streichen.« Einvernehmliches Nicken. Sie zeigte auf die Kollegen in der hintersten Reihe. »Und wie stand es um Fraudes Gesundheit?«

Eine Zeit lang tauschten die drei zögerliche Blicke aus. Wie sich Vicente vorhin verplappert hatte, war er als Einziger ihrem Auftrag nachgegangen. Kurz darauf hatte er sich schützend vor seine Kollegen geworfen und behauptet, dass es sich um ein gemeinschaftliches Ergebnis handelte. Als Gegenleistung schien er zu erwarten, dass ein anderer ebendieses vorstellte. Die beiden fühlten sich jedoch in keiner Weise angesprochen und ließen ihren Kollegen im Regen stehen.

Vicente rollte mit den Augen. Er wischte sich ein weiteres Mal über den Mund und fing an vorzutragen: »Ich habe … Ich meine, wir haben zunächst mit Fraudes Hausarzt, Dr. Mora, telefoniert. Am Anfang war der jedoch sperriger als eine Schrankwand, hat ständig von seiner Schweigepflicht gefaselt, die auch über den Tod seines Patienten hinaus gültig ist, ihr könnt's euch vorstellen.«

»Womit er recht hat«, erklärte Ruiz hörbar angespannt.

Ana bemerkte, dass ihr Kollege zunehmend unruhiger wurde, als ob er Schlimmes befürchtete. Sie formulierte ihre nächste Frage, um der Situation keinen weiteren Raum zu geben. »Wie seid ihr dann verfahren?«

»Wir haben über ihn recherchiert. Im Internet sind wir auf eine Gruppe von Frauen gestoßen, die Mora unterstellt, sie während der Sprechstunde sexuell belästigt zu haben. Bisher hat sich allerdings noch keine von ihnen getraut, ihn anzuzeigen. Auf jeden Fall scheint es ihm schwerzufallen, seine Finger bei sich zu behalten.«

»Inwiefern hat euch das weitergebracht?«

Vicente lächelte verschmitzt. »Nun, mit diesem Wissen sind wir noch einmal an ihn herangetreten. Wir haben ihm am Telefon gesteckt, dass wir auf die Anschuldigungen im Netz gestoßen sind und ihnen nachgehen wollen. Und siehe da, Simsalabim, plötzlich war er der Überzeugung, dass es durchaus dem Willen des Verstorbenen entsprochen hätte, wenn wir Einsicht in die Patientenakte erhalten.«

Ana schaute zu Ruiz hinüber. Seine Halsschlagader pulsierte, offenbar machte ihn das Gehörte genauso fassungslos wie sie.

»Das habt ihr nicht wirklich getan?«, fragte er.

»Manchmal kann ein bisschen Druck nicht schaden«, erwiderte Iker. Ihr Kollege, der seinen Stuhl auch heute mit einer Liege verwechselte, spielte mit dem Kugelschreiber in seiner Hand.

Ruiz war kaum zu halten. »Das ist kein Druck, das nennt man Erpressung!« Seine Stimme sorgte augenblicklich für Stille im Raum.

Vicente, Iker und Marta sahen sich ratlos an. Wie abgesprochen zuckten sie synchron mit den Schultern.

»Wollt ihr jetzt hören, was er gesagt hat?«

Ana befürchtete, dass Ruiz jeden Augenblick auf ihren Kollegen losgehen würde. Um das zu verhindern, stand sie auf, stellte sich neben ihn und schnitt ihm mit einer Geste das Wort ab. »Wollen wir«, sagte sie.

Vicente langte kräftig in seine Tüte und warf sich die Flips nacheinander ein. Während er kaute, fing er an zu berichten: »Also, Mora hat mir gegenüber bestätigt, dass Fraude Prostatakrebs hatte. Allerdings ist das schon fünf Jahre her, und angeblich war er vollständig geheilt. Außerdem ist er seinen Untersuchungsterminen pflichtbewusst nachgekommen und hat nicht einen verpasst. Bei denen war auch alles gut, es gab keine Neubildungen.«

Ana tippte sich an die Nase. »Also können wir die Selbstmord-These – zumindest aus gesundheitlichen Gründen – ausschließen«, schlussfolgerte sie.

»Ich denke ja. Fraude ist ein gesunder Mann gewesen.«

»Wie seine Frau gesagt hat«, murmelte Ana, mehr zu sich selbst.

»Noch mal zu eurer Vorgehensweise«, meldete sich Ruiz mit gepresster Stimme zurück, »ihr könnt von Glück reden, wenn –«

Sie drängte sich vor ihn. »Wir nehmen diese Theorie von der Liste.«

Grummelnd zog er die Stiftkappe ab und strich die Punkte Nummer eins, »Carmen Fraude«, und vier, »Suizid«, durch. Er wandte sich wieder der Gruppe zu, behielt den Stift in der Hand und drückte auf ihm herum, als wollte er damit aufgestaute Aggressionen abbauen. Ana unterdrückte ein Schmunzeln.

»Bleibt also nur noch die GCDN«, kommentierte Iker die verbliebenen Verdächtigen.

»Und der große Unbekannte«, fügte Marta hinzu.

»Exacto«, bestätigte Ana. »Nur, dass wir zu beiden noch nicht viel sagen können. Das Bekennervideo ist nach wie vor bei der Analyse, genauso wie der Drohbrief.« Ohne sich umzudrehen, fragte sie über die Schulter an die Adresse von Ruiz: »Wann sagtest du doch gleich, wissen wir mehr? In ein paar Tagen?«

»Hm, hm«, drang ein zustimmendes Brummen von hinten.

Als wäre dieses das Schlusswort gewesen, richtete Iker sich auf und klopfte auf den Tisch. »Vale, dann können wir ja jetzt verschwinden.« Kaum hatte er das ausgesprochen, war Marta aus dem Raum geflitzt, ihrem Vordermann dicht auf den Fersen.

»Wartet auf mich!«, rief Vicente ihnen hinterher. Er rollte rasch seine Flipstüte zusammen und quetschte sich durch die Reihen zur Tür. Ohne ein weiteres Wort verschwand er auf den Flur, verfolgt von Almas konsternierten Blicken. Ungläubig, was sich vor ihren Augen abgespielt hatte, schauten sich die beiden Inspectores an.

Erst nach einer Weile fand Ruiz seine Sprache wieder. »So viel zu der Frage, wer hier die Leitung hat«, sagte er.

Ana winkte ab. Ihre Schmerzen waren im Verlauf der Sitzung immer stärker geworden, mit so etwas konnte sie sich heute nicht mehr befassen. Es fühlte sich an, als fände der kanarische Karneval nicht in den Straßen von Las Palmas, sondern in ihrem Kopf statt.

»Du solltest nach Hause fahren«, sagte Ruiz. Er legte den Stift, den er mittlerweile verbogen hatte, beiseite und packte seine Sachen zusammen. »Und das nächste Mal sorge ich dafür, dass nach dem zweiten Gin Tonic Schluss ist.«

Ana wünschte sich nichts sehnlicher als eine Aspirin.

5

»Könntest du mir jetzt bitte verraten, was los ist?« Am liebsten hätte Felix sich zu Candela herumgedreht und ihr verärgert in die Augen geschaut. Ohne eine Erklärung hatte sie ihn aus seinem Bungalow gescheucht und ans Steuer ihres Tourers gesetzt. Seit einer Viertelstunde lotste sie ihn nun durch die Gegend, über enge und kurvenreiche Straßen. Im Dunkeln sah er noch schlechter als ohnehin, und die eineinhalb Gläser Wein, die er sich genehmigt hatte, machten es nicht besser. Was für eine beschissene Idee.

Candela antwortete ihm weiterhin nicht. Stumm starrte sie auf ihr Smartphone, auf dem eine Navigations-App lief. »Wir bleiben auf dieser Straße«, sagte sie. »Das Aqualand und Montaña la Data liegen schon hinter uns, es dürfte nicht mehr weit sein.«

Nicht mehr weit wohin, fragte Felix sich. Die Rätselstunde hatte mit dem Anruf dieser oder dieses Unbekannten angefangen, er wusste nicht einmal, ob es sich um eine Frau oder einen Mann gehandelt hatte.

»Ich wäre dir sehr dankbar, wenn du mir zumindest verraten würdest, wer dich angerufen hat«, sagte er.

Candela ignorierte ihn weiter eisern. Statt ihm zu antworten, zeigte sie nach vorn.

»Gleich kommt eine spitze Kehre«, warnte sie.

Felix grummelte in sich hinein. Jede Nachfrage war sinnlos. Bis sie an ihrem Ziel angekommen waren, würde er von ihr nichts erfahren.

Nach weiteren ansteigenden Serpentinen bogen sie kurz vor Monte León in die Calle Mendelssohn. Die Straße wurde von Baustellen flankiert und führte steil bergauf. Auf Holzstöcke montierte Schilder wiesen darauf hin, dass hier in Kürze eine Siedlung mit prunkvollen Villen aus dem Boden gestampft werden würde, ein zurückgezogenes Wohlstandsviertel, abseits der Küste gelegen und mit fantastischer Aussicht auf den Atlantik.

»Fahr langsamer, Peque«, befahl Candela, »es muss hier irgendwo sein.«

»A sus órdenes«, erwiderte Felix ironisch auf den Kommandoton. Sie hatte ihren Blick von dem Smartphone genommen und sah gemeinsam mit ihm auf die Straße. Sie näherten sich einer Gabelung, rechts zweigte eine Auffahrt zu einer Baustelle ab. Plötzlich flackerte in der Dunkelheit ein Licht auf.

»Da!«, entfuhr es Candela. Felix zuckte erschrocken zusammen. »Da ist sie, halt an!«

»Da ist wer?«, wollte er fragen, doch in diesem Augenblick erkannte er die Umrisse einer menschlichen Gestalt. Felix bremste ab und kam neben der Person am Bürgersteig zum Stehen. Sie war vollkommen in Schwarz gekleidet, Jeans, Turnschuhe, ein langärmliges Shirt und auf dem Kopf eine dicke Wollmütze.

Candela entriegelte in der Mittelkonsole den Wagen, sodass es klackte. Die dunkle Gestalt öffnete die hintere Tür und sank sofort auf die Rückbank. Sie beugte sich zwischen die Vordersitze und deutete die Straße hinauf. »Fahrt weiter, da oben könnt ihr wenden. Wir dürfen hier nicht stehen bleiben.« Der Klang ihrer Stimme beantwortete die Frage, ob es sich um einen Mann oder eine Frau handelte. Sie klang jung, in etwa so alt wie Felix und Candela.

Er linste zu Candela hinüber, sie nickte ihm knapp zu.

»Vale«, murmelte er und rollte langsam an. Sie durchfuhren eine scharfe Kurve und kamen dahinter in einen Kreisverkehr, in dessen Mitte eine hohe Palmengruppe das Baustellenschild überragte. Sie nutzten ihn zum Drehen, danach führte die Straße wieder bergab.

Die Fremde tippte Felix auf die Schulter. »Da vorn nach rechts, und dann immer geradeaus.«

Er befolgte stumm ihre Anweisungen, verließ den Kreisverkehr an der ersten Ausfahrt und steuerte den Wagen zurück auf die GC-503. Mit vierzig Stundenkilometern tuckerten sie die von frisch gepflanzten Palmen gesäumte Straße Richtung Monte León entlang. Links und rechts befanden sich bewachsene Bergklippen, die im Dunkeln gespenstisch aussahen. Die Stille im Inneren des Wagens kam Felix mindestens genauso unheimlich vor.

Candela drehte sich zur Seite, sodass sie der Fremden ins Gesicht schaute. Aufgrund ihrer Sturmhaube, die sie trug und die Felix bei einem flüchtigen Blick in den Rückspiegel erkannt hatte, würde sie nicht viel erkennen können.

»Danke, dass du dich mit uns triffst«, leitete Candela ein. Sie waren schon beim Du.

»Uns ist sicher auch niemand gefolgt?«, fragte die Fremde. Hektisch warf sie einen Blick durch die Heckscheibe. Außer der Straßenbeleuchtung waren weit und breit keine Lichter zu sehen.

»Nein, ganz sicher nicht«, versuchte Felix sie zu beruhigen. »Wer sollte uns denn auf den Fersen sein?«

»Na, zum Beispiel die verfluchten Maderos.« Die Fremde lehnte sich zurück. Es fiel ihr sichtlich schwer, sich zu entspannen. »Nachdem das Video ausgestrahlt wurde, konnte ich zu Hause gerade noch so abhauen.«

Felix verzog irritiert das Gesicht. Sprach sie von dem Bekennervideo, das inzwischen im Internet viral ging? Wenn ja, stand sie dann in irgendeiner Weise mit Gabriel in Verbindung? Gehörte sie womöglich der Gruppe an?

Candelas Bitte lieferte ihm die Antwort auf die erste Frage. »Würdest du uns mehr vom Video erzählen, María?«

Die Angesprochene zischte durch die Zähne. »Das ist eine große Scheiße, sage ich euch. Ich kann das gar nicht –« Sie brach ab, wandte sich zur Seite und schüttelte unablässig den Kopf.

Felix hatte richtig vermutet. Das Puzzle setzte sich langsam zusammen, ihm wurde klar, worüber die beiden sich am Telefon ausgetauscht haben mussten. Noch erschloss sich ihm allerdings nicht, worauf dieses Treffen hinauslaufen würde. Gespannt darauf, was sie zu erzählen hatte, richtete er sich auf.

»Wer hat das Video gemacht?«, fragte Candela weiter.

Marías Hand glitt unter die Sturmhaube und wischte über ihre Augen. Sie seufzte, ihr Atem flatterte. Ihr schien eine unheimliche Last auf den Schultern zu liegen.

»Ich wünschte, wir hätten dieses Scheißding nie gedreht«, flüsterte sie.

Um ein Haar hätte Felix vor Schock das Lenkrad losgelassen. Hieß das, dass die GCDN –?

Wieder schob Candela sich in seine Überlegungen. »Ihr habt es also wirklich aufgenommen?«

María nickte stumm.

Felix und Candela tauschten einen flüchtigen und vielsagenden Blick aus. »Also seid ihr es gewesen? Ihr habt Fraude auf dem Gewissen?«

»Hombre, ¡que no!«, stritt María energisch ab. Ihr Oberkörper schoss wieder nach vorn zwischen die Sitze, sie klammerte sich an die Kopfstützen. Diese Anschuldigung hatte sie blitzschnell wiederbelebt. »Wir haben nichts damit zu tun, ich schwöre es euch!«

»Warum dann dieses Video?«, mischte Felix sich ein. »Wie kommt man auf so eine – mit Verlaub – schwachsinnige Idee?«

»Das war Gabriels Einfall.« Wie eine schuldbewusste Sünderin ließ María ihren Kopf sinken. »Er hat mich überredet, ich weiß nicht, was da in mich –« Wieder versagte ihr die Stimme. »Dieses Video sollte nur für uns sein. Es sollte niemals in andere Hände gelangen, ich habe keine Ahnung, wer es den Medien zugespielt hat.«

Eine ausgesprochen unglaubwürdige Erklärung, dachte Felix.

Eine Zeit lang tuckerten sie schweigend durch die Dunkelheit. Sie erreichten Monte León, passierten abseits der Hauptstraßen einige Villen sowie die erhöhte Siedlung am Rand der Gemeinde, die sich rechts von ihnen andeutete. Palmen und Grundstücksmauern ragten über die Bergklippe hinaus. Felix folgte weiter der GC-503, bald würden sie linker Hand den Tierpark Palmitos Parque erreichen.

Unmittelbar schoss Felix nun eine Frage in den Kopf. Sie befiel ihn plötzlich, drängte sich ihm auf und ließ ihn nicht mehr los. Er war sich jedoch unsicher. Sollte er sie María stellen? Womöglich würde er damit Candelas Gefühle verletzen, und das war das Letzte, was er wollte.

Sie nahm ihm die Entscheidung ab. »In welcher Beziehung stehst du zu Gabriel?«, fragte sie.

María hob den Kopf. »Was meinst du?«

»Seid ihr …?«

»Seit einem halben Jahr«, bestätigte sie.

Geschockt zuckte Candela zusammen. Wortlos starrte sie auf die Straße, schluckte mehrmals hintereinander in kurzen Abständen. Ihr Atem verwandelte sich in ein wütendes Schnauben.

Felix ahnte, was in ihr vorging. Diese Nachricht musste sie brutal erwischt haben. Es erschien ihm angebracht, sie einen Moment in Ruhe zu lassen und das Gespräch zu übernehmen. Er blickte in den Rückspiegel.

»Eine Sache begreife ich nicht«, sagte er, »wieso bist du auf uns zugekommen?«

Marías Blick sprang zwischen Candela und ihm hin und her. Sie schien nicht verstanden zu haben, warum

Candela plötzlich verstummt war. Sie zögerte einen Augenblick, dann zuckte sie mit den Schultern.

»Ihr seid doch Gabriels Kollegen«, erklärte María, »ihr müsst darüber schreiben, eine Gegendarstellung, was weiß ich.«

»Ehemalige Kollegen«, meldete Candela sich zurück. Ihr Tonfall hatte sich hörbar verschärft. »Gabriel ist nicht mehr länger unser Chefredakteur.«

»Sí, das hat er mir erzählt. Aber fühlt ihr euch denn nicht mehr mit ihm verbunden? Habt ihr schon mal was von Loyalität gehört?«

»Pff«, zischte Candela, »Loyalität …« Noch biss sie sich auf die Zunge. Felix befürchtete, dass der Damm jeden Augenblick brechen würde.

Er kam ihr zuvor. »Das letzte Mal, als wir bei ihm waren, hat er uns hochkant rausgeworfen«, erzählte er. »Ich glaube nicht, dass es der richtige Ansatz ist, an unsere –«

»Er ist ein verdammter Betrüger!«, platzte es aus Candela heraus. Ihre Selbstbeherrschung war nur von kurzer Dauer gewesen.

»Wieso Betrüger?« María war die Verwirrung deutlich anzuhören. »Was meinst du damit?«

Candela lief nun weit über Betriebstemperatur. »Was ich damit meine?«, fragte sie zurück. »Ich meine, dass er bis vor Kurzem auch mit mir zusammen gewesen ist.«

María ließ sich nach hinten auf die Rückbank fallen. Sekundenlang herrschte betretenes Schweigen in dem Wagen, nur das sonore Motorengeräusch war zu hören.

In niedrigen Gängen kämpften sie sich die ansteigende Straße hinauf.

»Fahrt mich zurück«, sagte María. Ihre Stimme klang klar und bestimmt. »Diesen hijo de puta mache ich fertig!«

*

»Schläfst du?« Ruiz' Stimme drang nur langsam zu ihr durch.

Beschwerlich öffnete sie die Augen. Sie brauchte einen Moment, um zu sich zu kommen. Sie befand sich in ihrem Büro, hing tief versunken in ihrem Bürostuhl. Ruiz stand vor ihr.

Ana richtete sich auf und wischte sich durchs Gesicht. »Ich muss eingeschlafen sein«, entschuldigte sie sich. »Danke, dass du mich geweckt hast.«

Ihr Kollege stemmte seine Hände in die Hüften. Ein schüchternes Lächeln umspielte seinen Mund. »No pasa nada. Ich dachte mir, ich komme dich mal besuchen. Als du auf mein Klopfen nicht reagiert hast, bin ich einfach reingegangen.« Er schlenderte zur anderen Seite des Büros hinüber, wo die Kaffeemaschine stand, und zeigte auf sie. »Auch einen?«

Ana schüttelte den Kopf. »Dann kann ich heute Abend nicht einschlafen.«

»Hört, hört. Das sind ja ganz neue Töne.« Er füllte frische Bohnen in das Fach, stellte eine Tasse unter die Auslaufdüse und drückte auf den Startknopf. Krachend und blubbernd nahm die Maschine ihre Arbeit auf. In freudiger Erwartung eines Cortados lehnte Ruiz sich an die Wand daneben und verschränkte die Arme.

»Was machen die Kopfschmerzen?«, fragte er.

Ana wiegte den Kopf hin und her. »So lala. Aber gut, dass du es sagst …« Sie zog die unterste Schublade auf und kramte nach der angebrochenen Packung Aspirin, die sie für Fälle wie diesen darin aufbewahrte. Sie drückte eine Tablette aus dem Blister, warf sie ein und spülte sie mit Wasser hinunter.

»Wieso bist du eigentlich so fit?«, fragte sie mit gespielt vorwurfsvollem Ton. »Wir haben doch gleich viel getrunken, oder nicht?«

»Wenn du nicht heimlich auf der Toilette noch etwas nachgeholfen hast?«

Ana lachte, doch das Pochen in ihrem Schädel schob ihr schnell einen Riegel vor. Mit schmerzverzerrtem Gesicht griff sie sich an die Stirn.

»So schlimm?«

»Hm, hm.«

»Zwiwa.«

Sie bedachte ihren Kollegen mit einem irritierten Blick.

»Du wolltest doch wissen, warum ich so fit bin.«

»Und?«

»Zwischenwasser.« Ruiz gewährte ihr einen Moment, das Gehörte zu verarbeiten. »Ist dir nicht aufgefallen, dass ich zwischendurch immer ein Glas Wasser getrunken habe?«

»Ist mir wohl entgangen.« Sie zuckte mit den Schultern. »Madre mía, ich muss ganz schön betrunken gewesen sein.«

»Das ist jedenfalls mein Trick. Habe ich zum ersten Mal auf einer Hochzeit von Freunden ausprobiert, und seitdem schwöre ich darauf.« Er nahm seine Tasse aus der Maschine, balancierte mit ihr zurück zu Anas Tisch und setzte sich ihr gegenüber. »Probier's aus, du wirst mir noch danken.«

»Aber dann rennst du ja noch öfter zur Toilette, oder?«, hakte Ana nach. »Denn eigentlich leiht man Getränke ja nur …«

Ruiz schmunzelte. »Das nehme ich dafür gerne in Kauf.«

Das Klingeln von Anas Diensthandy ließ sie beide aufschrecken. Sie fasste sich ans Herz. Ohne aufs Display zu schauen, nahm sie das Gespräch an.

»Montero?«

»Pedro hier, ¿qué tal?« Ihr Kollege hatte sein Büro im Stockwerk über ihr. Er klang aufgeregt. »Ihr habt doch diesen Brief zur Analyse eingeschickt?«

»Sí. Warte, Ruiz ist auch da, ich schalte dich auf laut.« Sie drückte auf die Taste mit dem Lautsprechersymbol. Um ihren Kollegen ins Bild zu setzen, flüsterte sie ihm den Namen des Anrufers und das Wort »Analyse« zu. Das Handy legte sie auf einen Stapel Papiere.

»Hola, Pedro«, sagte Ruiz. »Schieß los, was hast du für uns?«

Im Hintergrund war ein mehrfaches Klicken zu hören, ihr Kollege schien an seinem PC zu sitzen und ein Dokument zu öffnen. »Also, das Ergebnis ist gerade reingeschneit. Ich dachte, ich rufe euch sofort an.«

»Gute Idee. Was steht drin?«

»Ich leite euch gerade das Ergebnis weiter. Es ist –« Ein Nachrichtenton aus Anas Notebook kündigte den Eingang seiner E-Mail an. »Ich glaube, jetzt haben wir ihn!«

＊

Felix hatte kein Auge zugemacht. Wie gerädert saß er auf seiner Terrasse, mit strubbeligen Haaren, in den Händen die erste Tasse Kaffee des Tages. Er blickte hinaus aufs Meer, über dem sich eine massive Wolkenformation zusammengezogen hatte. Hier und da kämpften sich die Strahlen der aufgehenden Sonne durch die schmalen Lücken. Ein mäßiger Wind zog über Playa del Águila und wehte durch die Palmenblätter. Felix sah zum Strand hinunter, er machte wieder ein paar Verrückte aus, die sich kraulend oder in wackeligen Kajaks paddelnd auf den Atlantik hinauswagten.

»Peque, hast du Hafermilch?«, rief Candela von drinnen.

Er drehte sich zur Terrassentür. »Nein, leider nicht.«

»Na gut, Kuhmilch geht ausnahmsweise auch.«

Er hörte, wie sie den Kühlschrank öffnete und wieder schloss. Dann das Quietschen des Hängeschranks über der Spüle und schließlich Tassengeklapper. Kurz darauf schlurfte Candela durch die Wohnung und setzte sich neben ihn. Sie formte ihre Lippen zu diesem Lächeln, das ihn noch heute so schwach werden ließ wie bei ihrer ersten Begegnung am Flughafen. Damals hatte sie ihn mit einem Namensschild über dem Kopf in Empfang genommen und ihm die ersten Tage die Insel gezeigt.

Sie beugte sich zu ihm herüber und wuschelte durch seine zerzausten Haare. »Du siehst so süß aus, wenn du verschlafen bist.« Dann: »Ein schöner Morgen, oder? Zu viele Wolken zwar, aber irgendwie sieht das auch mystisch aus.«

Felix wollte nicken, doch stattdessen starrte er ihr verzaubert ins Gesicht. Momente wie dieser verschlugen ihm die Sprache. Wie war es möglich, dass eine einzige mimische Regung in ihrem Gesicht in der Lage war, sein Denken derart außer Gefecht zu setzen? Diese Frau hatte etwas an sich, das ihn in seinem Innersten berührte.

Candela bemerkte das und nippte an ihrem Kaffee, um die Situation zu überspielen. »Finde ich zumindest.«

»Hm, hm«, brummte Felix.

Neben der unbequemen Couch, auf der er die Nacht verbracht hatte, war sie der Grund, warum er stundenlang wach gelegen hatte. Nachdem sie aus Monte León zurückgekommen waren, hatten sie sich ein weiteres Glas auf der Terrasse gegönnt und sich dabei über die Begegnung mit der anonymen Anruferin ausgetauscht. Felix hatte den Eindruck gewonnen, dass Candela ihre Wut mit dem Wein hatte herunterspülen müssen. Und mit ihr auch die bittere Wahrheit, dass Gabriel ein falsches Spiel mit ihr getrieben hatte.

Sie sei zu beschwipst, hatte sie kurz nach Mitternacht gestanden, und ihn gebeten, bei ihm übernachten zu dürfen. In welcher Welt hätte Felix das abgelehnt? Er überließ ihr das Bett, in das sie prompt versank. Minuten später dröhnte Schnarchen durch den Bungalow.

Ein plötzliches Klingeln brachte Felix zurück auf seine Terrasse. Candela erschrak so sehr, dass sie beinahe ihren Kaffee verschüttete. Wer konnte das sein?

Sie verzog die Augenbrauen und wandte sich zur Tür. Scherzhaft fragte sie: »Erwartest du noch weiteren Frauenbesuch, Peque?«

Felix lächelte gequält und stand auf. »Nicht, dass ich wüsste. Ich gucke mal kurz nach, bin gleich wieder da.« Er stellte seine Tasse ab, ging nach drinnen und öffnete die Tür. Der Anblick der Person, die ihn auf der Treppe erwartete, verdarb ihm endgültig die Laune.

»¡Hola, chico!«, begrüßte Erik ihn. Er breitete die Arme aus, als wären sie enge Freunde, die sich eine Weile nicht gesehen hatten. Er stand auf der obersten Stufe.

»Erik.« Felix ließ es absichtlich klingen wie eine bittere Erkenntnis. »Woher weißt du, dass ich –«

»Ich hab's ihm verraten«, gestand Candela. Sie hatte sich unbemerkt angepirscht. »Entschuldige, ich hoffe, du bist mir nicht böse.« Sie schaute ihn schuldbewusst an, wieder mit diesem Lächeln auf den Lippen, mit dem sie ihn jedes Mal um den Finger wickelte. »Was können wir für dich tun?«

»Ich wusste nicht, dass du auch da bist«, erklärte Erik. »Ich würde mir gern kurz den Hausherren ausborgen, wäre das okay für dich?«

Irritiert blinzelte Felix ihn an. Warum wollte ausgerechnet er sich mit ihm unterhalten? Ihm fiel beim besten Willen kein Grund ein, und seit gestern hielt er es für klüger, seinen Kontakt mit Erik auf das Nötigste zu beschränken. Oder noch besser auf null zu reduzieren.

Felix war ein miserabler Schauspieler. Trotzdem versuchte er, ein freundliches Gesicht aufzusetzen. Heraus kam dabei ein Ausdruck, als hätte ihm jemand wochenalten Fisch unter die Nase gehalten. »Du kommst gerade –«

»Genau richtig«, unterbrach Candela ihn und legte ihm eine Hand auf die Schulter. »Eben hat sich meine Mutter bei mir gemeldet, sie muss einen Brief an die Gemeinde schreiben und braucht meine Hilfe. ¡Hasta pronto, muchachos!« Sie zog Felix zu sich und drückte ihm einen Kuss auf die Wange, dasselbe wiederholte sie bei Erik. Dann drängte sie sich an ihnen vorbei und eilte winkend durch das Staketentor zu ihrem Auto. Die beiden Männer sahen ihr verwundert hinterher.

Erik fand als Erster seine Sprache wieder. Mit seinem Surferlächeln auf den Lippen fragte er: »Wollen wir uns auf deine Terrasse setzen?«

✳

Ana und Ruiz starrten auf den Bildschirm ihres Dienstrechners. Vor ihren Augen flimmerte das PDF, das soeben in ihrem E-Mail-Postfach eingetroffen war, die entscheidende Stelle mittig im Bild. Beide waren sie geübt darin, polizeiliche Schriftstücke zu überfliegen und die wichtigsten Informationen auf die Schnelle zu erfassen. Das Interessante stand auf der vorletzten von insgesamt fünf Seiten.

»Ich kann nicht glauben, was ich da lese«, kommentierte Ruiz. »Das ist …«

Ana verblüffte das Ergebnis der Analyse ebenso. Wie aus dem Dokument hervorging, waren am Verschluss-streifen des Drohbriefes kleine Reste von DNA-Spuren gefunden worden. Diese hatten die Kollegen im Labor ausgewertet, dann mit der Datenbank abgeglichen – und einen Treffer erhalten. Der Mann war bereits polizeilich in Erscheinung getreten. In der Comisaría in Las Palmas war er erkennungsdienstlich behandelt und im Zuge dessen eine freiwillige Speichelprobe von ihm genommen worden.

»Sagt dir dieser Kerl etwas?«, fragte Ruiz. Sein Finger glitt über den angezeigten Namen. »Unai Palacios?«

Ana schüttelte den Kopf. »Nein, aber wir werden ihn gleich überprüfen.«

»Ist der bescheuert? Wieso leckt er einen Drohbrief an?«

Sie zuckte mit den Schultern. »Keine Ahnung, Gewohnheit, schwacher Moment? Aus irgendeinem Grund muss er Fraude gehasst haben, und vielleicht hat ihn das nachlässig werden lassen.«

»Wir müssen alles über ihn herauskriegen.« Ruiz klopfte als Zeichen des Aufbruchs auf den Tisch. »Ich gehe rüber in mein Büro und frage mich bei der Meldebehörde durch. Wahrscheinlich wohnt der Scheißkerl sogar hier auf der Insel. Kann doch kein Zufall sein, dass er oben bei den Kollegen in Las Palmas gewesen ist.«

»Vale.« Gedankenverloren umspielte Ana wieder mit einem Finger ihre Nasenspitze.

»Was ist los?«, fragte Ruiz.

Ana zeigte auf den Bildschirm. »Ob das für einen Haftbefehl ausreicht?«

»Puh, vom Gefühl her? Nein. Ehrlich, ich wünsche es mir. Aber realistisch betrachtet, ist es wahrscheinlich zu wenig.« Ruiz ging zur Tür und sagte zum Abschied über die Schulter: »Aber frag trotzdem mal den Ehrenmann. Vielleicht ist er heute gut drauf und ruft den Richter an. Mal sehen, was der dazu meint.« Ruiz verschwand im Flur.

Er hatte recht, einen Haftbefehl konnte nur Hidalgo beantragen. Bisher deutete jedoch nur ein einziges Indiz darauf hin, dass ihnen mit Palacios ein weiterer Tatverdächtiger vor die Füße gefallen war. Nachweisen konnten sie ihm nur, dass er Fraude einen Drohbrief geschrieben hatte, mehr nicht.

Ana schnaufte. Sie griff zum Hörer und drückte die Kurzwahltaste für ihren Dienstvorgesetzten. Es klingelte. Alsbald wurde das Gespräch auf eine andere Nummer umgeleitet, wahrscheinlich auf Hidalgos Handy. Wo der Ehrenmann sich wohl gerade herumtrieb?

Sekunden später meldete er sich.

»Comisario principal José Hidalgo, ¿digame?«

»Hier spricht Inspectora Montero. Hola, Jefe.«

»Montero«, fauchte ihr Vorgesetzter. Im Hintergrund waren die klackenden Geräusche abgeschlagener Bälle zu hören. Er musste auf dem Golfplatz sein. »Was gibt's, Sie stören mich gerade bei … einer dienstlichen Sache.«

Am liebsten hätte Ana schallend gelacht, doch es gelang ihr, sich zurückzuhalten. »Es geht um den Fall Fraude. Wir haben –«

»Fangen Sie nicht wieder mit der SOKO an. Die Zusammensetzung bleibt, wie sie ist. Die Kollegen haben mein volles Vertrauen.«

»Nein, Señor, ich melde mich aus einem anderen Grund. Ich hatte Ihnen von dem Drohbrief erzählt, den das Opfer erhalten hat. Darin spricht der Verfasser ausdrücklich davon, dafür zu sorgen, dass Fraude – ich zitiere – wie ein Stein vom Himmel fallen wird.«

Kurzes Schweigen.

»Natürlich, natürlich«, sagte Hidalgo zu energisch. Er hatte keinen blassen Schimmer. »Was ist damit?«

»Nun, es gibt DNA-Spuren am Verschlussstreifen.«

»Und?«

»Sie gehören zu einem Mann, den wir auch in der Datenbank haben. Inspector Ruiz ermittelt gerade die Meldeadresse. Es sieht danach aus, dass er hier auf der Insel wohnt.«

»Perfecto. Wenn Sie mir jetzt noch verraten, warum das nicht bis morgen früh hätte warten können?«

»Wir hatten da an einen Haftbefehl gedacht?«

Lachend keuchte Hidalgo ins Telefon.

Nachdem er sich wieder gefangen hatte, fragte er: »Sie sollten zum Fernsehen gehen, Montero, für Comedy-Sendungen schreiben.«

»Señor, wir haben begründeten Verdacht, dass bei Palacios Fluchtgefahr bestehen könnte. Wenn er nicht sowieso schon längst untergetaucht ist.«

Wieder eine Denkpause. Gespannt wartete Ana auf seine Entscheidung. Vor ihrem geistigen Auge sah sie Ruiz und sie bereits in voller Montur und in Begleitung weiterer Kollegen zum Wohnort ihres neuen Verdächtigen fahren, um ihn zur Befragung auf die Comisaría mitzunehmen.

»Hören Sie mir gut zu, Montero«, meldete ihr Vorgesetzter sich mit veränderter Stimme zurück. Die Erheiterung war gewichen, er klang jetzt mehr wie ein Vater, der seine jugendliche Tochter zurechtwies, weil sie betrunken nach Hause gekommen war. »Über die Jahre habe ich mir ein gutes Verhältnis zu unserem diensthabenden Richter aufgebaut. Das werde ich mit Sicherheit nicht riskieren, nur weil es Ihnen in den Fingern juckt. Wenn ich den Richter für jeden Hanswurst, der Fraude gedroht hat, nach einem Haftbefehl frage, kommt der aus dem Schreiben gar nicht mehr heraus. Habe ich mich klar genug ausgedrückt?«

»Aber Señor, wenn wir noch länger warten, ist Palacios vielleicht –«

»Bringen Sie mir Beweise«, wiederholte Hidalgo, »und am besten gleich so viele, dass der Richter es gar nicht abwarten kann, den Mistkerl einzubuchten. ¿Comprende?«

Ohne ein Wort zum Abschied beendete er ihr Gespräch. Sogar das Tuten klang wütend in Anas Ohren, als würde es stellvertretend für Hidalgo fragen, was um alles in der Welt sie geritten hatte, ihren Vorgesetzten beim Golfen zu stören.

Die Stimme von Ruiz ließ Ana aufschrecken. Hatte er angeklopft? Ihr Kollege streckte seinen Kopf durch den Türspalt.

»Und, was hat der Chef gesagt?«, fragte er.

Ana legte auf, drehte sich zu ihm und zeigte mit dem Daumen nach unten. »Ich hoffe, dass du erfreulichere Nachrichten hast.«

Er grinste. »Die habe ich in der Tat.«

*

»Wow!«, entfuhr es Erik. Er lehnte an dem Terrassengeländer und ließ seinen Blick von links nach rechts über die Küste schweifen. »Candela hat echt nicht zu viel versprochen.« Er drehte sich um, verschränkte die Arme und grinste. »Darf ich mich zu dir setzen?«

Felix wollte nicht unhöflich sein und zeigte stumm auf den Stuhl neben ihm. Bis vor wenigen Minuten hatte Candela dort gesessen und an ihrem Kaffee geschlürft.

Erik nickte, stützte sich auf den Lehnen ab und ließ sich in den ausgeklappten Liegestuhl sinken. Eine Weile schwiegen sie sich an. Er musste merken, dass Felix seinen Vorschlag lediglich aus Anstand nicht abgelehnt hatte.

»Und, wie wird dir deine erste Surfstunde im Gedächtnis bleiben?«, fragte Erik.

Felix deutete auf seine Schnittwunde. »Sie hat einen bleibenden Eindruck hinterlassen«, antwortete er. »Ansonsten war's frustrierend, um ehrlich zu sein.«

»Hehe, das glaube ich dir. Ist aber normal. Die ersten Erfolge lassen ein wenig auf sich warten, danach macht es einfach nur Spaß. War bei mir zumindest so.« Er drehte sich zu ihm und zwinkerte.

Erst in diesem Moment begriff Felix, wie verrückt diese Situation war. Der Mann, den er als Junge in einer Werbung für Schokoladencreme gesehen hatte, saß neben ihm und lächelte ihn an. Damals hatte er staunend vor dem Fernseher gehockt und sich gefragt, ob er jemals so über das Meer jagen würde wie dieser blonde, gebräunte Mann.

Felix wusste kaum etwas von ihm. Dabei war er eine Legende des Surfsports! Sein Name klang eindeutig skandinavisch, sein Spanisch war allerdings absolut fehlerfrei, wenngleich mit kanarischem Akzent, als lebte er seit Jahren auf der Insel oder war hier aufgewachsen. Wenn Felix nicht eifersüchtig auf ihn gewesen wäre, wie Candela zutreffend festgestellt hatte, hätte er ihn nun bei dieser Gelegenheit ausgequetscht.

Eriks unverhoffte Frage machte seinen Überlegungen ein Ende. »Du stehst auf sie, oder?«

Felix schluckte. Sollte er sich unwissend stellen? Egal, sein Zögern verriet ihn bereits.

»Hab ich mir schon gedacht«, sagte Erik und zwinkerte erneut. »Kann ich verstehen. Sie ist eine nette junge Frau, und gut aussehend noch dazu.«

Wie sollte Felix darauf reagieren? Er hatte befürchtet, dass es irgendwann zu einem solchen Gespräch zwischen ihnen kommen würde. Trotzdem hätte er es gern hinausgezögert, um besser vorbereitet zu sein. Erik war ihm zuvorgekommen.

»Dasselbe hat sie über dich auch gesagt«, erwiderte er.

Sein Gegenüber schaute ihm kurz in die Augen. »Und das schmeckt dir nicht, hab ich recht?«

Schulterzucken. »Ich weiß nicht. Vielleicht.«

»Damit wir uns nicht falsch verstehen, ich mag Candela ebenfalls.«

»Aber?«

Erik zeigte zum Strand hinunter. »Am Playa del Águila befindet sich nicht nur meine Surfschule, ich wohne auch dort mit meiner Familie.«

»Ich wusste nicht, dass du verheiratet bist. Du trägst keinen Ehering.«

»Seit fünfundzwanzig Jahren, und das immer noch so glücklich wie am ersten Tag.« Er wiegte den Kopf hin und her. »Okay, meistens zumindest.«

»Du hast auch Kinder?«

»Drei Söhne. Siebzehn, elf und acht. Echte Prachtkerle, sie sind alle dem Surffieber erlegen. Mein Großer redet nur noch davon, an meinem Denkmal zu sägen.« Er lachte auf. »Du verstehst, was ich dir damit sagen möchte?«

»Ich schätze schon.«

»Muy bien.« Er klopfte Felix auf den Oberschenkel. Stand auf und streckte sich. »Ich möchte dir trotzdem einen Ratschlag geben: Lass Candela eine Weile in Ruhe, sie ist noch nicht so weit.«

Felix schaute ihn erstaunt an. »Sie hat dir von Gabriel erzählt?«

»Sie hat mir gestern spät noch eine Nachricht geschrieben. Was für ein Scheißkerl.«

»Dem kann ich nichts hinzufügen.«

»Hör auf meinen Rat, okay? Gib ihr Zeit, dann könnt ihr es miteinander versuchen.«

»Vale.«

Felix überkam ein Schamgefühl. Dass Erik zu ihm gekommen war, um mit ihm über Candela zu reden, war überaus nett von ihm, und zum Dank hatte er ihn nicht mal anständig empfangen, geschweige denn wie einen Gast behandelt.

»Vielen Dank, dass du mir zugehört hast«, sagte Erik und deutete damit seinen Abschied an. Felix erhob sich, um ihn zur Tür zu bringen. Sein Besucher hielt ihn mit sanftem Druck auf die Schultern zurück.

»No te preocupes«, sagte Erik. »Genieß die Aussicht, ich finde schon den Weg nach draußen.«

Er klopfte auf den Tisch und drehte sich zur Tür.

»Ach, bevor ich's vergesse …« Er grub eine Hand in seine Hosentasche und zückte einen gefalteten Zettel. Zwischen zwei Finger geklemmt, hielt er ihn Felix hin. Sein verschmitztes Lächeln erstreckte sich über das ganze Gesicht.

»Nur weil du Candela Zeit gibst, heißt das nicht, dass du keinen Spaß haben sollst«, sagte er und zwinkerte. »Das ist die Nummer von einer Surfschülerin von mir. Nettes Mädel, ihr könntet euch gut verstehen, und alleinstehend ist sie auch noch.«

Felix wusste nicht, was er antworten sollte. Die Versuche, ihn zu verkuppeln, waren bisher alle in Bausch und Bogen gescheitert.

»Nun nimm schon«, forderte Erik. Er hielt ihm den Zettel dichter vors Gesicht. »Die Gute könnte auch ein bisschen Ablenkung gebrauchen, sie hat ein paar harte Tage hinter sich.«

»Was meinst du?«, fragte Felix.

Erik nickte in die Richtung des Flugplatzes. »Sie arbeitet drüben am Aeródromo in der Fallschirmsprungschule. Muss ganz schön fertig gewesen sein, die Sache mit Fraude.«

Felix' Augen weiteten sich. Er schnappte sich den Zettel aus Eriks Fingern, faltete ihn auseinander und las. »Teresa« stand handschriftlich in der ersten Zeile, darunter eine Handynummer. Ihm fehlten die Worte.

Erik grinste zufrieden und klopfte erneut auf den Tisch. »Also dann, ¡hasta luego!«

*

Ich schlendere durch die staubigen Straßen der Hauptstadt. Der Zauber des Neuen und Unbekannten durchströmt mich. Mit großen Augen laufe ich umher, fühle mich plötzlich wieder wie ein Kind, ein staunender Junge, der überall etwas entdeckt. So vieles ist anders als zu Hause, andere Menschen, andere Häuser, andere Geräusche und Gerüche. Aber einiges ist auch überraschend ähnlich.

Ich gehe über den Markt. Wandere von Stand zu Stand, was für eine bunte Welt! Ich spreche und verhandele mit Verkäufern, lasse mir feine Seidenschals um den Hals legen, betaste Teller, Vasen und Tassen aus Ton, blättere durch ausgelegte Bücher. Kaufe mir Sonnenblumenkerne, knabbere sie während meiner Erkundungstour. Setze mich in ein Café, trinke eine Tasse Tee und beobachte die Menschen.

Danach nehme ich denselben Weg zurück zur Pension. Sie befindet sich im nordöstlichsten Zipfel der Stadt. Mein Zimmer liegt im ersten Stock und ist spartanisch eingerichtet. Einzelbett, Waschecke, nur ein Fenster zur Straße. Doch für meine Zwecke ist es perfekt, direkt nach der Landung bin ich hierhergefahren. Ich habe viel über meine Unterkunft recherchiert und so erfahren, dass Youssef, der Besitzer, es nicht allzu genau nimmt mit Ausweisen und Pässen. Er interessiert sich weder dafür, wer ich bin, noch woher ich komme und wohin ich will.

Vor dem Haus bleibe ich kurz stehen. Durch die Tür dringt Youssefs lautes Schnarchen nach draußen. Ich bin allein auf der Straße. Ich schaue zum Himmel, Wolken schieben sich vor die Sonne und verdunkeln ihn. Ich schmunzele. Ein schöner Ort, geht es mir durch den Kopf, hier würde ich mich wohlfühlen.

Doch mein Plan sieht anders aus.

✳

Ruiz hatte ganze Arbeit geleistet. Ana staunte, in welch kurzer Zeit er derart viel über ihren Verdächtigen herausgefunden hatte. Bis auf die Anfrage bei der Meldebehörde hatte er sämtliche Informationen aus öffentlich zugänglichen Quellen erfahren.

Er saß an ihrem Schreibtisch und referierte über Palacios jüngere Vergangenheit. Sie ertappte sich dabei, dass sie währenddessen Verständnis für dessen Hass auf Fraude entwickelte. Dieser hatte nichts Ungesetzliches verbrochen, zumindest nicht beim Kauf von Palacios zwangsversteigertem Haus. Aber für dessen darauffolgenden Niedergang, inklusive Scheidung und Entzug des Sorgerechts für seine beiden Kinder, stellte er, der profitgeile Kapitalist, die perfekte Rolle des Sündenbocks dar. Die Meldebehörde hatte die neue Adresse von Palacios herausgegeben. Er wohnte in Fataga, einem Bergdorf kurz hinter Arteara, wo die Inspectores am Unglückstag zu Mittag gegessen hatten.

Mit einem Lächeln im Gesicht, das vor Selbstzufriedenheit nur so strotzte, lehnte Ruiz sich in seinem Stuhl zurück. »Und jetzt rate mal, wo unser Mann bis vor Kurzem noch beschäftigt gewesen ist.«

Ana zuckte mit den Schultern. »Du wirst es mir gleich verraten.«

Ihr Kollege lächelte weiter und stellte pantomimisch den Startvorgang eines Flugzeugs nach. Ana konnte nicht glauben, was sie sah. Wollte er damit tatsächlich andeuten, dass …

»Ist nicht dein Ernst!«

»Und ob er das ist. Unai Palacios war der Hausmeister, den Ibarra vor die Tür gesetzt hat. Der, der die Überwachungskameras außer Gefecht gesetzt hat.«

»Dann könnte er womöglich auch am Tattag noch Zugang zum Aeródromo gehabt haben.«

Ruiz nickte und zeigte auf sie. »Generalschlüssel.«

Ana legte ihren Finger an die Nasenspitze. »Hat Ibarra nicht erwähnt, er würde jetzt in einem Supermarkt an der Kasse sitzen?«

»Hat er, und es stimmt: Palacios arbeitet als Kassierer im HiperDino in San Fernando.« Bei der kanarischen Supermarktkette mit dem Logo eines lächelnden Comic-Dinosauriers kaufte Ana häufig ein. »Hab ich bei Instagram rausgefunden«, erzählte Ruiz weiter und klang, als würde er prahlen. »Auf seinem Profil gibt's aktuelle Fotos, auf denen er die leuchtend grüne Uniform trägt. Besonders glücklich sieht er darauf nicht aus. Ich hab dann in der Firmenzentrale angerufen und mich durchgefragt.«

Die Filiale, in der Palacios tätig war, lag keine fünfhundert Meter von der Comisaría entfernt. Ihnen blieben zwei Möglichkeiten: in die Berge nach Fataga zu fahren, in der Hoffnung, Palacios dort anzutreffen und andernfalls die Nachbarn zu befragen, oder es im Hiper-Dino zu versuchen. Letzteres hielten die Inspectores für vielversprechender. Doch bevor sie sich auf den Weg machten, stattete Ana der guten Seele noch einen Besuch ab. Sie drückte ihr die Schlüssel für ihren BMW in die Hand und bat sie, sich in ihrer Abwesenheit von einem Kollegen nach Santa Lucía fahren zu lassen und ihren Wagen zur Comisaría zu bringen. Ihr war nicht wohl dabei, jemand anderen ihr Baby fahren zu lassen, aber ihr blieb keine Wahl.

Dann brachen sie umgehend zum Centro Comercial Bellavista auf, einer jener zahlreichen Malls, die entlang der Costa Canaria anscheinend zur Insel gehörten wie Palmen, Kakteen und Aloe-Vera-Pflanzen, die überall aus dem Boden sprossen. Drinnen gingen sie an den Klamotten-, Elektronik- und Spielwarenläden vorbei und fuhren mit dem Rollband in die oberste Etage zum

Supermarkt. Am Eingang erkundigten sie sich mit vorgehaltenen Dienstausweisen nach Palacios, woraufhin der Sicherheitsmitarbeiter ihnen den Weg zu einer der hinteren Kassen zeigte. Sie bedankten sich und stellten sich in die Schlange.

Verwundert darüber, dass seine nächsten Kunden keine Produkte auf das Band gelegt hatten, irrte der Blick des Kassierers zwischen Ana und Ruiz hin und her. Das silberne Namensschild an seiner Brust verriet, dass es sich bei ihm um den Gesuchten handelte.

»Unai Palacios?«, fragte Ana dennoch sicherheitshalber.

Der Angesprochene brachte kein Wort heraus. Stumm starrte er sie an, sein Mund öffnete sich zu einem Ausdruck des Staunens.

Ruiz zeigte auf das Namensschild. Er wiederholte die Frage in eindringlicheren Worten: »Sind Sie Palacios oder nicht?«

»Sí«, antwortete dieser mit brüchiger Stimme. »Was ist … Ich verstehe nicht … Wer sind Sie?«

»Mein Name ist Inspectora Montero. Das ist Inspector Ruiz.«

»Policía Nacional«, fügte Ruiz hinzu, diesmal leiser, um die weiteren Personen in der Schlange nicht zu verängstigen. Ana nickte zur Seite hinüber. »Wir würden uns gerne mit Ihnen unterhalten.«

»Ungestört«, ergänzte ihr Kollege erneut, mehr auffordernd als bittend.

Palacios schluckte. Sein Gesichtsausdruck versteinerte sich. Entweder dünkte ihm, dass sie ihm auf die

Schliche gekommen waren, oder er fragte sich, warum zwei Inspectores ihn, einen eigentlich unbescholtenen Bürger, bei der Arbeit aufsuchten.

»Ja, ich …« Er schaute sich um. »Ich muss kurz Bescheid geben.«

»Muy amable«, bedankte Ana sich, »wir warten.«

Er zog sich ein Mikrofon heran und bat über Lautsprecher um Ablösung. Diese traf zügig durch die Kollegin ein, die gerade eines der Regale in unmittelbarer Nähe aufgefüllt hatte.

Nachdem Palacios abgelöst wurde, nahmen Ana und Ruiz den Mann zur Seite. Sie führten ihn zu einer freien Bank, direkt neben einem Verkaufsstand der staatlichen Lotterie, an dem sich eine lange Schlange gebildet hatte. Der Vorverkauf für die weltberühmte Weihnachtslotterie El Gordo lief auf Hochtouren. Seit ihrem Gewinn damals hatte Ana nie wieder gespielt. Schließlich wollte sie das Glück nicht zu sehr herausfordern, denn sonst verließ es einen.

Palacios setzte sich. Die Inspectores blieben stehen, mit verschränkten Armen bauten sie sich seitlich im spitzen Winkel auf. Eine Sicherheitsmaßnahme, weil sie nicht abschätzen konnten, wie der Mann reagieren würde.

Vor der Befragung betrachtete Ana ihn flüchtig. Er war ein hagerer Kerl, durchschnittlich groß für einen Spanier. Dass er auf die fünfzig zuging, sah man ihm nicht an, durch seine straffe Haut wirkte er deutlich jünger. In seinen mokkabraunen Augen glaubte sie jedoch eine tiefe Traurigkeit zu erkennen.

Die Indizien sprachen für sich. Ana war sich sicher,

mit Palacios saß der Mörder von Francisco Fraude vor ihnen. Der von ihm verfasste Drohbrief, die Tatsache, dass er als Hausmeister wahrscheinlich auch am Tattag noch Zugang zum Aeródromo hatte, die Zerstörung der Kameras und sein Motiv – er wollte Rache nehmen an dem Mann, der sein Leben zerstört hatte. Trotzdem ermahnte Ana sich, einfühlsam vorzugehen. Sie schaute kurz zu Ruiz hinüber, er kannte ihren Blick. Sie würde die Fragen stellen, während es seine Aufgabe war, ihr Gegenüber zu beobachten. Ana räusperte sich. »Señor, haben Sie in der letzten Zeit die Berichte in den Medien verfolgt?«

Er antwortete nicht. Stattdessen beugte er seinen Oberkörper vor, stützte die Ellbogen auf die Oberschenkel und legte den Kopf in seine Handflächen. Er schwieg.

Ana brachte das nicht aus der Ruhe. Sie setzte die Befragung fort: »Ihnen dürfte nicht entgangen sein, dass vor Kurzem ein bekannter Politiker tragisch ums Leben gekommen ist. Francisco Fraude, der neue Parteichef von RAZÓN.«

Immer noch nichts. Palacios gab weiter den Unbeteiligten. Erstaunlicherweise blinzelte er nicht einmal oder zeigte irgendeine andere Reaktion, als würde nicht das Geringste zu ihm durchdringen. Dann musste Ana eben einen Gang höherschalten, wenn es auf dem üblichen Weg nicht funktionierte. Durch sein eisernes Schweigen hatte er sich ihren Sanftmut verspielt. Glaubte er ernsthaft, mit dieser Tour durchzukommen?

Ana lehnte sich vor und schaute ihn eindringlich

an. »Wir wissen, dass Sie eine«, sie unterstrich ihre Suche nach dem richtigen Wort mit einer Handbewegung, »besondere Beziehung zu diesem Mann gehabt haben.«

Nada. Nicht mal diese provokante Frage lockte ihn aus der Reserve. Erstarrt in seiner Haltung hockte Palacios auf der Bank, den Blick gesenkt. Gefangen in sich selbst, als wüsste er nicht, wie er auf die Situation reagieren sollte.

Plötzlich die Eruption, wie aus dem Nichts. Schlagartig sprang er auf, und für einen Moment sah Ana etwas in seinen Augen aufflackern. Ein Blick, der besagte, dass er nichts mehr zu verlieren hatte. Als hätte er die Zeit genutzt, um seine Kräfte zu bündeln, stieß er die beiden Inspectores wuchtig gegen die Brust. Ana und Ruiz traf dieser Ausbruch völlig unvermittelt, sie stolperten nach hinten. Dieser Widerstand überrumpelte sie. Palacios hatte sie auf dem falschen Fuß erwischt, nutzte das Überraschungsmoment und rannte los. Stieß im Sprint Passanten zur Seite und rannte in hohem Tempo durch die Mall.

Ruiz rappelte sich wieder auf. Er fluchte und nahm die Verfolgung auf. Auch Ana schüttelte ihre Verblüffung ab und heftete sich dem Flüchtenden an die Fersen. Trotzdem war Palacios im Vorteil, denn vermutlich kannte er das Centro Comercial wie seine Westentasche. Er musste wissen, wo der Marmorfußboden glatt war oder an welchen Ecken sich die meisten Menschen versammelten. Er flitzte durch die Menge, Ana sah ihn als grünen Punkt, der in unerreichbarer Entfernung hin und wieder vor ihr auftauchte und wieder verschwand. Untermalt von den Rufen ihres Kollegen, die zwischen den Geschäften hallten und den ohnehin hohen Geräuschpegel übertönten.

»¡Policía!«, brüllte Ruiz, er forderte Palacios auf, stehen zu bleiben. »¡Alto! ¡Alto ahí!« Erwartungsgemäß ohne Erfolg, der Flüchtige jagte unaufhaltsam dem Ausgang entgegen.

Ana sprintete weiter, ihr Atem ging bereits stoßweise. Sie rannte an flanierenden Besuchern vorbei, die ihr erschrocken nachschauten.

Auf einmal Geschrei.

Ana näherte sich einer Menschentraube, ein Gewirr aus Einkaufswagen und Taschen. »¡Policía! Gehen Sie zur Seite!«, verschaffte sie sich Platz und drückte alle beiseite, die ihrer Aufforderung nicht nachkamen.

Schlagartig weiteten sich ihre Augen. Zu ihren Füßen lag ein ineinander verhaktes Knäuel, Ruiz und Palacios im Bodenkampf. Ihr Kollege schien aufgrund seines höheren Gewichts Oberwasser zu haben, trotzdem leuchtete sein Kopf vor Anstrengung feuerrot. Palacios schnaufte und warf alles in die Waagschale, er schlug und trat mit dem Knie um sich, befreite sich aus Ruiz' Griffen, biss und kratzte. Die Besucher umringten sie kreisförmig, mit offen stehenden Mündern und gezückten Smartphones filmten sie die Szene.

»Ruf Verstärkung!«, befahl Ruiz knapp.

Ana zückte ihr Diensthandy und alarmierte darüber alle verfügbaren Einheiten.

*

Felix tigerte vor dem Strandrestaurant auf und ab. Immer wieder schielte er auf seine Smartwatch – doch obwohl sie bereits eine Viertelstunde zu spät war, war von Teresa nichts zu sehen. Kanarisches Zeitgefühl, ging es ihm durch den Kopf, die berüchtigte Mañana-Mentalität. Er schmunzelte.

Dann ein Pfiff in seinem Rücken.

Erschrocken drehte er sich herum. Manolo, einer der Kellner des Restaurants, in das er wegen seiner leckeren Fischgerichte gern einkehrte, schlenderte mit einer Zigarette zwischen den Lippen auf ihn zu. Er stellte sich neben Felix ans Geländer. Wenige Meter unter ihnen ragte ein Steg ins Meer, von dem aus man jetzt wunderbar in den Atlantik hätte springen können, wenn er denn nicht wegen der gefährlich nahen Felsen dauerhaft abgesperrt worden wäre.

»Chico, was gaunerst du so vor dem Restaurant herum?«, fragte Manolo und zwinkerte. Er wischte sich die Hände an seiner Schürze ab. »Willst du dir nicht einen freien Tisch suchen? Wenn du noch länger wartest, haben wir keinen Lubina mehr.«

Felix liebte den Seebarsch mit Knoblauch, den sie hier zubereiteten. Zusammen mit einer Salatbeilage und vor allem den typisch kanarischen papas arugadas con mojo, den Runzelkartoffeln, die in einer Salzlauge gekocht und dazu mit einer scharfen Knoblauchsauce serviert wurden.

»Ich bin verabredet«, antwortete er. »Sie ist zu spät. Und ich bin ein bisschen nervös, um ehrlich zu sein.«

»Ein Date? Mit dieser kleinen Hübschen? Wie heißt sie gleich … Candela?«

»Nein, nicht mit ihr. Sie ist nur eine Arbeitskollegin.«

»Ach so.« Das Lächeln des Kellners löste sich wieder auf. »Als ihr neulich hier wart, haben mir deine Blicke etwas anderes verraten.«

Felix versuchte, das Thema zu umschiffen. »Sie heißt Teresa, sie arbeitet am Flugplatz.«

Manolo zog an seiner Zigarette und sah ihn mit Fragezeichen in den Augen an.

»Dort, wo Fraude neulich gestartet ist.«

»Oh!«, entfuhr es ihm. »Also ist das heute Abend kein privates Treffen? Du möchtest etwas von ihr erfahren, für die Zeitung?«

»Vor allem möchte ich gut essen.«

»Sí, claro, das werdet ihr.«

Dann sah Felix im Augenwinkel eine Frau, die den schmalen Strandweg heraufschlenderte. Das musste Teresa sein, genauso hatte sie sich ihm beschrieben.

Er gab Manolo ein unauffälliges Handzeichen. Grinsend kam der Kellner seiner Bitte nach und verabschiedete sich. »Mucha suerte.« Er klopfte ihm zum Abschied auf die Schulter, zwinkerte ihm zu und verschwand in Richtung der Tische.

Felix kam sich vor wie in einem Film, es war der Beginn einer romantischen Szene. Seitlich über das Geländer gelehnt, beobachtete er Teresa, die mit einem Lächeln auf ihren vollen, geschwungenen Lippen auf ihn zukam. Ein Windstoß blies ihr die kinnlangen, offenen Haare ins Gesicht. Sie wischte sie beiseite, zum Vorschein kamen gütige Gesichtszüge. Sie trug eine Jeans und darüber ein cremefarbenes, kurzärmliges Top.

»Buenas noches«, begrüßte sie ihn mit melodischem Klang in der Stimme. Sie tauschten zwei angedeutete Küsschen aus. »Tut mir leid, dass ich zu spät bin.«

»No pasa nada«, antwortete Felix. »So konnte ich noch ein bisschen das Meer bestaunen.« Sein Herz klopfte. Das letzte Date lag einige Zeit zurück, damals hatte er Luisa kennengelernt. Nach ihrer Trennung hatte er sich mit keiner Frau mehr verabredet, er war also ziemlich eingerostet.

Teresa schien es genauso zu ergehen. Ihre Wangen zeigten einen gedämpften Rotton.

»Bist du auch so nervös?«, fragte sie. Mit einem warmen Lächeln brach sie das Eis. »Ist 'ne Ewigkeit her, dass ich so etwas gemacht habe.«

»Geht mir auch so«, sagte Felix. »Aber ich freue mich sehr, dass es geklappt hat.«

»Ich mich auch.« Sie schauten sich in die Augen, in ihren lag ein Funkeln. »Also, hier soll's einen verdammt guten Seebarsch geben, habe ich gehört?« Sie zwinkerte, denn das hatte Felix ihr in einer seiner Nachrichten verraten.

Er nickte. »Wir müssen uns beeilen, angeblich ist er bald aus.«

»Na dann, ¡vámonos!«

Teresa griff nach seiner Hand, drehte sich zum Eingang und zog ihn sanft zu einem der freien Tische.

*

Der spröde Blick von Unai Palacios klebte an dem Tisch vor ihm. Mechanisch rieb er über die Druckspuren an seinen Handgelenken, die Andenken an seine Festnahme. Ruiz hatte ihn auf den Boden des Centro Comercial gedrückt und damit in Schach gehalten, eingekreist von sensationslüsternen Passanten mit gezückten Handys. Handlungsschnell hatte Ana die Kabelbinder gezückt und Palacios gefesselt. Die Verstärkung, die kurz darauf eingetroffen war, hatte ihren Verdächtigen zur Comisaría mitgenommen. Die Inspectores hatten dem Wagen eine Weile hinterhergesehen.

Nun saßen sie seit einer Viertelstunde im Verhörraum. Palacios hatte von Anfang an klargemacht, dass er nicht die Absicht besaß, auch nur ein einziges Wort zu sagen.

Ruiz beugte sich zu ihm hinüber. Auch er hatte beträchtlich eingesteckt, sein Sparringspartner hatte sich mit jeder Faser seines Körpers gewehrt. Kratz- und Bisswunden zierten seine Arme wie nach einem Streitgespräch mit einer Raubkatze.

»Ich wiederhole meine Frage: Wieso sind Sie vor uns abgehauen?«

Palacios' Mund verformte sich zu einem gehässigen Lächeln. Er schmatzte, streifte weiter über seine geröteten Handgelenke. Von einer Antwort keine Spur.

Unbewusst klopfte Ruiz mit den Knöcheln seiner Faust auf den Tisch. Ana sah es ihm an, er hätte damit lieber das Gesicht seines Gegenübers bearbeitet.

Sie klinkte sich ein, bevor es zu spät war. »Wissen Sie,

Señor Palacios, ich glaube, Sie verstehen nicht, warum wir hier sind.«

Ruiz schaute zu ihr herüber, fragend hob er seine Augenbrauen. Mit einem Handzeichen unter dem Tisch bat sie ihn um Geduld. Ana faltete ihre Hände und legte sie vor sich ab. Eine Pose, die Ruhe ausstrahlen und zugleich Vertrauen erwecken sollte.

»Sie halten uns für die Bösen. Für Ihre Gegner, die Sie hinter Gitter bringen wollen.« Sie ließ eine Weile verstreichen. Juegos mentales, wie man auf Spanisch sagte, Psychospiele. »Und ich verstehe Sie, ehrlich. Wenn ich auf Ihrem Platz säße, würde ich dasselbe denken. Diese verfluchten Maderos, was wissen die schon. Ich sage einfach gar nichts, dann bin ich fein raus.«

Wieder lächelte Palacios überheblich. Ana hatte ins Schwarze getroffen.

»Aber wenn Sie mich fragen …« Sie löste ihre Hände und legte eine auf ihre Brust, dazu setzte sie ein mitfühlendes Gesicht auf. »Man soll ja über Tote nichts Schlechtes sagen, aber … Ich konnte diesen Fraude noch nie leiden.« Aus dem Augenwinkel sah sie, dass Ruiz alle Gesichtszüge davonliefen. Zum Glück fing er sie wieder ein, denn ihr Plan funktionierte nur, wenn er ihre Strategie durchschaute und mitspielte. Zumindest schien er ihr zu vertrauen, sodass er sich zurückhielt.

Sie lenkte Palacios' Aufmerksamkeit auf sich, indem sie weitersprach: »Nicht nur aus politischen Gründen, falls Sie das denken. Da hatte er sicherlich genügend Feinde.« Sie erkannte ein flüchtiges Funkeln in den Augen ihres Verdächtigen. »Dieser Widerling hat aus der Not vieler Menschen Profit geschlagen. Und nicht nur das, er hat Familien zerstört. Existenzen, Träume, Ehen und Beziehungen. Er war egoistisch. Skrupellos. Kaltblütig.« Das Nicken wurde stärker. »Was für eine Strafe ist angemessen für so einen Menschen?« Mit ausgestrecktem Daumen zeigte sie hinter sich. »Juan Grande ist nicht genug, oder?«

Palacios schüttelte den Kopf, die erste deutlich sichtbare Reaktion. Mit der Erwähnung des Gefängnisses im Südosten von Gran Canaria hatte auch Ruiz vor ein paar Wochen einen Erfolg erzielt, als er versucht hatte, den Sportlehrer Pedro Rojas einzuschüchtern.

Ana rückte dichter an ihr Gegenüber heran. »Das Problem ist, dass Sie genau dort landen werden, Señor. Das ist so sicher wie zwei mal zwei vier ergibt.« Um ihre Argumente zu verstärken, tippte sie mit dem Zeigefinger kräftig auf den Tisch. »Wir wissen, dass Sie den hier geschrieben haben.«

Sie sah kurz zu Ruiz hinüber, er verstand ihren Blick sofort. Wie aufs Kommando zückte er den in einer Klarsichtfolie geschützten Brief und legte ihn auf den Tisch.

Ana deutete darauf. »Und wir wissen, dass Sie als Hausmeister die Kameras am Aeródromo zerstört haben. Glauben Sie mir, das wird Ihnen das Genick brechen. Sie haben gedroht, diesen Mann zu töten, und wenig später fällt er wie ein Stein vom Himmel, genau so, wie Sie es prophezeit haben. Klar, kann alles Zufall sein. Das Problem ist, dass es nur eine Berufsgruppe gibt, die noch weniger an Zufälle glaubt als wir Polizisten: Richter. Und für Ihren Richter wird das nach einem klaren Fall aussehen.«

»Was meine Kollegin Ihnen damit sagen möchte«, mischte sich Ruiz nun ein. Ana bedachte ihn sofort mit einem Blick, von dem er sich aber nicht abhalten ließ. »Es ist keine Frage, ob Sie für die Tötung von Francisco Fraude hinter Gitter kommen, sondern nur für wie lange.« Er gewährte Palacios Zeit, um die letzten Sätze zu verdauen. »Helfen Sie uns, Ihnen zu helfen. ¿Comprende?«

Der Verdächtige hob seinen Kopf und schaute zwischen den Inspectores hin und her. Er sagte es mit den Augen: Ja, er hatte begriffen, was sie ihm durch die Blume zu verklickern versuchten.

Plötzlich sprang in ihrem Rücken die Tür zum Verhörraum auf. Ana und Ruiz drehten sich herum. Wer zum Teufel ruinierte ihnen da gerade –

Es war Hidalgo. Ana schluckte. Der Ehrenmann gab sich die Ehre, er stand in der Tür und schnaufte, als hätte er sie lieber eingeschlagen. Er schien sich nur mit Mühe zurückhalten zu können, die Inspectores an ihren Ohren nach draußen zu zerren, und winkte beide mit einer Handbewegung auf den Flur. »Montero, Ruiz, mitkommen. ¡Ahora!«

Sie befolgten seinen Befehl, schlossen hinter sich die Tür und stellten sich vor ihn.

»Was treiben Sie da?«, brach es aus ihm heraus. Mit dem Kinn deutete er auf die Tür. »Wen haben Sie da angeschleppt?«

Ana verschränkte ihre Arme hinter dem Rücken.

Sie hoffte, dass ein Zeichen der Demut ihn besänftigen würde.

»Señor, das ist Unai Palacios.«

Hidalgo blinzelte. Als hielte ihn nur dies davon ab, sie zu würgen.

»Der Mann, der den Brief geschrieben hat«, fügte Ruiz hinzu.

Der Ehrenmann brachte ihn mit ausgestreckter Hand zum Schweigen und trat zwei Schritte auf Ana zu. »Ich hoffe, Sie wollen mich auf den Arm nehmen, Montero.«

Sie blieb standhaft und wich nicht zurück. »Das käme mir nie in den Sinn.« Sie wusste es, sie spielte mit dem Feuer.

Er schnaubte. »Ist Ihnen meine Erklärung am Telefon nicht deutlich genug gewesen?«

»Señor, ich —«

»Ich hatte Ihnen untersagt, ihn festzunehmen. Das war eine klare Dienstanweisung! Was, glauben Sie, passiert, wenn ich wegen jedem Spinner, der Fraude irgendwann mal mit irgendwas gedroht hat, beim Richter anklopfe und nach einem Haftbefehl frage? Dann …«

»Haben Sie keinen Golf-Partner mehr?«, hätte Ana am liebsten geantwortet, biss sich aber auf die Zunge. Sie ließ es über sich ergehen.

»Dann können wir unter unsere Zusammenarbeit einen Strich ziehen, aber nicht mit dem Bleistift«, führte Hidalgo zu Ende aus. »Haben Sie mich verstanden?«

»Señor, wenn Sie gestatten?«, mischte Ruiz sich trotz der klaren Geste ihres Vorgesetzten ein. »Es sind Indizien hinzugekommen.«

Hidalgo ließ Ana nicht aus den Augen. »Lassen Sie mich raten: Er kennt jemanden, der Ahnung vom Fallschirmspringen hat?« Seine Stimme triefte vor Sarkasmus. »Oder ist er sogar selbst schon mal gesprungen?«

»Nein, Jefe, er …« Ruiz stellte sich dicht neben Ana, sie berührten sich an der Schulter. »Er hat bis vor Kurzem am Aeródromo gearbeitet.«

Hidalgos Augen sprangen zu ihm herüber, sein Kopf blieb jedoch starr.

»Als Hausmeister«, ergänzte Ana. »Wie wir von dem Flugplatzleiter wissen, hat er das Überwachungssystem in dem Gebäude außer Betrieb gesetzt.«

Hidalgo schaute nun abwechselnd zwischen den Inspectores hin und her.

»Wir gehen davon aus, dass er das mutwillig getan hat«, sagte nun wieder Ruiz. »Um zu verschleiern, dass er am Tattag den Fallschirm manipuliert hat. Wahrscheinlich hat er dank eines Generalschlüssels Zugang zu allen Räumen gehabt.«

Der Ehrenmann wich wieder mehrere Schritte zurück. Er legte beide Hände auf den Bauch, sah die Inspectores wortlos an und schien erkennbar nachzudenken. Die Zeit trat auf der Stelle wie ein Schwarm Flamingos.

»Warum haben Sie das nicht gleich gesagt, Montero?«, fragte Hidalgo schließlich. Ana atmete innerlich durch. Sie warf Ruiz einen dankbaren Blick zu, dafür hatte er etwas gut bei ihr.

Ihr Kollege ergänzte: »Außerdem ist Palacios bei der Befragung im Supermarkt vor uns geflohen.«

»Und hat bei der Festnahme Widerstand geleistet«, hielt Ana fest. Sie zeigte auf Ruiz, er krempelte seine Ärmel hoch, zum Vorschein kamen seine Kratz- und Bissspuren.

Hidalgo gab ihr mit einem Handzeichen zu verstehen, dass es genug war. »Also gut, Sie kriegen Ihre Chance. Gehen Sie da rein und befragen Sie ihn. Aber ich empfehle Ihnen«, er hob mahnend einen Finger, »kommen Sie erst wieder raus, wenn Sie ein Geständnis von ihm haben.«

Ana nickte. »Muchas gracias, Jefe.«

Auch Ruiz bedankte sich bei ihrem Vorgesetzten. Hidalgo ließ sie allein und verschwand durch den Flur.

Ruiz legte eine Hand auf Anas Schulter. »Du hast ihn gehört«, sagte er, »dann wollen wir mal.« Er griff nach der Klinke und öffnete die Tür.

»Also gut, Sie haben gewonnen«, sagte Palacios plötzlich.

Die Inspectores schauten zu dem Tisch herüber, sie trauten ihren Augen kaum. Er hatte sich in ihrer Abwesenheit aufrecht hingesetzt und seinen überheblichen Gesichtsausdruck abgelegt. Jetzt sah er sie mit unerschütterlichem Blick an.

»Ich bin bereit auszupacken«, sagte er. »Ich helfe Ihnen, mir zu helfen, Sie erinnern sich?«

٭

Felix brauchte ein paar Schlucke Tropical, um lockerer zu werden. Teresa ging es nicht anders, sie nippte zu Beginn mehrmals hintereinander an ihrem Glas. Der

Start ihres Dates verlief zäh, Felix' Gehirn kam nur stotternd in die Gänge. Wie war es ihm bei seinen früheren Verabredungen nur gelungen, entspannt zu bleiben? Worüber konnte er mit ihr reden? Oder sollte er einfach von sich aus erzählen? Zum Glück wagte Teresa sich aus ihrem Schneckenhaus und gab damit ihrer Unterhaltung Starthilfe.

»Erik hat erzählt, dass du für LA VIDA schreibst?«, fragte sie.

Felix nickte. »Liest du uns ab und zu?«

»Ziemlich oft sogar.« Sie lächelte. »Ihr habt doch einen Geflüchteten in der Redaktion versteckt, oder?«

»Ja. Das war Bayu.«

»Coole Sache! Aber wieso *war*?« Sie legte den Kopf schief. »Ist er …?«

Felix zuckte mit den Schultern. »Wir hatten Besuch von der Polizei, jemand muss ihnen gesteckt haben, dass er in unseren Büroräumen wohnt. Danach wurde er abgeführt, seitdem hat sich seine Spur leider verloren. Wir versuchen ständig, herauszufinden, was mit ihm passiert ist. Aber die Guardia Civil …« Er suchte nach den richtigen Worten. »Sagen wir es so: Sie gilt nicht gerade als auskunftsfreudige Behörde.«

»Besser hätte ich es nicht ausdrücken können«, bestätigte Teresa.

»Atención, hier kommt der Lubina!«, unterbrach Manolo ihre Unterhaltung und brachte ihre beiden Teller. »¡Que aproveche!«, wünschte er ihnen. Er zwinkerte und ließ sie wieder allein. Der Seebarsch sah verdammt lecker aus, und er roch himmlisch!

Felix träufelte Zitrone auf den Fisch. Sanft rieb er mit den Knoblauchscheiben über die Haut und goss zuletzt die scharfe Soße auf seine Kartoffeln. Teresa machte es ihm nach, und nachdem auch sie sich einen guten Appetit gewünscht hatten, fingen sie an zu essen.

Es schmeckte wie immer sagenhaft. Felix liebte den würzigen Fisch, die knusprige Haut und dazu den salzigen Geschmack der kanarischen Runzelkartoffeln.

»Mmh!«, entfuhr es den beiden synchron. Sie lachten und stießen mit ihren Tropical darauf an. Teresas Augen glänzten, lang und tief schaute sie ihn an.

»Und wie gefällt dir unsere Insel?«, fragte sie. »Bist du gut angekommen?«

»Nun, mein Start hätte sicherlich etwas weniger holprig verlaufen können«, gestand Felix. »Aber ich habe es bisher trotzdem keine Sekunde lang bereut, dass ich Deutschland verlassen habe. Ich liebe die Insel. Das Klima, die Menschen, das Essen …«

»Man kann sich schon wohlfühlen bei uns.«

»Das tue ich, sehr sogar. Nach der Sache mit Bayu habe ich kurz darüber nachgedacht, wieder zurückzugehen. Aber ein Blick in den Wetterbericht hat mich schnell geheilt.«

Teresa lachte. »Ich bin froh, dass du hiergeblieben bist«, sagte sie. »Sonst hätte ich wohl nie erfahren, was für ein leckerer Fisch in dem unscheinbaren Restaurant in der Nähe meiner Wohnung serviert wird.« Sie zwinkerte.

Felix schluckte seinen Bissen herunter und fragte: »Wo wohnst du genau?«

»Hier in San Agustín, direkt an der Schlucht von Morro Besudo.«

»Oh!«, entfuhr es Felix. Er legte sein Besteck ab. »Dann sind wir quasi Nachbarn. Ich wohne in einem Bungalow am Playa del Águila.«

»Ah, da gehe ich auch manchmal schwimmen. Und Surfen mit Erik natürlich.«

Felix trank einen Schluck Tropical. Ihm lag eine riskante Frage auf den Lippen. Nach den Startschwierigkeiten hatte sich ihr Date zu einem angenehmen, kurzweiligen Treffen entwickelt. Das würde er mit ihr aufs Spiel setzen, denn es bestand die Gefahr, dass die Stimmung umschlagen würde, sobald er sie gestellt hatte. Er traute sich trotzdem. »Erik sagt, du arbeitest in der Fallschirmsprungschule drüben am Aeródromo?«

Eine Weile kaute Teresa schweigend weiter. Ihr Blick blieb auf den Teller gerichtet, als ob sie seine Frage nicht gehört hätte. Felix bereute bereits, ihren Abend zerstört zu haben.

Dann nippte auch sie an ihrem Bier. Sie faltete ihre Hände und nickte. Ohne ihn anzusehen, antwortete sie: »Ich bin mehrere Male mit ihm gesprungen. An dem Tag, an dem es passiert ist, habe ich gearbeitet.« Sie hob ihren Kopf, ihr Blick verlor sich über dem Atlantik.

Felix legte eine Hand auf ihre Schulter. Er spürte, dass es besser war zu schweigen. Stattdessen drückte er mit dieser Geste sein Mitgefühl aus.

Teresa drehte sich zu ihm und lächelte gequält. »Ich hoffe, du bist mir nicht böse, wenn ich dir nicht mehr darüber erzähle. Es ist nicht so, dass ich dir misstrauen würde, aber …«

»Mach dir keine Sorgen«, beruhigte Felix sie, »ich verstehe das.«

»Gracias.«

Sie legte ihre Hand auf seine. Eine Weile verharrten sie in dieser Haltung, ihr erster längerer Körperkontakt. Er fühlte sich vertraut an.

»Komm, lass uns über etwas anderes reden«, schlug sie vor. »Du hast doch bestimmt lustige Geschichten aus der Redaktion auf Lager?«

Felix schmunzelte. Oh ja, die hatte er.

Abgesehen von dem kurzen Ausrutscher entwickelte sich ihr Date weiterhin vielversprechend. Die Chemie zwischen ihnen stimmte, sie funkten auf einer Wellenlänge. Mit jedem weiteren Tropical, das Manolo servierte, lachten sie ausgelassener.

Und kamen sich näher. Teresa rückte mit ihrem Stuhl dichter an Felix heran. Erst berührten sie sich zufällig, streiften beim Reden den anderen sanft. Später häuften sich ihre Berührungen und wurden länger, bis sie unter dem Tisch ihre Hände hielten und sich streichelten.

»Bringst du mich nach Hause?«, fragte Teresa beschwipst. Sie zeigte auf ihr leeres Bierglas. »Ich glaube, ich könnte eine kleine Stütze gebrauchen.«

»Dann können wir uns gegenseitig halten«, antwortete Felix. »Ich weiß nicht, wann ich das letzte Mal so viel getrunken habe.«

»Das könnte lustig werden!«

Er winkte Manolo heran und ließ sich von ihm die Rechnung bringen. Als Dank für den netten Service hinterließ er ein großzügiges Trinkgeld auf dem silbernen Tellerchen. Sie verabschiedeten sich, und kaum waren sie aufgebrochen, schnappte Teresa sich Felix' Arm und hakte sich unter.

Schnaufend schleppten sie sich die Stufen der Treppe empor, die als Verbindungsstück zur höher gelegenen Straße führte. Es war die kürzeste Strecke zu Teresas Wohnung, und für Felix stellte sie keinen Umweg dar. Er würde am Playa Morro Besudo entlang zu seinem Bungalow zurückkehren.

Durch die Bewegung schien Teresas angetrunkener Zustand sich dramatisch zu verschlechtern. Mit jedem Meter sackte sie mehr in sich zusammen, sie hing an seinem Arm wie ein angeschlagener Boxer in den Ringseilen. Es fiel ihr schwer zu sprechen. Ihr Lallen wurde zunehmend unverständlich, als würde ein Gewicht ihre Zunge beschweren.

Na super, dachte Felix, gleich beim ersten Date hatte er sie abgefüllt. Ihn überkam ein schlechtes Gewissen. Ob seine Frage nach ihrem Arbeitsort mitverantwortlich war, dass sie so viele Gläser Tropical bestellt hatte? Hätte er ihr das eine oder andere von ihnen ausreden müssen? Aber eigentlich war sie alt genug, um zu wissen, wie viel sie vertrug.

Sie kämpften sich die Straße hoch, vorbei an mehrstöckigen Apartmentgebäuden und einer Bar, bis zu dem Parkplatz am Ende. Zwischen den Ein- und Mehrfamilienhäusern hindurch gelangten sie zum Rand der Klippe.

»Da wohne ich«, lallte Teresa und zeigte auf die Fenster einer Wohnung im zweiten Stock. Sie versuchte zu
stehen und ihre Schlüssel aus ihrer Jeans zu kramen.
Dabei torkelte sie so stark, dass sie drohte umzufallen.
Felix eilte ihr zu Hilfe und stützte sie.

Er zeigte auf ihre Hosentasche. »Sind sie dadrin?«

Sie nickte, es gelang ihr kaum, die Augen offen zu
halten. Sie gehörte dringend ins Bett.

»Darf ich sie herausholen?«, fragte Felix weiter.

»Eigentlich … wollte ich dich nicht so schnell an die
Wäsche lassen«, sagte sie. Ihr kehliges Lachen verkam
zu einem Grunzen.

»Du brauchst Hilfe«, erklärte Felix, »du kannst nicht
mal alleine stehen.« Er ließ sie kurz los und fing sie
direkt wieder auf, weil sie zur Seite kippte. »Ich hole
nur deine Schlüssel raus und bringe dich ins Bett, ¿vale?«

Sie war nicht mehr in der Lage zu antworten. Er griff
in ihre Tasche und fischte mühsam den Schlüsselbund
heraus. »Hab ihn!« Er wedelte damit vor ihrem Gesicht,
bis sie ihn ergriff. »Also los, dann wollen wir mal.«

Die Treppe mutierte zu einer Herausforderung. Es
war zu eng, sie bot nicht genügend Platz, um nebenei-
nander zu gehen, und so ließ Felix Teresa den Vortritt
und blieb zur Absicherung dicht hinter ihr.

»Halt dich an dem Handlauf fest«, riet er.

Mit sanftem Druck schob er sie Stufe für Stufe nach
oben, bis sie an der Tür angekommen waren. Teresa
schaffte es nicht aufzuschließen. Sie sah ihn hilfesu-
chend an. »Würdest du …?« Ununterbrochen fielen
ihr die Augen zu.

Felix drängte sich neben sie, bat sie um den Schlüsselbund und probierte einen nach dem anderen durch. Erst beim vierten hatte er Erfolg, er passte und ließ sich auch herumdrehen.

Mit einem Klack schwang die Tür auf. Teresa, die sich dagegengelehnt hatte, verlor das Gleichgewicht und stürzte in den Flur. Felix hielt sie im letzten Moment fest. Ihr Kopf baumelte kraftlos auf ihrer Brust, und aus ihrem Mund drangen unverständliche Laute.

»Wo ist das Schlafzimmer?«, fragte er.

Er deutete das Pendeln als ein Nicken zur letzten Tür auf der linken Seite. Er legte ihren Arm um seine Schulter und schleppte sie mühsam über den Flur. Mit dem Fuß stieß er die angelehnte Schlafzimmertür auf, zerrte Teresa hinein und ließ sich mit ihr zusammen aufs Bett fallen. Für alle Fälle drehte er ihren Kopf zur Seite, damit sie nicht erstickte, falls sie sich erbrechen musste. Er stand auf und zog ihr zum Schluss die Schuhe von den Füßen.

»Teresa?«, sprach er sie an. »Ist es okay, wenn ich deine Toilette benutze?«

Keine Reaktion. Nur ihr Atem, der sich mehr und mehr in ein Schnarchen verwandelte. Sie würde sicherlich nichts dagegen einzuwenden haben, dass er kurz das Bad aufsuchte, bevor er sich auf den Heimweg machte.

Felix zog sich zurück auf den Flur. Er ging zur Wohnungstür, die nach wie vor offen stand, und zog den Schlüsselbund ab. Dann schloss er sie und schaute sich um. In welchem der Räume sich das Bad befand? Er vermutete es hinter der Tür direkt gegenüber. Er drückte die Klinke herunter. Sie war abgeschlossen. Konnte demnach nicht das Bad sein, schlussfolgerte Felix. Er musste es woanders versuchen.

Nachdenklich verzog er das Gesicht. Warum hielt Teresa ein Zimmer in ihrer eigenen Wohnung verschlossen? Auf die Schnelle erschien ihm nur ein Grund plausibel: um zu verhindern, dass jemand ohne ihre Erlaubnis den Raum betrat. Ob sich hinter der der Tür etwas Geheimnisvolles verbarg?

Felix packte die Neugier. »Du darfst nicht in den Zimmern einer Fremden herumstöbern«, mahnte eine innere Stimme. »Eine verschlossene Tür in der eigenen Wohnung«, sagte der Journalist in ihm, »wer weiß, was du dort findest. Es ist sogar deine Pflicht nachzuschauen!«

Flüsterleise probierte er einen Schlüssel nach dem anderen aus. Manche von ihnen passten, ließen sich aber nicht herumdrehen. Hatte Teresa den richtigen für diese Tür womöglich irgendwo in ihrer Wohnung versteckt? Felix blieben nur noch drei. Er spielte bereits mit dem Gedanken, es auf sich beruhen zu lassen. Der vorletzte Schlüssel am Bund ließ die Tür mit einem Klacken aufschwingen. Sie knarzte, Felix schob sie nur ein Stück weit auf, um sich durch den schmalen Spalt in den Raum zu schieben.

Mit dem Fuß stieß er gegen einen schweren Gegenstand. Er kramte sein Handy aus der Hosentasche, aktivierte die Taschenlampe und leuchtete zu Boden. Der Lichtstrahl wanderte über ein Chaos an herumfliegenden Büchern, aus denen beschriebene Notizen herauslugten, und wildwüchsigen Zetteltürmen. Was hatte das zu bedeuten?

Achtsam machte Felix hinter sich die Tür zu und ging in die Hocke. Stirnrunzelnd blätterte er sich durch die Bücher und versuchte zu begreifen, worauf er gestoßen war.

Er brauchte nur Minuten, dann schoss ihm die Lösung blitzartig in den Kopf. Entsetzt zückte er sein Smartphone, öffnete die Kamera-App und fing an, alles zu fotografieren.

*

»Und Sie wollen mir also helfen, ja?«, fragte Palacios mit verschmitztem Grinsen im Gesicht. »Wie genau soll diese Hilfe aussehen?«

Ana staunte. Irgendetwas hatte den verschlossenen Mann, der nichts außer Geräusche von sich gegeben hatte, in eine redselige Ausgabe seiner selbst verwandelt. Wahrscheinlich hatte er Zeit gehabt zu überlegen, während die Inspectores vor der Tür von ihrem Dienstvorgesetzten gemaßregelt worden waren. So schwer es ihr fiel, ihrem Chef so etwas wie Dankbarkeit entgegenzubringen, aber die Unterbrechung durch Hidalgo hatte die Zunge von Palacios gelockert.

Ruiz, der nicht weniger überrascht über die Verwandlung ihres Verdächtigen zu sein schien, strich mit seinem Zeigefinger die Tischkante entlang. »Nun, das hängt von Ihnen ab«, sagte er.

Palacios legte den Kopf schief.

»Zunächst einmal würden wir von Ihnen gerne hören, dass Sie bereit sind, uns nur die Wahrheit zu sagen.«

»Und nicht versuchen, Spielchen mit uns zu spielen«, ergänzte Ana.

Palacios schaute eine Weile auf die Handschellen, mit denen er in einer Vorrichtung am Verhörtisch gefesselt war. »In Ordnung«, sagte er. »Nehmen Sie mir dafür die hier ab?«

Mit einem Pfiff holte Ruiz den Kollegen herein, der vor der Tür stand. Er trug dem jungen Mann auf, Palacios von den Handschellen zu befreien. Es klackte, und ihr Verdächtiger rieb sich eine Zeit lang die geröteten Druckstellen.

»Gracias«, sagte er kaum hörbar.

»Sehen Sie es als Zeichen unseres guten Willens«, erwiderte Ana. »Also gut, dann schießen Sie mal los.«

»Fangen wir damit an, warum Sie vor uns geflüchtet sind«, gab Ruiz vor.

»Was würden Sie denn tun, wenn zwei Polizeibeamte zu Ihnen an den Arbeitsplatz kommen?«

»Falls es Ihnen entgangen ist, wir sind hier umgeben von Gleichgesinnten.«

»Sehr witzig.« Palacios verzog keine Miene. »Jetzt mal im Ernst, ich weiß nicht, warum ich abgehauen bin.«

Ana schnippte zu Ruiz und ließ sich von ihm den Brief geben. »Dann werde ich Ihnen auf die Sprünge helfen.« Sie präsentierte die transparente Plastikhülle und wedelte damit in sicherem Abstand herum. »Aus der Nummer, dass Sie den hier geschrieben haben, kommen Sie nicht raus. Und dann wäre da noch die Sache mit dem Überwachungssystem am Aeródromo …«

Ihr Verdächtiger versuchte sich erst gar nicht in weit hergeholten Ausflüchten. »Ich habe den Brief geschrieben, ja. Aber das mit den Kameras? Sehe ich für Sie aus wie jemand, der wüsste, wie er das hätte anstellen sollen? Ich hab aus Versehen im System irgendeine Einstellung vorgenommen, und danach funktionierte gar nichts mehr. Dafür hat mich dieser …«, er suchte nach einer passenden Diffamierung, »Gockel ja auch vor die Tür gesetzt.«

»Schutzbehauptung wird der diensthabende Richter das nennen«, sagte Ruiz.

»Nennen Sie es von mir aus, wie Sie wollen, es ist die Wahrheit. Und was den Brief angeht: Dieser Hu-«, er hielt sich gerade noch zurück, »Mistkerl hat mein Leben zerstört. Was würden Sie denn tun? Einfach nett nicken?«

Ruiz klimperte mit den Fingern auf dem Tisch. »Auf jeden Fall würden wir nicht dafür sorgen, dass er wie ein Stein vom Himmel fällt.«

»He, ich hab mit der Scheiße nichts zu tun.«

»Die nächste Schutzbehauptung.«

Palacios schoss zu ihnen nach vorn. »Diese Kapitalistensau hat mein Leben zerstört! Mein ganzes Leben, verstehen Sie?«

»Beruhigen Sie sich«, antwortete Ana bestimmt und signalisierte ihm per Handzeichen, dass er sich runterfahren sollte. »Oder sollen wir den Kollegen wieder hereinholen?«

Ihr Verdächtiger zog sich grummelnd zurück. »Ist gut. Ich hab mich jetzt unter Kontrolle.«

»Wir dürfen gespannt bleiben«, kommentierte Ruiz. Er rieb sich die Hände. »Wenn ich die Rolle des Advocatus Diaboli einnähme, würde ich sagen, Ihre Erregung unterstreicht nur den Verdacht, dass Sie Fraude auf dem Gewissen haben.«

Palacios' Blick wurde leer, er verlor sich wieder auf einem Punkt des Tisches, so wie zu Beginn des Verhörs. Er begann zu flüstern: »Zuerst hat er sich mein Haus geholt, und dann Stück für Stück alles andere.« Jedes seiner Worte wog bleischwer vor Traurigkeit. »Und wofür? Um sich daran aufzuhängen, wie vielen Menschen er das Leben zerstört hat. Meines war nur eines von vielen.«

Die Inspectores ließen seinen Worten Raum, sich zu entfalten.

Kurz darauf hob Palacios seinen Kopf und schaute ihnen abwechselnd in die Augen. »Wissen Sie, dass ich ein erfolgreicher Geschäftsmann gewesen bin?«, fragte er. »Früher, bevor ich als Hausmeister und Kassierer und was weiß ich nicht noch alles arbeiten musste.«

»Sie haben mit Gebrauchtwagen gehandelt«, stellte Ruiz fest.

Ihr Gegenüber nickte. »Es lief alles fantastisch, ich habe meinen Beruf geliebt. Dann kamen Zapatero und die Finanzkrise, und schwups«, er schnippte in die Luft, »ging alles den Bach runter.«

»Wir verstehen Ihre Wut auf Fraude«, sagte Ana, »und wie gesagt, mein Kollege und ich hatten auch nicht viel übrig für diesen Gauner.« Aus dem Augenwinkel sah sie zu Ruiz hinüber, der diese Anmaßung wegblinzelte und es dabei beließ. Stattdessen schlug er seine Beine übereinander und lehnte sich zurück. »Der Punkt ist, dass Ihnen all das Mitgefühl nicht weiterhelfen wird. Der Richter beurteilt die Fakten, und nach denen sieht es düster aus für Sie. So düster, wie es auch in Ihrer Zelle in Juan Grande sein wird. Es sei denn …«

Palacios verzog das Gesicht. »Es sei denn *was?*«

»Es sei denn, Sie bieten dem Richter etwas an«, erklärte Ana.

Ihr Verdächtiger starrte sie reglos an. In seinen Augen glaubte sie jedoch zu erkennen, dass er ihren Hinweis verstanden hatte.

»Helfen Sie uns, Ihnen zu helfen.«

»Ich soll ein Geständnis ablegen«, murmelte Palacios.

»Es wird sich ganz sicher strafmildernd auswirken«, sagte Ruiz.

Wieder Schweigen. Eine gefühlte Ewigkeit schien ihr Gegenüber mit sich zu ringen.

Als er eine Entscheidung getroffen zu haben schien, schlug auch er seine Beine übereinander und lehnte sich ebenfalls in seinem Stuhl zurück. »Der Richter soll sich ruhig die Fakten anschauen, wie Sie es nennen«, sagte er nun wieder mit kraftvollerer Stimme. »Ich werden jedenfalls nichts gestehen, was ich nicht getan habe.«

Jetzt blinzelte auch Ana. »Wie meinen Sie das?«, fragte sie. »Ist Ihnen die Tragweite der Beweise etwa immer noch nicht klar geworden?«

»Doch. Absolut.« Seine Lippen zuckten für ein kurzweiliges, aber authentisches Lächeln. Eines, das besagte, dass er sich vor nichts fürchtete. »Außer diesem Brief habe ich nichts verbrochen, und das mit den Kameras ... Nun, habe ich Ihnen ja schon erklärt, es war keine –«

»Señor Palacios«, ging Ruiz dazwischen, »ich kann Sie nur eindringlich davor warnen, weiter so verschlo-«

»Und ich kann Ihnen meine Unschuld sogar beweisen«, vervollständigte er seinen Satz.

Die Inspectores sahen einander an. Wovon redete Palacios da?

Wenige Minuten später beendete Ruiz das Gespräch und ließ sein Diensthandy zurück in die Hosentasche gleiten. Seinem Blick zufolge schien dorthin auch seine Hoffnung, den Fall gelöst zu haben, zu verschwinden. Er hatte die Hotline der Fluglinie angerufen, um Palacios Aussage zu überprüfen.

Ana und er standen auf dem Flur vor dem Verhörraum, allein.

»Und?«, fragte sie.

Ruiz schürzte die Lippen und schüttelte den Kopf. »Er hat die Wahrheit gesagt. Er ist am Tag vor Fraudes Sprung nach Madrid geflogen und erst gestern Abend wieder in Las Palmas gelandet.«

»Und in der Pension, was sagen die?«

»Die haben seine Buchung bestätigt.«

»Aber könnte er nicht in der Zwischenzeit nach Gran Canaria zurückgekommen sein, mit einer anderen Fluglinie? Nach der Tat ist er dann wieder nach Madrid, um sich ein Alibi zu verschaffen.«

»Hin und zurück, am selben Tag?«

»Warum nicht?«

»Klar, er könnte so vorgegangen sein. Von mir aus überprüfen wir das. Aber mal ehrlich, Ana«, Ruiz legte eine Hand auf ihre Schulter, »für wie wahrscheinlich hältst du das?«

»Es geht hier nicht um Wahrscheinlichkeiten, Hugo.«

»Ich weiß, natürlich nicht.« Er schaute kurz zu der verschlossenen Tür hinüber. »Aber wie soll er das angestellt haben? Selbst wenn er mit einem Generalschlüssel ins Aeródromo gelangt ist, es müsste ihn doch irgendjemand dabei gesehen haben. Wir wüssten davon, wenn er dort gewesen wäre.«

»Dann ist er vor lauter Hektik einfach niemandem aufgefallen.«

Ruiz sah sie mitleidig an. »Wir können es nicht beweisen, Ana. Alles, was wir haben, sind der Brief und der Punkt mit dem Überwachungssystem. Dass er den Brief geschrieben hat, hat er inzwischen gestanden, und das mit den Kameras könnte tatsächlich seiner Unfähigkeit geschuldet sein. Was bleibt uns sonst?«

Mit Vergnügen hätte sie ihrem Kollegen nun eine Liste an Indizien oder – noch besser – Beweisen vorgebetet, mit denen sie Unai Palacios für den Mord an Francisco Fraude anklagen konnten. Aber Ruiz hatte recht, diese Liste umfasste nur die zwei von ihm aufgezählten, für sich genommen nicht hinreichend beweiskräftigen Punkte. Vieles sprach dafür, dass Palacios nicht derjenige war, der den Politiker auf dem Gewissen hatte. Die nächste Enttäuschung.

Sie hüstelte sich in die Faust. »Ich denke, dass wir –«

Das Klingeln ihres Handys unterbrach sie. Per Handzeichen bat sie Ruiz um Nachsicht, er winkte ab und kehrte zu Palacios zurück in den Verhörraum.

Sie fischte das Smartphone aus ihrer Hose, schaute aufs Display, die Nummer kannte sie nicht. Seltsam. Vielleicht ein unverhoffter Zeuge, der besser spät als nie seine Erinnerung wieder ausgekramt hatte?

»Montero?«, fragte sie in die Leitung.

»Bitte legen Sie nicht auf«, erwiderte die Stimme am anderen Ende.

Ana brauchte ein paar Sekunden, dann machte es Klick. Das konnte doch nicht –

»Faber! Ist das Ihr Ernst?«, fluchte sie.

»Ja, ich –«

»Sie rufen mit spanischer Vorwahl an. Sagen Sie nicht, Sie sind noch auf der Insel?«

»Doch, ich –«

»Welchen Teil meiner Aufforderung haben Sie nicht verstanden?«

»Bitte, hören Sie mir zu, nur eine Minute.«

»Offensichtlich habe ich Sie falsch eingeschätzt. Oder Sie mich. Ich hätte nicht erwartet, dass Sie die Frechheit besitzen, tatsächlich noch mal mit mir –«

»Ich glaube zu wissen, wer Francisco Fraude umgebracht hat.«

»Bitte verschonen Sie mich damit.« Ana stöhnte. »Ich brauche Sie nicht zu erinnern, wozu es geführt hat, wenn Sie denken, Polizei spielen zu müssen. Sie können verdammt froh sein, dass Sie überhaupt noch –«

»Teresa Raición«, warf der Deutsche ein.

Ana blieb die Luft weg. Irritiert schüttelte sie den Kopf. Dieser Name kam ihr bekannt vor. Aber woher?

Ihr fiel es wieder ein. Die Frau vom Flugplatz, die Angestellte von SkyJump. Mit Pferdeschwanz und dem gütigen Gesicht.

»Wovon zum Teufel reden Sie da?«, fragte sie. »Die haben wir schon befragt.«

»Sie könnte es gewesen sein«, behauptete Faber, »und ich kann es Ihnen beweisen.«

✳

Felix war sprachlos. Hatte die Inspectora tatsächlich aufgelegt? Ungläubig starrte er auf das Display. Oder waren sie nur aus irgendeinem Grund unterbrochen worden und Montero würde ihn jeden Augenblick zurückrufen?

Sein Handy blieb stumm. Er begriff, dass das Ende ihres Gesprächs kein technisches Problem gewesen war, und steckte sein Smartphone wieder weg. Dafür legte er eine kurze Pause auf der Treppe ein, die hinunter zum Playa Morro Besudo führte, und verschnaufte.

Felix sah sich um, sein Blick blieb an der Fassade des Hauses hängen, in dem sich Teresas Wohnung befand. Erst vor wenigen Minuten war er von dort geflüchtet, nachdem er alle Unterlagen abfotografiert hatte. Auf Katzenpfoten war er aus dem Raum geschlichen und hatte die Tür wieder verschlossen, um keine Spuren seines Eindringens zu hinterlassen. Erst draußen nahm er die Beine in die Hand. Nun stand er auf der Treppe und betrachtete das Haus. Im Schlafzimmer brannte kein Licht. Teresa schlief noch. Seine Flucht war ihm geglückt.

Dann wandte Felix sich ab und ging weiter. Über den kurzen Strandabschnitt und den schwer beschädigten Küstenweg, der behelfsmäßig mit verwitterten Absperrgittern aus Plastik gesichert war, gelangte er zurück nach Playa del Águila. Er kam am Ende einer Sackgasse heraus und folgte der Straße durch den im Tiefschlaf befindlichen Ort.

In der Anlage angekommen, schloss er die Tür zu seinem Bungalow auf, holte sich eine Tónica aus dem Kühlschrank und setzte sich auf die Terrasse. Eine Weile schaute er verträumt auf den Atlantik, auf dem das Mondlicht glitzerte. Heute Nacht war der Wellengang rauer und aufgepeitschter als sonst. Wahrscheinlich fegte weit draußen ein Sturm übers Meer, dessen Ausläufer nun die Insel erreichten.

Auch Felix' Gedanken waren in Unruhe. Vor seinem geistigen Auge sah er die aufgeschlagenen Bücher und gestapelten Zettel. Aus ihnen konnte er nur einen Rückschluss ziehen: Teresa war von Fraude besessen. Sie hatte unzählige Artikel über ihn aus dem Internet heruntergeladen, ausgedruckt und darin Passagen angestrichen. Und erst die Bücher! Wochenlang musste sie damit zugebracht haben, sie zu lesen. Darunter Biografien des spanischen Diktators Francisco Franco sowie Sachbücher über den Bürgerkrieg, der für das Land und die Gesellschaft eines der prägendsten historischen Ereignisse darstellte und bis heute nachwirkte. Ein Buch hatte dabei in besonderem Maße Felix' Interesse geweckt, sein Titel lautete: »Das politische Attentat – Hintergründe und Geschichte«. Teresa hatte eines der Kapitel mit einem Notizzettel versehen.

Es handelte von zwei Anschlägen auf Francisco Franco, den beiden einzigen, wie Felix erfuhr. Er hatte die Seiten überflogen, und je weiter er gelesen hatte, desto mehr hatte sich der Nebel gelichtet. In ihm war ein düsterer Verdacht gediehen.

Die Attentatsversuche waren auf den Kanarischen Inseln verübt worden. Damals hielt Franco sich auf Teneriffa und Gran Canaria auf, von wo er im Juli 1936 nach Spanisch-Marokko übersetzte. Von dort führte er in der Folge den Militärputsch gegen die Republik an, der später in den Bürgerkrieg sowie seine jahrzehntelange diktatorische Herrschaft über Spanien mündete.

Beide Versuche schlugen fehl. Der erste, geplant von einem auf Teneriffa lebenden katalanischen Intellektuellen, scheiterte an Francos Misstrauen. Dieser hatte seine Unterkunft doppelt abgesichert, indem er sie nicht nur verriegelt, sondern auch noch ein zusätzliches Schloss angebracht hatte. Die Verschwörer, die sich über das Dach näherten, um sich darüber Zugang zu verschaffen, verrieten sich und wurden von den Wachen entdeckt.

Dass der zweite Versuch auf Gran Canaria misslang, war ebenfalls Francos argwöhnischem Wesen zuzuschreiben. Gewarnt durch die Ereignisse auf der Nachbarinsel, ließ er sich von einem zusätzlichen Soldaten bewachen. Der spätere Diktator musste jedoch ein untrügliches Gespür besessen haben, als Resultat seiner militärischen Ausbildung und seines bereits zu dieser Zeit vorhandenen Netzwerks an Spionen. Denn an dem Tag, an dem er von den Verschwörern in einem Tunnel in einen Hinterhalt gelockt werden sollte, verwarf er seine ursprüngliche Route. Mit falschem Pass und als Zivilist getarnt, hatte er am Parque San Telmo ein Boot bestiegen, das ihn zum Flughafen Gando gebracht hatte, von wo aus er nach Marokko ausgeflogen worden war.

Es war wie so oft in der Geschichte, ihr Verlauf hing von vermeintlich unbedeutenden Entscheidungen ab. Dafür wusste Felix zahlreiche Beispiele, und nun kannte er zwei weitere. Wäre Franco bei einem der Attentate ums Leben gekommen, hätte der Militärputsch nicht stattgefunden. Der Konflikt zwischen den rechts- und linksgerichteten Bevölkerungsteilen hätte sich nicht in einem Bürgerkrieg entladen. Spanien hätte das dunkle Kapitel der Diktatur niemals aufgeschlagen, und wahrscheinlich wäre dadurch auch die gesamte europäische Geschichte des zwanzigsten Jahrhunderts völlig anders verlaufen.

Felix nippte an seiner Tónica und wog seine nächsten Schritte ab. Gleich morgen früh würde er noch mal die Inspectora kontaktieren. Vielleicht war sein Anruf vorhin, kurz nachdem er aus Teresas Wohnung gestürzt war, zu überhastet gewesen. Außerdem hatte er einige Gläser Tropical im Blut, und es war nicht auszuschließen, dass diese sein Urteilsvermögen trübten. Er würde eine Nacht darüber schlafen, und wenn er später, mit klarem Kopf, zu demselben Ergebnis kam, würde er zur Comisaría fahren und mit Montero sprechen.

Er trank den Rest in zwei Schlucken aus und ging hinein. Im Schlafzimmer ließ er sich bäuchlings aufs Bett fallen.

Wenige Augenblicke später war Felix eingeschlafen.

6

Ana lag im Bett und starrte an die Decke. Sollte sie sich heute ein Beispiel an Reyes nehmen und blaumachen? Nach dem Tiefschlag gestern würde ihr ein freier Tag guttun. Sie würde lange im Bett liegen bleiben, Essen bestellen, eine Serie oder einen Film schauen …

Nicht, dass ihr Pflichtgefühl dieser Idee im Wege gestanden hätte, denn die Policía Nacional würde einen Tag ohne sie verkraften. Aber sie konnte Ruiz nicht hängen lassen. Die nächste SOKO-Sitzung stand auf dem Plan, und mit Vicente, Iker und Marta allein im Raum würde ihr Kollege garantiert die Nerven verlieren. Also blieb Ana keine Wahl, als aufzustehen.

Sie schälte sich aus dem Bett, zog sich an und machte sich fertig. Im Hinausgehen aß sie die restlichen Waffeln, die sie gestern noch gebacken hatte. Über die Haustreppe gelangte sie hinunter in die Tiefgarage, wo sie sich in ihren BMW schwang und den Motor startete. So lustlos wie heute hatte sie sich lange nicht mehr gefühlt, nicht mal der gute alte Stevie Wonder mit »Superstition« konnte ihre Stimmung heben.

Weil sie tief in ihre Gedanken versunken war, verpasste sie die Autobahnausfahrt. Ana fluchte und nahm die nächste. Sie fuhr jedoch nicht in entgegengesetzter Richtung wieder auf, sondern wählte stattdessen die

Schleife durch das erwachende Playa del Inglés. Die Strahlen der Sonne drangen durch die Häuserschluchten und umhüllten die Hotelburgen mit einem glänzenden goldenen Schimmer.

Ruiz fing sie auf dem Flur vor ihrem Büro ab.

»Was ist los?«, fragte er. Er lehnte sich an den Türrahmen und beäugte sie kritisch. Ihr Gesicht musste Bände sprechen.

»Ist kein guter Tag«, antwortete sie.

»Doch nicht wegen der Sache mit Palacios?«

Sie setzte ein gekünsteltes Lächeln auf, es sah bestimmt fürchterlich aus. Er legte einen Arm um ihre Schulter und zog sie sanft zu sich heran.

»He, Kopf hoch«, sagte er mit einfühlsamer Stimme. Auch er versuchte sich an einem Lächeln, es gelang ihm erheblich besser. »Tiefschläge gehören dazu, von denen lassen wir uns nicht aus der Bahn werfen. ¿Vale?«

Ana hob ihren Blick und schaute in seine warmen, herzlichen Augen. »Vale«, antwortete sie.

Er schnippte mit den Fingern. »Ich weiß, was dir jetzt hilft.« Er eilte voran in ihr Büro und ging direkt zur Kaffeemaschine. Stellte zwei Tassen unter die Auslaufdüsen, seine Finger flogen über die Knöpfe, und nach getaner Arbeit lehnte er sich an die Wand, verschränkte die Arme und lächelte.

»Und mach dir wegen nachher keinen Kopf, ich übernehme die Leitung«, rief er ihr über das Krachen und Blubbern hinweg zu.

Kurz ertappte Ana sich bei dem Gedanken, dass er

ihr fehlen würde, falls ihr Plan aufgehen und sie eines Tages wieder nach Madrid zurückkehren würde.

Wie versprochen eröffnete er die Sitzung. Ana hockte mit ihrem Cortado am Rand und beobachtete das Spektakel. Iker, Marta und Vicente verkrochen sich abermals in der hintersten Reihe und verfolgten mit gleichgültigen Gesichtern Ruiz' Ausführungen. Er informierte sie über das Verhör von Palacios und strich anschließend »Desconocido« von der Whiteboard-Liste.

Dann tippte er mit dem Finger auf »GCDN«. Die Nachwuchsterroristen waren als Einzige im Rennen geblieben. Es sah nach einem eindeutigen Fall aus, sie brauchten nur noch das Ergebnis der Analyse.

Ruiz wandte sich zur Gruppe. »Wir werden gleich unsere Kollegin dazuschalten, sie hat mir vor der Sitzung eine Nachricht geschickt, dass sie das Video fertig untersucht haben.«

Keine Reaktion von den hinteren Plätzen. Ausdruckslos schauten die drei auf Ruiz. Ana hingegen streckte ihren Rücken durch, denn nach dieser Aussage schöpfte sie wieder Hoffnung. Ihr Kollege beugte sich über das Freisprechtelefon und drückte auf den Knöpfen herum, bis es aus dem Lautsprecher tutete.

»Barrera?«, fragte eine Frauenstimme in die Leitung.

»Dolores, ich bin's, Hugo. Wie versprochen, wir sind jetzt vollzählig.«

»Buenos días a todos«, sagte die Analystin in die Runde.

»Buenos días«, schallte es zurück. Anas Stimme klang jedoch deutlich energischer als die der anderen.

Ruiz schnappte sich einen Stuhl und setzte sich. »Was hast du für uns, mi niña?«

Mehrfaches Klicken im Hintergrund. »Einen Moment, ich öffne gerade unseren Bericht.«

Ana sah sich um. Keine Überraschung, der Einzige, der genauso gespannt zu sein schien wie sie, war Ruiz. Die Kollegen zogen es vor, Löcher in die Luft zu starren.

»Also, ihr seid bereit?«, fragte Barrera.

»Sind wir«, klinkte Ana sich ein. »Inspectora Montero, wir kennen uns noch nicht«, schob sie hinterher.

»Mucho gusto«, erwiderte ihr Gegenüber. »Nun zu den Ergebnissen unserer Videoanalyse. Die lange oder die kurze Version?«

»Kurz«, kam es von Vicente.

»De acuerdo.« Wieder ein Hintergrundgeräusch, diesmal klang es, als scrollte Barrera mit dem Mausrad durch das Dokument. »Also, zusammengefasst: Wir haben keine Hinweise auf eine Manipulation des Materials gefunden.«

Ana schnellte zu Ruiz herum, ihre Augen fanden sich. Sein Blick sagte, dass er dasselbe dachte wie sie.

»Das heißt, das Video ist zu hundert Prozent echt?«, fragte er.

»Das ist es.«

»Sicher kein Fake?«, warf Ana ein. »Nicht der geringste Zweifel?«

»Ausgeschlossen.«

»Dann haben wir sie«, verlautbarte Marta aus dem Rückraum.

Damit fasste die Frau mit den zwei Spitznamen Anas Überlegungen treffend zusammen. Es war offiziell, sie hatten ein Geständnis. Nach der Sitzung würden sie unverzüglich die weiteren Schritte einleiten, die Fahndung ausweiten, die Medien mit neuen Infos versorgen.

Ruiz bedankte sich bei Barrera und beendete die Schaltung. Eine Weile starrte er auf das Freisprechtelefon und nickte dabei geistesabwesend. Ob ihm dieselben Zweifel durch den Kopf gingen?, fragte Ana sich. Ja, der dringende Tatverdacht gegen diese Aktivisten hatte sich erhärtet, der Fall stand vor seiner Auflösung. Dennoch: Ana hatte das Gefühl, dass irgendetwas nicht stimmte.

»Können wir jetzt gehen?«, rief San Iker von hinten. Die drei scharrten schon mit den Hufen.

»Sí, die Sitzung ist beendet«, antwortete Ruiz. »Die nächsten Schritte übernehmen die Kollegin und ich.«

Vicente stand als Erster auf, dann folgten die beiden anderen.

Eine Zeit lang schauten Ana und Ruiz sich schweigend an.

»Wir haben sie«, sagte er schließlich. So überzeugt, als würde er behaupten, dass die Erde eine Scheibe sei.

»Wir haben sie«, wiederholte Ana.

Aus dem richtigen Winkel betrachtet konnte man das sogar glauben.

✳

Wie lautete dieser Spruch noch mal? Wenn der Prophet nicht zum Berg kam, musste der Berg –

Egal, er passte ohnehin nicht. Die Inspectora, die in diesem Beispiel der Prophet war, wollte nicht nur nicht zu ihm, dem Berg, kommen, sie hatte sogar mit einer Einebnung gedroht, wenn er sie nicht in Ruhe ließ. Er musste sich also auf etwas gefasst machen.

Felix stand vor der Comisaría und zweifelte. Noch konnte er umdrehen, sich in ein Café setzen, einen Cortado trinken und danach wieder nach Hause fahren. Doch das würde er mit seinem Gewissen nicht vereinbaren können. Die Hinweise aus Teresas Wohnung waren erdrückend, er musste sie der Inspectora übergeben. Was sie damit anstellte, war ihre Entscheidung.

Pedro, der Mann an der Pforte, erinnerte sich noch an ihn. Anscheinend hatte man vergessen, ihm zu sagen, dass der Deutsche nicht mehr in der Comisaría erwünscht war. Da Felix den Weg zu Monteros Büro kannte, winkte Pedro ihn durch.

Er bog um die Ecke. Aus dem Augenwinkel sah er die Inspectores den Flur entlangkommen.

»Faber!«, rief Montero. »Wer zum Teufel hat Sie hier reingelassen?« In ihrer Stimme lag so viel Wut, dass kein Platz für etwas anderes blieb. »Ich sage es zum letzten Mal: Wenn Sie nicht augenblicklich und für immer aus meinem Leben verschwinden, werden Sie mich kennenlernen.« Mit strengem Blick schaute sie ihm in die Augen. »Auf die unangenehme Art«, fügte sie hinzu.

Felix ließ sich nicht einschüchtern. »Sie müssen sie sich ansehen«, sagte er. »Bitte! Danach lasse ich Sie in Frieden, versprochen.«

Ana Montero stellte sich vor ihn, verschränkte die Arme und tippelte mit den Füßen. Ihr Kollege baute sich neben ihm auf.

»Wovon quatscht der da?«, fragte er.

»Ich rede von Hinweisen, Inspector!«

Ruiz legte die Stirn in Falten. »Was für Hinweise?«

»Dummes Zeug«, grätschte Montero dazwischen. »Faber kann einfach nicht akzeptieren, dass er –«

»Teresa Raición«, fiel Felix ihr ins Wort. »Ich bin überzeugt, dass sie etwas mit dem Mord an Fraude zu tun hat. Ich weiß nicht wie, ich weiß nicht wann, aber ich bin mir sicher zu wissen, warum.« Er griff in die Tasche seiner Shorts, fischte den USB-Stick heraus, auf dem er alle Fotos aus Teresas Wohnung gespeichert hatte, und hielt ihn den Inspectores hin. »Hier, gucken Sie es sich selbst an.«

Weder Montero noch Ruiz reagierten.

Felix begriff sofort. »Das meinen Sie nicht ernst? Sie wollen sie sich nicht einmal ansehen?« Nur mit Mühe hielt er sich zurück. In seinem Verstand schwirrte eine Vielzahl von Vorwürfen herum, die er den beiden gern an den Kopf geworfen hätte. Ob sie – wenn schon nicht als Kommissare – nicht wenigstens ihrem eigenen Gewissen gegenüber verpflichtet seien, jedem Hinweis nachzugehen? Wie sie es mit sich vereinbaren könnten, dass sie –

»Sehr wahrscheinlich haben wir die Täter bereits ermittelt«, unterbrach Montero sein Grübeln.

Felix glaubte, sich verhört zu haben. Fassungslos starrte er die beiden Polizisten abwechselnd an. »Die Täter?«, wiederholte er.

»Sie haben richtig verstanden«, sagte Montero, »es sieht danach aus, als seien es mehrere gewesen.«

»Wer … Also, ich meine, wie …« Felix fasste sich an

die Stirn. Sein Blick fiel zu Boden. »Das Bekennervideo«, murmelte er, als ihm klar wurde, dass die Inspectora nur darauf anspielen konnte. Das hatte er völlig vergessen. Hatte María, die Candela und ihm gegenüber dasselbe behauptet hatte, demnach tatsächlich die Wahrheit gesagt?

Gabriel, fiel es Felix ein. Das konnte nicht wahr sein. Ihm wurde schummrig. Er musste hier raus, brauchte frische Luft. »Behalten Sie den«, sagte er und warf den Stick im Gehen der Inspectora zu. Aus Reflex fing sie ihn auf. »Machen Sie damit, was Sie wollen.«

Durch die fensterlosen Flure der Comisaría flüchtete er nach draußen.

✳

»Du warst ziemlich hart zu ihm«, sagte Ruiz.

»Ach was«, entgegnete Ana, »der kann froh sein, dass er noch frei auf der Insel herumläuft.«

Sie schloss ihr Büro auf und ließ ihren Kollegen zuerst hinein. Zusammen setzten sie sich an ihren Schreibtisch. Ana fing an, den Papierstapel zu sortieren, der sich dort gesammelt hatte. Ruiz sah ihr stumm dabei zu. Sie ahnte, dass er sich einen Kommentar verkniff. Gäbe es einen Preis für den ordentlichsten Arbeitsplatz in der Comisaría, er wäre der unangefochtene Anwärter darauf, denn seiner sah stets aufgeräumt aus.

»Ich finde, dass er recht hat«, sagte er. Der Vorfall von eben schien ihn nicht loszulassen. »Wir sollten uns wenigstens ansehen, was drauf ist.«

Ana rollte mit den Augen. »Muss ich dich erinnern, was Fabers eigenmächtige Ermittlungen für Folgen hatten?«

»Ich bin dabei gewesen, Ana.«

»Eben. Außerdem haben wir andere Dinge zu erledigen.«

Ruiz drückte sich hoch und stand auf. »Ich übernehme das, du kannst ruhig nach Hause fahren. Du siehst mitgenommen aus.«

Ana riskierte einen flüchtigen Blick in den Spiegel, der neben ihrem Schreibtisch an der Wand hing. Seine Aussage verärgerte sie, und dennoch musste sie ihrem Kollegen zustimmen, sie sah so frisch aus wie Salatblätter vom Vortag. Palacios zu verhaften und zu vernehmen, hatte an ihren Kräften gezehrt. Sie brauchte dringend Schlaf.

»Ich mein's ernst«, wiederholte Ruiz, »ich halte die Stellung.« Er ging zur Tür und sagte über die Schulter zum Abschied: »Lass dein Diensthandy an. Ich melde mich, falls es etwas Neues gibt.«

Minuten später saß Ana in ihrem Auto und verließ die Tiefgarage der Comisaría. Durch den Kreisel in Playa del Inglés fuhr sie zur Autobahnauffahrt.

Kaum hatte sie die GC-1 in Richtung Las Palmas erreicht, rief sie jemand mit unbekannter Nummer auf ihrem Diensthandy an. Zum Glück hatte sie das Gerät mit der Freisprechanlage verbunden, bevor sie losgefahren war, und so konnte sie das Gespräch mit einem Klick auf den grünen Hörer annehmen.

»Montero?«, fragte sie in die Leitung.

»Inspectora«, antwortete eine weibliche Stimme. »Mein Name ist Luna Salazar, CIAIAC.« Die Untersuchungsbehörde für Flugunfälle auf spanischem Hoheitsgebiet, rief Ana sich in Erinnerung. »Ich bin Teil der Kommission, die den Absturz von Francisco Fraude überprüft hat.«

»Buenos días. Ich sitze gerade im Auto.«

»Ich höre es. Sie verstehen mich trotzdem gut?«

»Bis jetzt, ja. Was kann ich für Sie tun?«

»Ich melde mich bei Ihnen, weil uns die finalen Untersuchungsergebnisse vorliegen. Als Leiterin der SOKO Fraude wurden Sie mir als Kontaktperson genannt.«

»Was haben Sie herausgefunden?«

»Ich kann den ausführlichen Bericht gern an Ihre dienstliche E-Mail-Adresse schicken.«

»Das klingt gut. Und in Kurzform?«

Salazar räusperte sich. »Wir haben hinreichende Beweise gefunden, die für eine Fremdeinwirkung, also eine äußerliche Manipulation sprechen.«

»Würden Sie mir das bitte in wenigen Sätzen erläutern?«

»Nun, zum einen waren die Pins am Hauptschirm beschädigt. Es ist davon auszugehen, dass sie absichtlich verbogen worden sind. Zumindest wurden sie bei der Kontrolle übersehen. Eine bewusste Manipulation ist zwar nicht nachzuweisen, aber naheliegend.«

»Hmh«, brummte Ana. »Was ist mit dem Öffnungsautomaten? Hätte der nicht den Ersatzschirm auslösen müssen?«

»Sie kennen sich aus, wie ich höre.«

»Wir haben Angestellte der Fallschirmsprungschule befragt.«

»Sie sprechen den richtigen Punkt an. Mit der Funktion sind Sie vertraut?«

»Der Automat sorgt dafür, dass der Schirm sich selbsttätig öffnet, sobald er unterhalb einer voreingestellten Höhe eine zu hohe Geschwindigkeit misst.«

»Das ist korrekt.«

»Wieso hat er bei Fraude nicht funktioniert?«

»Nun, jemand hat die Höhe verändert. Sie war auf den Meeresspiegel eingestellt.«

»Jemand?«, fragte Ana. »Könnte das jeder gewesen sein, der Zugang zu der Ausrüstung hatte?«

»Unwahrscheinlich«, antwortete Salazar. »Um den Öffnungsautomaten einzustellen, braucht es Fachwissen. Einen Laien können wir ziemlich sicher ausschließen.«

Teresa, schoss es Ana in den Kopf.

Faber.

Verfluchter Mist!

Sie musste nach Hause, sich die Dateien auf dem USB-Stick ansehen. Sie bedankte sich bei Salazar, beendete das Gespräch und drückte aufs Gas.

※

Jemand pochte lautstark gegen seine Tür. War die Klingel etwa schon wieder kaputt?

»Peque?«, ertönte Candelas Stimme. »Bist du da?«

Gequält drehte Felix sich auf den Rücken. Er angelte sich das Handy vom Nachttisch und linste aufs Display. Kurz nach zehn. Was wollte sie so früh bei ihm? Und wer ließ sie überhaupt durch das Tor? Bestimmt die ältere Dame aus Italien, die in dem hintersten Bungalow direkt über dem Felsen wohnte und mit der Candela sich so gut verstand.

»He, ich weiß, dass du da bist. Mach schon auf!«

Felix wischte sich durchs Gesicht. Er ahnte, dass sie ihn nicht in Ruhe lassen würde, egal, wie lange er sich tot stellte. Deshalb beugte er sich zur Seite zum gekippten Fenster und rief: »Ich komme schon. Gib mir einen Moment.«

»Vale, Peque«, antwortete sie.

Minuten später öffnete Felix immer noch in mürrischer Stimmung die Tür. Das Sonnenlicht war grell und brannte in seinen Augen. Er beschirmte seine Stirn mit einer Hand und verzog das Gesicht.

»Na, du kleiner Vampir?«, begrüßte Candela ihn. Sie fiel ihm um den Hals, drückte ihn fest an sich und verpasste ihm zwei Küsschen. Heute schien sie wieder voller Energie zu sein. »'ne kurze Nacht gehabt?« Sie schmunzelte und schob sich an ihm vorbei nach drinnen.

»So könnte man es sagen«, antwortete Felix. Er ließ die Tür zufallen und folgte ihr ins Wohnzimmer.

Sie setzte Wasser auf, suchte sich eine Tasse aus dem Hängeschrank aus und löffelte so viel Kaffeepulver in den Filter, dass Felix befürchtete, sie würde bei dieser Menge Koffein einen Herzinfarkt erleiden.

»Rück schon raus mit der Sprache«, sagte sie.

»Womit?«

»Na, das Date! Wie war's?«

»Woher weißt du davon?«

Sie nickte über ihre Schulter in die Richtung des Strands.

»Erik«, murmelte er.

Sie grinste. »Es hat sich herausgestellt, dass unser Surflehrer eine große Klatschtante ist.« Sie stand nun direkt vor ihm und streichelte ihm über die Wange. »Ich freue mich für dich, Peque.«

»Wirklich?«

»Na klar. Was denkst du denn?« Sie kniff ihn in die Seite und widmete sich wieder ihrem Kaffee. Sie goss das heiße Wasser in den Filter, und allmählich tröpfelte das schwarze Gold in ihre Tasse.

»Wenn ich mir dich so ansehe«, sagte Candela, »muss es ziemlich gut gelaufen sein.«

Felix kratzte sich am Kopf. Was sollte er ihr erzählen? Sie war seine Chefin, streng genommen blieb ihm keine Wahl. Diese Story war zu groß, als dass er sie für sich behalten konnte. Sie standen vor der Entscheidung, ob sie die Infos, die ihm in den Schoß gefallen waren, journalistisch nutzen sollten oder nicht.

Er holte tief Luft … und fing an zu erzählen. Von vorn. Felix erwähnte den holprigen Start ihres Dates, den leckeren Fisch und ihre zunehmend lockeren Gespräche. Er berichtete, dass Teresa über die Stränge geschlagen und er sie nach Hause begleitet hatte.

»Dann habe ich diesen Raum entdeckt«, sagte er.

»Was für einen Raum?«, fragte Candela. Auf ihrer Stirn zeichneten sich Fragezeichen ab.

»Warte, am besten zeige ich es dir.« Er zückte sein Smartphone, öffnete die Galerie und klickte auf das erste Foto. Er zoomte es auf Bildschirmgröße. »Schau dir diese Bilder an.«

Sie nahm das Handy entgegen. »Du machst mir Angst, Peque.«

Zögerlich wischte sie über das Display. Zu Beginn vermehrten sich die Fragezeichen auf ihrer Stirn und wurden größer. Dann sickerte die Erkenntnis durch. Mit einer Hand bedeckte sie ihren Mund. Ihr Blick ließ keinen Zweifel, sie hatte verstanden.

✳

Die Inspectores klingelten Sturm.

»Was, wenn sie nicht zu Hause ist?«, fragte Ruiz.

Ana rückte an die Haustür heran und legte ihre Hände seitlich an die Augen, um durch die Glasscheibe zu spähen. Der Flur dahinter lag im Dunkeln, sie erahnte Umrisse einer Kommode und eines Schuhschranks. Sie trat wieder zwei Schritte zurück.

»Dann müssen wir eine Ringfahndung einleiten«, sagte sie.

Ruiz kratzte sich am Kinn. »Das kriegen wir bei Hidalgo nicht durch.«

»Wenn's sein muss, machen wir es eben ohne ihn.«

»Ana, das …« Er suchte nach Worten. »Das wird uns den Job kosten.«

Sie wandte sich ihm zu und stemmte ihre Hände in die Hüften. »Du hast doch gesehen, womit sie sich beschäftigt hat, oder?«

»Ja, habe ich. Und trotzdem, was ist, wenn wir uns da in irgendetwas –«

»Wir verrennen uns nicht, Hugo. Salazar hat es mir am Telefon gesagt, ich habe es im Bericht schwarz auf weiß nachgelesen: Es muss jemand mit Sachverstand gewesen sein.«

Plötzlich schwang die Tür auf.

Die Inspectores schossen herum. Vor ihnen stand Teresa, im Schlafanzug und heute nicht mit Pferdeschwanz, sondern mit offenen und strubbeligen Haaren. Sie sah müde aus, rieb sich die Augen und schaute Ana und Ruiz abwechselnd an.

»Herrje, was ist denn –« Sie lehnte sich nach hinten und linste zur Uhr über der Kommode. »Wissen Sie, wie spät es ist?«

»Wissen wir«, antwortete Ana. »Du erinnerst dich an uns? Inspectores Ruiz und Montero?«

»Vom Flugplatz, richtig?«

Sie nickten.

»Dürfen wir hereinkommen?«

Teresa lehnte sich erneut zurück, ihr Blick irrte durch den Flur ihrer Wohnung. »Also, wissen Sie, ich … ich wollte gerade …« Sie suchte händeringend nach einer Ausrede, doch es fiel ihr keine ein.

Ana nutzte ihre Unkonzentriertheit und schob sie sanft in die Wohnung. »Vielen Dank, es dauert auch nicht lange.«

»He, warten Sie, Sie können nicht einfach –«

»Alternativ müssten wir dich bitten, uns auf die Comisaría zu begleiten«, unterbrach Ruiz sie. Er stellte sich zu Ana in den Flur und zuckte mit den Schultern. »Die Entscheidung liegt bei dir.«

Eine Weile musterte Teresa die Inspectores stumm, als sei ihr in diesem Moment klar geworden, dass sie sich in einer ungünstigen Verhandlungsposition befand. Durch ihre Unachtsamkeit standen Ana und Ruiz nun in ihrer Wohnung, und sie würde sie nicht so schnell wieder loswerden.

»Also gut«, sagte Teresa. »Aber ich habe nicht viel Zeit. Ich habe noch einen Termin.«

»Keine Sorge«, beschwichtige Ana. »Wenn du kooperierst, sind wir schnell wieder weg.« In Gedanken fragte sie sich, wer von ihnen die schlechtere Lügnerin war.

Ruiz zeigte auf eine der angelehnten Türen. »Ist das der Salón?« Teresa nickte. »Können wir uns da reinsetzen?«

Wortlos schlich sie voran und setzte sich auf einen Einzelsessel. Die Inspectores nahmen auf dem Zweisitzer daneben Platz, vor ihnen stand ein aufgeräumter Couchtisch. Die Einrichtung war gepflegt, aber altbacken. Einige Möbelstücke schien sie günstig auf einem Flohmarkt erworben oder möglicherweise geerbt zu haben.

Teresa bot den beiden Wasser an. Während sie den Beamten einschenkte, stupste Ruiz Ana in die Seite. Er zückte sein Handy, öffnete die Notizen-App und tippte in Stichworten seine Bitte ein, dass sie die Befragung übernehmen solle.

Ana blinzelte als Zeichen ihrer Zustimmung. Seine Aufgabe bestand folglich wieder darin, Teresa zu beobachten und jede Auffälligkeit festzuhalten, wie zum Beispiel körpersprachliche Signale, die dem von ihr Gesagten widersprachen.

Ana beschloss, es behutsam angehen zu lassen. In einem Verhör baute man den Druck Schritt für Schritt auf. Im ersten würde sie daher versuchen, ihrem Gegenüber Entgegenkommen und Verständnis zu signalisieren, damit sie Vertrauen zu ihr fasste.

Sie faltete die Hände vor ihrer Brust und sagte: »Teresa, wir möchten uns noch mal für deine Unterstützung neulich bedanken.« Die Angesprochene starrte sie reglos an. »Ihr habt uns mit eurer Erklärung zu den Abläufen am Flugplatz sehr weitergeholfen.«

»De nada«, antwortete sie. Sie verschränkte die Arme und lehnte sich in ihrem Sessel zurück. Ihre Haltung war eindeutig, sie würde versuchen zu mauern.

»Trotzdem sind während der Ermittlungen noch ein paar Fragen aufgetaucht, die wir gerne mit dir klären würden.«

»Worum geht's?«

»Uns ist der Ablauf noch nicht klar. Am besten fangen wir damit an, wie der Tag, an dem Fraude gesprungen ist, für dich begonnen hat. Wann bist du aufgestanden?«

»Pfff«, zischte Teresa. Sie zog ihre Arme noch enger an sich heran. »Keine Ahnung, halb neun, Viertel vor.«

Ruiz tippte diese Information in sein Handy ein. Aus dem Augenwinkel las Ana mit, was er schrieb.

»Und danach?«

»Hab ich geduscht, gefrühstückt, mich für die Arbeit fertig gemacht.«

»Warst du aufgeregt?«

Teresa blinzelte. »Nein.«

»Kein bisschen?«

»Wieso sollte ich?«

»Weil du wusstest, dass ein hochrangiger Politiker mit dem Fallschirm abspringen würde. Und auch noch einer, den du und –« Ana gab vor, sich nicht an den Namen ihres Kollegen zu erinnern.

»Manuel«, sagte Teresa.

»Den du und Manuel auf diesen Tag vorbereitet habt.«

Schulterzucken. »Wenn ich bei jedem Menschen, der bei uns springt, nervös wäre, könnte ich diesen Job nicht ausüben.«

»Das heißt, du hast nichts Besonderes empfunden, als du zum Aeródromo gefahren bist?«

»Nein.« Teresa, die bisher Anas Blick standgehalten hatte, wich ihm nun aus und schaute auf den Tisch. Ruiz tippte in sein Handy: »Anzeichen für Unwahrheit«.

»Für mich war es ein Tag wie jeder andere«, schob die Verhörte hinzu. Es hätte nicht mehr nach einer Lüge klingen können.

»Vale«, sagte Ana. »Wann bist du am Flugplatz angekommen?«

Teresa überlegte. »Es muss kurz vor elf gewesen sein.«

»Hat dich jemand gesehen?«

Sie zog die Augenbrauen zusammen und sah Ana ernst an. »Die Demonstranten vor dem Eingang?«, fragte sie in abfälligem Ton zurück.

Ana lächelte. Es schien ihr zu gelingen, bei Teresa ein Überlegenheitsgefühl zu wecken. Eine Strategie, die darauf abzielte, die Konzentration und Aufmerksamkeit des Gegenübers zu beeinflussen und damit unüberlegte Antworten zu provozieren.

»Und die Horde von Journalisten«, ergänzte Teresa.

»Claro que sí«, sagte Ana, als sei ihr die Sinnlosigkeit ihrer vorherigen Frage aufgefallen. »Wo du es gerade ansprichst: Welche Haltung hattest du zu den Demonstrationen?«

»Inwiefern?«

»Hattest du Verständnis dafür?«

Wieder Schulterzucken. »Wir leben in einem freien Land. Man darf demonstrieren, wofür oder wogegen man will.«

»Also auch dazu hattest du keine besonderen Gefühle?«

Teresa starrte ihr sekundenlang in die Augen. Ihrem darauffolgenden »Nein« verpasste Ruiz den Stempel »Lüge«.

Ana gab vor, sich eine Weile in dem Wohnzimmer umzusehen. Zum einen, um vielleicht die Nervosität bei ihrem Gegenüber zu steigern, und zum anderen, um vorzutäuschen, dass sie sich ihre weiteren Fragen erst zurechtlegen musste. Kurz dachte sie darüber nach, Teresa nach ihrem Interesse für Politik und spanische Geschichte zu fragen, um die Befragung in die beabsichtigte Richtung zu lenken. Sie verwarf diese Idee, noch war der richtige Zeitpunkt nicht gekommen.

Sie wandte sich wieder Teresa zu. »Bei der Befragung

am Flugplatz habt ihr ausgesagt, dass ihr euch mit der Kontrolle der Ausrüstung abwechselt. Wer von euch war am Tattag an der Reihe?«

»Ich«, antwortete Teresa. »Manuel hat mir zugesehen.«

Ana und Ruiz tauschten flüchtige Blicke aus.

»Ich nehme an, dass alles in Ordnung war?«

Ihr Gegenüber schnaufte. »Ist das Ihr Ernst?«

»Wir machen nur unseren Job, Teresa.«

»Glauben Sie nicht, ich hätte Ihnen das nicht mitgeteilt, wenn etwas ungewöhnlich abgelaufen wäre?«

»Wir möchten nur auf Nummer sicher gehen.«

Ana linste zur Seite, ihr Kollege hatte »spürbare Verärgerung« als Reaktion notiert. Um Luft rauszunehmen, griff sie nach ihrem Wasserglas und trank einen Schluck. Teresa beäugte sie mit rotem Kopf.

»Wo wird die Ausrüstung im Anschluss an die Kontrolle aufbewahrt?«, fragte Ana. »Ich nehme an, Fraude hat sie erst kurz vorher angezogen?«

»Wir haben ein Hinterzimmer neben der Haupthalle«, antwortete Teresa.

»Ist der Raum für jeden zugänglich?«

»Nein, nur für uns und für Angestellte des Flugplatzes. Es gibt einen Transponder, der hängt an der Gürtelschlaufe meines Overalls.«

Jetzt war der richtige Moment gekommen, dachte Ana. »Hat es dich gereizt, den Fallschirm eines Populisten zu überprüfen?«

Teresa starrte sie regungslos an. »Was wollen Sie … Worauf wollen Sie hinaus?«

»Wie standest du zu Fraudes Politik? Oder zu der seiner Partei?«

Ein Anflug von Verachtung glitt über das Gesicht der jungen Frau. Als sie das bemerkte, bemühte sie sich wieder um einen neutralen Ausdruck. »Wie schon gesagt, ist ein freies Land.«

Ana schürzte die Lippen. »Weißt du, diese liberale Haltung, die kaufen wir dir nicht ab.«

»Ich verkaufe sie auch nicht.« Teresa grinste, erkennbar stolz über diesen flotten Spruch.

Ana lächelte ihn weg. »Wir haben Belege, dass du dich – sagen wir – übermäßig für die Hergänge der beiden gescheiterten Franco-Attentate interessierst.«

Sie wurde wieder ernst. »Was für Belege?«

»Das spielt keine Rolle.«

Teresa rang immer deutlicher um ihre Fassade. Kurz zuckte ihr Kopf zur Seite in die Richtung des Flurs. Was diese unterbewusste Reaktion wohl zu bedeuten hatte?

»Na und«, sagte sie. Erneutes Schulterzucken. »Ist kein Verbrechen, oder?«

Ana wiegte ihren Kopf hin und her. »Ich könnte mir vorstellen, dass die Einschätzung der Staatsanwaltschaft diesbezüglich anders ausfällt.«

Teresa blinzelte. »Wovon reden Sie da? He, Moment, Sie wollen doch nicht etwa andeuten, dass …« Der restliche Satz blieb ihr im Hals stecken.

Ana lehnte sich zurück und verschränkte ihre Hände hinterm Kopf. Diese überhebliche Haltung war Teil ihrer Strategie, im Laufe des Gesprächs hatten Teresa und sie die Rollen getauscht. Nun war sie es, die dominierte.

»Mein Kollege und ich würden dir ja gerne glauben, ehrlich. Aber diese Belege … Uns liegen Fotos von Artikeln über Fraude, zahlreichen Büchern und darin von dir markierten Stellen über die Franco-Attentate vor.« Hörbares Schlucken. »Und dann auch noch die Tatsache, dass *du* Fraudes Fallschirm überprüft hast«, setzte Ana fort. Sie schüttelte langsam den Kopf. »Die Staatsanwaltschaft wird sagen, dass du nicht nur die Möglichkeit hattest, sondern auch ein überzeugendes Motiv.«

»Motiv?«, fragte Teresa. »Verdammt, wofür?«

»Dafür, die Höhe des Öffnungsautomaten auf den Meeresspiegel einzustellen.«

»Was? Warum hätte ich das tun sollen? Das würde ja dazu führen, dass –« Der Groschen fiel. »Scheiße, jetzt verstehe ich! Sie glauben doch nicht etwa, dass ich …? ¡Puta mierda! Warum sollte ich … Hören Sie, ich habe damit nichts zu tun! Okay, ich hab den Kerl auch nicht gemocht, aber wer hat das schon?«

»Laut den letzten Umfragen etwa dreißig Prozent der Canarios.«

»Trotzdem, ich bin keine Mörderin!« Teresa schaute zwischen den beiden Inspectores hin und her. »Ich … Diese Fotos, das … Das sind nicht meine Sachen!«

Ana und Ruiz schossen zueinander herum.

»Was soll das heißen?«

»Ich hab sie von jemandem genommen, okay?«

Das traf die beiden wie ein Faustschlag ins Gesicht.

»Diese ganzen Bücher, Texte, Markierungen«, Ana tat so, als würde sie mit einem Stift etwas anstreichen, »sind nicht von dir?«

»Nein, das sagte ich doch gerade.«

»Wer hat sie dann gemacht?«

Teresa wendete ihren Blick ab, er wanderte zu dem einzigen Fenster und verfing sich dort. Sie überkreuzte die Beine, wippte in hoher Frequenz mit dem Fuß.

Ruiz hielt es nicht mehr aus. Er legte sein Handy zur Seite und beugte sich vor. »Teresa, du musst mit der Wahrheit rausrücken, und zwar jetzt!« Er tippte mit dem Finger auf den Couchtisch. »Dir scheint der Ernst der Lage nicht klar zu sein. Wenn du uns nicht bald ein paar Antworten lieferst, nehmen wir dich fest wegen des Verdachts des Mordes an Francisco Fraude.«

Sie hüllte sich weiter in Schweigen.

»Also, wir fragen dich zum letzten Mal: Von wem sind diese –«

»Die Bücher sind von Manuel, okay?«

Ana schnellte nach vorn. »Dein Kollege von Sky-Jump?«, fragte sie. »Ihm gehören diese Bücher?« Teresa nickte. »Wie und wann bist du an sie rangekommen?«

»Das war, nachdem Sie bei uns am Flugplatz waren.«

Weil sie erneut innehielt, forderte Ruiz sie mit einer drehenden Handbewegung zum Weiterreden auf.

Sie seufzte. »Ich hab seinen Müll aus der Küche rausgebracht, er hatte es vergessen. Da hab ich die Bücher draußen in dem Container gefunden. Sie waren in einem Sack, er war aufgerissen und so haben sie rausgeguckt.«

»Moment, Moment.« Ana schüttelte den Kopf. »Wieso bringst du den Müll deines Kollegen raus?«

»Er hat mir den Schlüssel zu seiner Wohnung gegeben.«

Sie sah es in Ruiz' Gesicht, er verstand nur Bahnhof, genau wie sie.

»Er ist weggeflogen. Wohin, wollte er mir nicht sagen. Auch nicht, wann er zurückkommt. Er hat mich gebeten, in der Zwischenzeit nach dem Rechten zu schauen.«

Anas Herzschlag beschleunigte sich. Hitze stieg ihr in den Kopf. Gedanken und Fragen prasselten auf sie ein.

Ruiz nahm ihr die drängendste ab. »Wie kommst du darauf, dass die Bücher von Manuel sind? Er wohnt doch nicht allein in dem Haus, nehme ich an, oder?«

»Wegen seines Großvaters.«

Ana hatte keinen Schimmer, wovon sie sprach.

»Was ist mit seinem Großvater?«, fragte Ruiz weiter.

»Sie haben also nicht in die Bücher reingelesen.« Teresa lächelte wissend. »Ismael Ortiz, sagt Ihnen dieser Name denn gar nichts?« Die Inspectores schüttelten den Kopf. »Der Mann, der das zweite Franco-Attentat geplant hat, hier auf Gran Canaria?«

Mit einem Mal drängte Ana sich eine fürchterliche Ahnung auf. Ein kalter Schauer lief über ihren Rücken. Ruiz schluckte.

»Manuel ist sein Enkel«, erklärte Teresa.

✻

Was war das für ein Geräusch?

Ich schrecke hoch. Halte den Atem an, es pocht in meinem Kopf. Leise steige ich aus dem Bett und schleiche zum Fenster. Unten auf der Straße habe ich doch etwas gehört? Es hat wie eine zugeschlagene Autotür geklungen. Mit dem Rücken presse ich mich an die Wand, ziehe vorsichtig die Gardine zur Seite und linse nach draußen.

Als ich sehe, was sich dort unten abspielt, atme ich erleichtert aus. Es ist tatsächlich ein Auto vorgefahren, ein Mann hat seinen in die Jahre gekommenen Mercedes aus den 1980ern vor dem Eingang abgestellt. Nun lehnt er an der Motorhaube und zieht seelenruhig an einer Zigarette. Ob er auf jemanden wartet? Auf jeden Fall scheint von ihm keine Gefahr auszugehen. Ruhig liegt sie da, die staubtrockene Seitenstraße vor der Pension.

Ich entspanne mich wieder und gehe durch das abgedunkelte Zimmer zurück zum Waschbecken. Knipse die schwache Lampe an dem kleinen Hängeschrank an, sehe in den Spiegel und betrachte mein Gesicht aus unterschiedlichen Winkeln. So stolz ich auch auf meine Verwandlung bin, ich vermisse meine Locken. Diese militärische Frisur passt nicht zu mir, sie lässt mein Gesicht härter aussehen, das gleicht selbst der Schnurrbart nicht aus. Die blauen Kontaktlinsen hingegen gefallen mir, inzwischen geht mir das Rein- und Rausnehmen auch leichter von der Hand. Diese Tarnung ist meine Versicherung, dank ihr falle ich in den engen Gassen der roten Stadt, wie man Marrakesch nennt, niemandem auf.

Für die nächsten Tage brauche ich ein paar Dinge vom Markt, Obst, Gemüse, Brot und Wasser. Ich schnappe meinen Rucksack und schreite durchs Treppenhaus nach unten. Youssef sitzt zusammengesunken auf einem Sessel im Eingangsbereich. Orientalische Musik dudelt im Hintergrund aus dem Radio, und aus der Küche schleicht sich ein würziger Duft in meine Nase, wahrscheinlich ist Youssefs Frau gerade am Kochen. Umso besser, dann bekommt keiner mit, dass ich das Haus verlasse.

Draußen auf der Straße wärmen Sonnenstrahlen mein Gesicht. Ich schaue zu dem Mann mit dem Mercedes hinüber, er lehnt noch immer gegen die Motorhaube und raucht, vermutlich bereits seine zweite Zigarette. Unsere Blicke treffen sich flüchtig, ganz kann ich mir nicht sicher sein, denn er trägt eine Sonnenbrille. Zumindest scheint er sich nicht für mich zu interessieren.

Ich wende mich ab und biege um die nächste Ecke. Der Markt liegt nur wenige Hundert Meter entfernt. Er sieht aus, wie ich mir einen marokkanischen Markt immer vorgestellt habe: An kunterbunten Ständen unter Markisen wird alles angeboten, was das Herz begehrt, darunter Teppiche, Tücher, Gemüse und Obst, Gewürze, Hüte, Fahrräder, Kissen und vieles mehr. Alles scheint miteinander verbunden zu sein, in einem verworrenen Netzwerk aus engen, staubigen Gässchen und überdacht von Bögen im maurischen Stil. Dazwischen irrlichtert ein genauso buntes Publikum, Männer und Frauen aus aller Herren Länder, die um Ware feilschen oder mit einem Tee beisammenstehen und die Köpfe zusammenstecken.

Auch heute komme ich mir wieder vor wie in einem Märchen aus Tausendundeiner Nacht. Menschen schwirren um mich herum, mich umgibt ein Stimmengewirr, das sich zu einem unverständlichen Durcheinander aus mehreren Sprachen vermischt. Ich gleite durch die Menge zu den Ständen, an denen ich einkaufen will.

Kurz bevor ich den ersten erreiche, tippt mir jemand auf die Schulter. Erschrocken schieße ich herum.

»Excuse me«, spricht mich ein Mann auf Englisch an. Er lächelt, eine Sonnenbrille bedeckt seine Augen. »What time is it, please?«

Ich lächele verhalten zurück. Mein Blick wandert zur Armbanduhr an meinem Handgelenk.

»No problem«, sage ich. »It's now –«

Mit einem kräftigen Ruck zieht mich der Mann am Arm zu sich heran. Ich weiß nicht, wie mir geschieht, schon im nächsten Augenblick klickt es, kaltes Metall schließt sich um meine beiden Handgelenke. Was zum Teufel …

»Manuel Ortiz«, erklingt plötzlich eine Stimme in meinem Rücken. Der Mann, zu dem sie gehört, kommt näher und stellt sich neben mich. Jetzt erkenne ich ihn, er ist derselbe, der vor der Pension an der Motorhaube gelehnt hat. Er hält einen Ausweis hoch. »Interpol. You know, who we are?«

Ich kann nicht einmal antworten. Wie erstarrt schaue ich auf die Handschellen.

»It's over«, sagt der Mann. »You are now under arrest.«

✻

»¡Cabrón!«, fluchte Candela. Hupend zogen sie auf der linken Spur an einem Auto vorbei. Zum Abschluss des Überholmanövers bedachte sie den Fahrer mit eindeutigen Gesten. Es gab Tage, da hatte sie ihr spanisches Temperament im Griff. Und es gab solche wie diesen, an denen es andersherum war.

Sie nickte zu Felix. »Warum klammerst du dich eigentlich immer an die Tür wie ein Äffchen?«, fragte sie. »Du hast doch keine Angst?«

»Angst ist ein großes Wort«, antwortete er. »Sagen wir lieber, ich habe Respekt.«

Candela kicherte. »Du kannst gut mit Worten umgehen, du solltest für eine Zeitung schreiben.«

Felix schmunzelte. »Hast du eigentlich alle erreicht?«, fragte er.

»Wir werden vollzählig sein«, antwortete sie.

Nachdem sie die Fotos von den Büchern und Zetteltürmen aus Teresas Wohnung gesehen und ihre Tragweite begriffen hatte, hatte die neue Chefredakteurin sofort gehandelt und sich mit den übrigen Redakteuren in Verbindung gesetzt. Danach waren Felix und sie in ihren Tourer gestiegen und hatten sich über die Autobahn auf den Weg nach Las Palmas begeben.

Er lehnte sich zur Seite und schielte zwischen den Streben des Lenkrads auf das Tachometer. Einhundertdreiundsechzig. Dem spanischen Bußgeldkatalog zufolge würde Candela für diese Übertretung mindestens fünfhundert Euro berappen müssen.

»Besitzt du eigentlich Reichtümer, von denen ich nichts weiß?«, fragte er.

Sie schüttelte irritiert den Kopf. »Nein, wieso?«

»Weil du durch die Gegend rast, als wolltest du dem Staat unbedingt Geld schenken.«

Ihr Blick fiel auf das Tachometer. Die angezeigte Zahl entlockte ihr keine Reaktion. »Ach, die Bußgelder sind doch nur so hoch, weil sie nicht genügend Personal für die Kontrollen haben.«

»Mutige These. Bei den Strafen müssen sie einen nur hin und wieder erwischen, um pleitezugehen.«

»Vertrau mir, Peque.« Sie wandte sich ihm kurz zu und zwinkerte. »Alles halb so wild, wenn man die richtigen Leute kennt.«

»Enchufado, hmh?«

»Exacto. Enchufado.«

Vitamin B, wie man auf Deutsch sagte.

Sie erreichten den Stadtrand von Las Palmas und fuhren auf der GC-1 weiter nach Norden. Ihre Ausfahrt kam wenige Hundert Meter vor dem Ende der Autobahn, kurz vor La Isleta, der städtischen Halbinsel, die zum Großteil aus Hafengebiet bestand. Außerdem gab es dort Strände, Picknickplätze, einen FKK-Bereich, die frühere Festung Castillo de la Luz sowie den auf einem Felsen gelegenen Faro, einen von Spaniens höchsten Leuchttürmen.

Candela parkte direkt vor dem Haus. Felix und sie eilten über die Treppe nach oben in die Redaktion. Zu ihrer Überraschung stellten sie fest, dass bis auf ihren Politikredakteur bereits alle da waren. Sie gesellten sich zu den anderen, die um einen der Schreibtische herum in einem Halbkreis standen. Da Candela ihnen am Telefon den Grund für ihre Sondersitzung nicht verraten hatte, schauten sie sie nun erwartungsvoll an.

Kurz darauf schneite Guillermo durch die Tür. Wortlos blieb er im Eingangsbereich stehen, die anderen drehten sich zu ihm herum. Mit einem Finger schob er seine Brille zurück und gestikulierte wild nach Worten suchend.

»Hombre, was ist mit dir?«, fragte Vega.

»Schaltet sofort den Fernseher ein!«, antwortete er.

Felix traute seinen Augen nicht. Es war kein Hirngespinst, auf dem Bildschirm sah er Montero und Ruiz, leibhaftig. Hatten sie sich die Fotos doch angesehen? Was sonst sollten sie auf der anstehenden Pressekonferenz verkünden, als dass ihnen mit Teresa Raición die Mörderin von Francisco Fraude ins Netz gegangen war? Mit seiner Hilfe, wohlgemerkt.

Die beiden saßen an einem Tisch und ließen das Blitzlichtgewitter stoisch über sich ergehen. An ihrer Seite hatte Comisario principal Hidalgo Platz genommen, wie sein Namensschild verriet. Mit einem selbstzufriedenen Lächeln auf den Lippen eröffnete der untersetzte Mann die Pressekonferenz.

»Señoras y Señores, sehr geehrte Medienvertreter, liebe Landsleute. Wir haben diese Veranstaltung einberufen, um Sie über einen bahnbrechenden Ermittlungserfolg im Fall des kürzlich verstorbenen Politikers Francisco Fraude zu informieren.« In seinem vor Stolz strotzenden Gesicht leuchteten weitere Blitzlichter auf, seine durch das Mikrofon verstärkte Stimme übertönte den Klangteppich aus Gemurmel und klickenden Geräuschen der Kameraverschlüsse. Obwohl er zur Seite zeigte, blieb sein Blick nach vorn gerichtet. »Genaueres berichten Ihnen die Inspectores Ruiz und

Montero, die mit der Leitung der von mir gegründeten SOKO Fraude betraut sind.« Diese Gelegenheit zum Selbstlob hatte Hidalgo verwandelt wie ein treffsicherer Elfmeterschütze.

Die Kameras schwenkten zu den Kommissaren hinüber. Die Inspectora räusperte sich und richtete ihr Mikrofon aus. »Die Sonderkommission hat in den letzten Wochen eine Vielzahl von Hinweisen geprüft«, berichtete sie. »Wir haben alle Möglichkeiten in Betracht gezogen und sind jeder Spur nachgegangen. Dabei haben wir keine These außer Acht gelassen.« Sie griff nach dem Wasserglas, das vor ihr stand, und trank einen Schluck. »Bitte entschuldigen Sie …« Ihr schien ein Frosch im Hals zu stecken.

Ruiz sprang für sie ein. »Der von Comisario principal Hidalgo erwähnte Durchbruch ist am heutigen Tag gelungen. An dieser Stelle möchten wir uns ausdrücklich bei der Untersuchungsbehörde für Flugunfälle für die kooperative Zusammenarbeit bedanken. Dank ihrer Ergebnisse konnten wir den Kreis der Tatverdächtigen eingrenzen.« Ein fragender Blick zu seiner Sitznachbarin folgte. Die Inspectora nickte, sie hatte ihre Stimme wiedererlangt und knüpfte an seine Worte an: »Eine zunächst dringend verdächtige Person haben mein Kollege und ich vor wenigen Stunden befragt. Aufgrund ihrer Aussage war es uns möglich, sie als Täterin auszuschließen. Gleichzeitig wurde dadurch der Verdacht gegenüber der anderen Person erhärtet. Bei dem mutmaßlichen Täter handelt es sich demnach um einen gebürtigen Kanaren.

Um seine Persönlichkeitsrechte zu wahren, geben wir seinen Namen erst zu einem späteren Zeitpunkt bekannt.«

Felix schüttelte irritiert den Kopf. Wovon redete Montero da? Handelte es sich bei der Verhörten gar nicht um Teresa? Wenn das der Fall war, konnte sie mit dem mutmaßlichen Täter nur Gabriel meinen. Gebannt starrte er weiter auf den Fernseher.

Montero setzte ihren Bericht fort. »Besagter Mann befand sich bis vor Kurzem auf der Flucht. Dank eines internationalen Haftbefehls, den wir umgehend ausgestellt haben, konnte Interpol seinen Aufenthalt ermitteln. Die Kollegen in Marrakesch haben ihn auf einem Markt verhaftet. Bei ihnen hat er daraufhin ein vollumfängliches Geständnis abgegeben.« Montero legte eine kurze Pause ein und ließ diese Neuigkeiten wirken. Die Lautstärke in dem Raum schwoll weiter an. »Der mutmaßliche Täter wird zeitnah nach Gran Canaria überführt und der Policía Nacional übergeben.«

Einen der Journalisten hielt es nicht mehr auf seinem Stuhl, er sprang auf und unterbrach sie mit einer Zwischenfrage: »Inspectores, was können Sie zu den Hintergründen sagen? Welches Motiv hatte der Täter?«

Hidalgo mischte sich ein und wiegelte die Frage gestenreich ab. »Bitte haben Sie Verständnis dafür, dass wir noch keine weiteren Informationen herausgeben können. Zu gegebener Zeit werden wir eine neue Pressekonferenz einberufen, um Ihnen alle offenen Fragen zu beantworten. ¡Muchas gracias!«

Damit war die Veranstaltung beendet. In dem Stimmengewirr der anwesenden Journalisten erhoben sich die drei Beamten und verließen den Raum.

Candela schaltete den Fernseher aus. »Wenn das mal keine Sensation ist«, sagte sie.

*

Ana hatte schon angenehmere Telefonate geführt. Niemand entschuldigte sich gern oder gestand ein, dass ihm Fehler unterlaufen waren. Doch in ihren Augen gebot es der Anstand, dass sie sich bei ihm meldete. Schließlich war es nicht zu viel behauptet, dass die Policía Nacional dem Deutschen eine Menge schuldig war. Ohne ihn und seinen Einsatz hätten sie weiter in eine andere Richtung ermittelt – und in die falsche, wie sich nun herausgestellt hatte.

Sie schloss sich in ihrem Büro ein, bereite sich einen frischen Cortado zu und machte es sich in einem Sessel bequem. Während sie trank, legte sie sich in Gedanken ihre Worte zurecht und hielt sie auf einem Zettel fest. Dann suchte sie in der Anrufliste nach Faber, es tutete aus dem Lautsprecher.

»Inspectora«, meldete sich der Deutsche. »Haben Sie sich verwählt?« Den Klang seiner Stimme wusste sie nicht zu interpretieren. Sie hörte sich gleichgültig an. Aber das schien unmöglich, dafür war er in der Comisaría, als er Ruiz und ihr den USB-Stick übergeben hatte, zu aufgebracht gewesen.

»Buenos días«, begrüßte Ana ihn. »Ich melde mich

aus einem bestimmten Grund. Haben Sie unsere Pressekonferenz verfolgt?«

»Sí.«

Sie spickte auf ihren Zettel und räusperte sich. »Faber, hören Sie, ich bin nicht gut im Redenschwingen. Ehrlich gesagt, weiß ich auch nicht, wie ich anfangen soll.«

»Wollen Sie sich etwa entschuldigen?«, fragte er. »Dann haben Sie sich also doch die Fotos angeschaut.«

»Ich ... ich habe keinen Schimmer, wie ich es formulieren soll. Der Mann der Sprache sind Sie. Deswegen fasse ich mich kurz.« Sie holte tief Luft. »Es. Tut. Mir. Leid.«

Stille. Faber schwieg. War er damit etwa nicht zufrieden? Ana musste nachlegen. »Ich habe mich geirrt. Sie hatten recht.«

Immer noch nichts.

»Außerdem möchte ich Danke sagen, im Namen der ganzen Policía Nacional. Wer weiß, wo wir ohne Ihre Hilfe jetzt in diesem Fall stünden ...«

»Frieden?«, fragte Faber unverhofft.

Ana schmunzelte. »Frieden«, antwortete sie.

»Würden Sie mir noch verraten, wer in Marokko festgenommen wurde? Etwa Gabriel Castillo? Oder jemand anderes von der GCDN?«

»Nein, weder noch. Diese Spinner müssen wir noch befragen – sobald wir wissen, wo sie sich aufhalten. Keine Ahnung, was diese Idioten sich bei dem Video gedacht haben. Jedenfalls wird es ungemütlich für die GCDN, das steht fest. Würde mich wundern, wenn die nicht bald verboten werden.«

»Und Teresa, was ist mir ihr? Habe ich sie zu Unrecht verdächtigt?«

»Das haben Sie, genauso wie wir. Beim Betrachten der Fotos liegt der Schluss allerdings auch nahe.«

»Aber sie war es nicht?«

»Nein. Die Bücher gehören ihrem Kollegen vom Aeródromo, sie hat sich nach seiner Abreise um seine Wohnung gekümmert und die Bücher draußen im Müll gefunden.«

»Okay. Und das Motiv? Hat er das in seinem Geständnis verraten?«

»Hm, hm«, brummte Ana. »Er ist der Neffe des vermeintlichen Soldaten, der die Verschwörer rund um das zweite Franco-Attentat angeführt hat. Seiner Aussage zufolge hat er in Fraude den neuen spanischen Diktator gesehen. Für ihn hat das alles zusammengepasst, derselbe Vorname, dieselben Initialen, dann auch noch hier auf Gran Canaria. Er sieht sich als einen Märtyrer. Er hat Spanien vor einer Wiederholung der Geschichte bewahrt.«

Faber atmete beschwerlich aus. »Puh. Das ist harter Tobak.«

»Wem sagen Sie das?«, erwiderte Ana. »Aber he, davon lese ich nichts in der nächsten LA VIDA, ¿comprende?«

»De acuerdo.«

»Wir wollen unseren frisch beschlossenen Waffenstillstand doch nicht gefährden«, sagte sie und hoffte, dass das Augenzwinkern sich auch durch die Leitung übertrug. »Warten Sie einfach ab, bis wir alles auf der nächsten Pressekonferenz verkünden.«

»Vale. Ich behalte es für mich.«

Ana entspannte sich, denn die Aussicht auf dieses Telefonat hatte sie gestresst. Gelöst legte sie ihre Beine auf den Schreibtisch. Sie fragte: »Wo wir schon beim Thema sind: Wie läuft's bei LA VIDA?«

»Alles in bester Ordnung«, antwortete Faber. »Wir haben unsere Auseinandersetzungen, aber das unterscheidet uns glaube ich nicht von der Policía Nacional.«

Sie schmunzelte, griff nach einem Kugelschreiber und fing an, auf der Unterlage zu kritzeln.

»Was halten Sie von einem Kaffee? In den kommenden Tagen, ich lade Sie ein.«

»Hört sich gut an.«

Sie verabschiedeten sich. Ana legte auf, nippte an ihrem Cortado und lächelte zufrieden. Es war ein gutes Gefühl, das Richtige zu tun.

*

Felix linste durch die Glastür in die Redaktion. Die anderen standen in einem Halbkreis um Lolas Schreibtisch und debattierten noch immer miteinander. Unmittelbar nach dem Ende der Pressekonferenz war eine lebhafte Diskussion entbrannt. Erneut waren die Meinungen auseinandergegangen, ob – und wenn ja in welcher Form – sie über die Ereignisse im Fall Fraude berichten sollten.

Felix schaute auf sein Smartphone in der Hand. Ja, Montero war harsch zu ihm gewesen. Ja, sie hatte ihn nicht ernst genommen. Und ja, sie hatte ihn von oben herab behandelt. Doch obwohl manches aus der Mode gekommen war, schätzte Felix nach wie vor Werte wie Integrität, Anstand, Aufrichtigkeit. All das hatte die Inspectora mit ihrem Anruf bewiesen, und das rechnete er ihr hoch an, egal, wie tief sie ihn verletzt hatte und wie wütend er auf sie gewesen war. Wenn eine Person sich aus vollem Herzen bei ihm entschuldigte, wozu es Charakter und Rückgrat brauchte, trug Felix ihr nichts nach.

Gedankenverloren bemerkte er nicht, dass Candela sich zu ihm auf den Flur gesellt hatte.

»Wer war das?«, fragte sie. »Du hast doch mit jemandem telefoniert, oder?«

Felix ließ das Handy in seiner Hosentasche verschwinden. Er drehte sich Candela zu. »Inspectora Montero«, antwortete er. »Sie hat sich bei mir entschuldigt.«

Candela schien überrascht. »Das ist ja ein Ding!« Sie schürzte die Lippen. »Hat sie auch gesagt, was nun mit Gabriel und seinen komischen Freunden passiert?«

»Sobald sie sie geschnappt haben, wird die Polizei sie in die Mangel nehmen. Montero glaubt, dass die GCDN schon bald verboten sein wird.«

»Krass.«

Candela verschränkte die Arme und senkte ihren Kopf, eine Zeit lang ruhte ihr Blick auf dem Boden. Felix spürte, dass sie in diesem Moment dieselben Fragen bedrückten.

Die Diskussion endete wie so oft mit einem Patt. Candela blieb das letzte Wort. Sie bat die anderen um

Bedenkzeit, morgen würde sie ihnen die Entscheidung mitteilen.

Sie begleitete Felix zur Bushaltestelle Santa Catalina, wo sie ihn innig umarmte.

»Ruf mich an, wenn du etwas brauchst«, sagte er zum Abschied.

Sie nickte stumm und flitzte los zu den Rolltreppen. Felix sah ihr kurz hinterher, bis sie aus seinem Blickfeld verschwunden war.

Als der Schnellbus Richtung Puerto de Mogán einfuhr, stieg er ein und suchte sich einen freien Platz. Der Fahrer preschte los, als hätten Candela und er denselben Fahrlehrer gehabt. Es ruckelte, Felix rutschte um ein Haar von seinem Sitz und hielt sich im letzten Moment am Griff des Vordersitzes fest. Bevor er nach Gran Canaria ausgewandert war, hatte er Sicherheitsgurte in Bussen stets belächelt. Seitdem er auf der Insel lebte, hatte sich seine Meinung geändert.

Allmählich wurde die Fahrt ruhiger. Sie fuhren auf die Autobahn auf, und da dort kaum Verkehr herrschte, folgten sie mit gleichmäßiger Geschwindigkeit der GC-1 nach Süden.

Felix zückte sein Smartphone und scrollte durch die Nachrichten. Er befürchtete, dass die spanischen Zeitungen vor Beiträgen, Reportagen und Interviews rund um die dramatischen Entwicklungen im Fall Fraude überquollen, und so war es auch. Er beschränkte sich zunächst auf andere Meldungen aus dem Ausland. Nachdem er sich einen groben Überblick über die Neuigkeiten in der Welt verschafft hatte, widmete er sich dem Thema, das Spanien beherrschte. Der Name Fraude dominierte die Webseiten der führenden Zeitungen und Medienportale. Kaum vorstellbar, aber seine Präsenz hatte mit den Ereignissen weiter zugenommen. Damals war die Wahl zum Parteichef den Journalisten bloß eine kurze Meldung wert gewesen. Mit seiner Kandidatur für das Amt des kanarischen Präsidenten war das Interesse gestiegen. Als er im Radio seinen Sprung angekündigt hatte, waren schließlich die ersten seitenfüllenden Beiträge erschienen, und spätestens seit seinem Tod avancierte er zu einem Top-Thema. Die Aufklärung des Mordes setzte dem Ganzen nun die Krone auf. Die Insel sah stürmischen Zeiten entgegen.

Eine halbe Stunde später erreichten sie Playa del Águila. Felix stieg aus und schlenderte zu dem Supermarkt hinüber. Die Besitzerin grüßte ihn nicht wie gewohnt mit einem freudigen »¡Hola, mi niño!«, sondern mit tränenfeuchten Augen. Sie kauerte hinter der Kasse und trocknete sich mit einem Taschentuch das Gesicht.

»Was ist los?«, fragte Felix. Fürsorglich legte er eine Hand auf ihre Schulter. Er sah sich um, nirgends streunte ihr Hündchen zwischen der Regalen umher. »Wo ist dein perrito?«

Neue Tränen flossen ihre Wangen hinunter, sie kam mit dem Tupfen nicht hinterher. »Mein Carlitos, er ist –« Sie wandte sich ab. Schluchzend drehte sie sich zu dem Regal in ihrem Rücken, auf dem Fernseher über ihr lief ein stumm geschalteter Nachrichtensender.

Weil Felix keine tröstenden Worte einfielen, wanderte sein Blick nach oben. Tonlos informierte Dominga

Sibal, eine der bekanntesten Nachrichtensprecherinnen Spaniens, die Zuschauenden über die spektakulären Ereignisse im Fall Fraude. Dann teilte sich das Bild, ein Mann im Anzug und mit kabellosen Kopfhörern im Ohr wurde hinzugeschaltet. Das eingeblendete Fenster verriet seinen Namen, Julián Verde, und seinen Beruf, er war Jurist.

Felix kniff die Augen zusammen und versuchte sich im Lippenlesen. Er verstand nur ein paar Fetzen, darunter die Worte »Departamento de Psiquiatría« und das Ende eines Satzes: »meterla en prisión«. Er schloss daraus, dass Sibal und Verde über die Frage diskutierten, ob der mutmaßliche Täter unzurechnungsfähig und daher besser in einer Psychiatrie aufgehoben sei oder ob er in ein gewöhnliches Gefängnis gehörte. Wo er auch landen würde, die kanarische Sonne würde er so bald nicht wiedersehen.

Felix verschob seine Einkäufe auf später. Er verabschiedete sich von der Besitzerin, die weiterhin schluchzend vor dem Regal stand, und sprach ihr sein Beileid aus. Über den kurzen Strandabschnitt und den Privatweg an dessen Ende spazierte er zurück nach Hause.

EPILOG

Felix setzte sich auf die Terrasse. Auf dem Tisch vor ihm dampfte der erste Kaffee des Tages. Daneben stand das aufgeklappte Tablet, die Kamera hatte ihn gut im Bild, strubbelig und verschlafen sah er aus. Er scrollte durch die Kontaktliste, wählte seine Eltern aus und drückte auf »Anrufen«. Da es in Deutschland halb acht war und seine Eltern seit jeher zu den Lerchen, den Frühaufstehern, zählten, konnte er es um diese Uhrzeit getrost bei ihnen probieren. Inzwischen fanden sie sich auch mit der Technik zurecht, sodass die Video-Calls reibungslos funktionierten, ohne unfreiwillige Ausschnitte von Nasen oder anderen Gesichtsteilen im Bild. Es tutete aus den Lautsprechern, Felix nippte an seinem Kaffee.

»Hola, chico«, begrüßten seine Eltern ihn kurz darauf im Chor.

»Oder sollen wir dich ab sofort Inspector nennen?«, fragte sein Vater und zwinkerte.

Felix setzte seine Tasse ab und lächelte. »Wie habt ihr denn davon mitbekommen?«

»Stand heute Morgen in der neuen Ausgabe«, erklärte seine Mutter. Wenige Tage nachdem Felix auf der Insel angekommen war, hatten seine Eltern sich bei einem Spanisch-Kurs in der Volkshochschule eingeschrieben und außerdem ein Abo der El País abgeschlossen.

»Oder haben wir das falsch verstanden?«, hakte sein Vater nach.

»Nein, nein. Es stimmt«, antwortete Felix.

»Dann war es wirklich unser Junge, der den Fall aufgeklärt hat?«

Er schmunzelte. »Er war es nicht allein, aber ja, er war auch nicht unbeteiligt.«

»Was ist mit dieser Frau?«, erkundigte sich seine Mutter. Bisher hatte sie ihn bei jedem ihrer Telefonate damit geärgert. Ihre Augen funkelten, ihre Mundwinkel zuckten, als hielte sie ein Lächeln zurück. »Wie hieß sie doch gleich?«

»Candela, wie die Kerze«, schob sein Vater schmunzelnd hinterher. »Und tatsächlich, sie hat unseren Sohn erkennbar in vielerlei Hinsicht erleuchtet.«

»Wir sind Freunde«, wiegelte Felix ab. Sie schauten ihn an, als warteten sie darauf, dass er den Scherz aufklärte. »Und bevor ihr fragt: ja, wirklich.«

Felix glaubte im Gesicht seiner Mutter so etwas wie Enttäuschung zu erkennen. Sie hatte sich für ihn wohl schon mehr erhofft.

»Wir müssen los, Junge«, sagte sein Vater, »wir haben einen Termin bei der Stadt.« Seine Mutter warf ihm in schneller Abfolge Küsschen zu.

»Alles klar. Macht's gut, ich melde mich bald, okay?«

»¡Hasta pronto!«

Felix beugte sich zu dem Tablet vor, um aufzulegen, als sein Vater noch etwas hinterherschob. »Wir sind unendlich stolz auf dich! Damit hast du der Insel möglicherweise viel Leid erspart.«

Er hatte recht, ging es Felix durch den Kopf, aus dieser Perspektive hatte er die Situation noch nicht betrachtet. Die leichtsinnigen Fehler, die er im Fall Sara Martí begangen hatte und die mit schwerwiegenden Konsequenzen verbunden gewesen waren, hatte er abgelegt. Zusammen mit seiner Naivität, denn er hatte das Gefühl, erwachsener geworden zu sein. Mit seiner Äußerung hatte sein Vater ihm für diese Erkenntnis die Augen geöffnet.

Um kurz vor halb acht kanarischer Zeit spazierte er die abschüssige Straße zum Supermarkt hinunter. Erst heute fiel ihm auf, dass auf dem Dach des Verwaltungsgebäudes der benachbarten Bungalow-Anlage, die mit einem Tennisplatz ausgestattet war, eine Sammlung ausgeblichener Bälle in der Sonne schmorte. Er schmunzelte und ging weiter bis zu dem Parkplatz, an den zwei Restaurants, ein Apartmenthotel und Eriks Surfschule grenzten.

Zu seiner Überraschung begrüßte ihn an diesem Morgen eine andere Frau hinter der Supermarktkasse. Felix erkundigte sich nach der Besitzerin. Ihre Vertretung berichtete ihm, dass sie um ihren verstorbenen Hund trauerte und sie daher gebeten habe, einzuspringen.

Da ihm noch Zeit blieb, bis der Schnellbus kam, setzte er sich mit seinem Cortado an den Strand und ließ seinen Blick über das Meer wandern. Es war so friedlich hier. Wie jeden Morgen hockten einige Angler auf den Felsen und warfen ihre Leinen aus. Möwen flogen kreischend über ihren Köpfen. Frühsportliche Schwimmer streiften ihre Kleidung ab, sprangen ins Wasser und kraulten ein Stück aufs offene Meer hinaus, bewacht von der den Horizont erklimmenden Sonne.

Eine frische Brise umspielte Felix' Gesicht, sie wehte durch seine Haare. Er lächelte, schloss die Augen und ließ seine Haut erwärmen. Währenddessen lauschte er den verschiedenen Klängen, dem Rauschen des Meeres und dem der Palmenblätter.

Ein Stück heile Welt.

Das würde Felix nie mehr hergeben.

GLOSSAR

Begrüßungen/Verabschiedungen

Hola = Hallo
¿Qué tal? = Wie geht's?
Buenos días = Guten Tag
Buenas noches = Guten Abend; Gute Nacht
Mucho gusto = Sehr erfreut
Bienvenido = Herzlich willkommen
Hasta luego = Bis bald
Adiós = Auf Wiedersehen
Señoras y Señores = Meine Damen und Herren

Redemittel

¡Vámonos! = Auf geht's!
Mi niño/Mi niña = Mein Junge/Mein Mädchen
Gracias = Danke
Muchas gracias = Vielen Dank! Danke sehr!
De nada = Gern geschehen
Vale = Okay; In Ordnung
De acuerdo = Einverstanden
No pasa nada = Nichts passiert; Das macht nichts
No te preocupes = Mach dir keine Sorgen

Claro que sí = Natürlich; Selbstverständlich
Tranquilo = Beruhig dich
A sus órdenes = Zu Befehl

Schimpfwörter

Cabrón = Scheißkerl
Madre mía = Ach herrje; Ach du meine Güte
Dios mío = Ach herrje; Ach du meine Güte
Puta mierda = Verdammter Mist
Coño = Scheiße
Hijo de puta = Dreckskerl
¡Que va! = Ach was!
¡Que no! = Oh nein!

Sonstige Wörter

Muy bien = Sehr gut
Hombre = Mensch
Barranco = Schlucht
Atención = Achtung
Chicos = Leute
Ahora/Ahora mismo = Jetzt/Jetzt sofort
Exacto = Genau
Perfecto = Perfekt
Correcto = Richtig; Korrekt
Centro Comercial = Einkaufszentrum

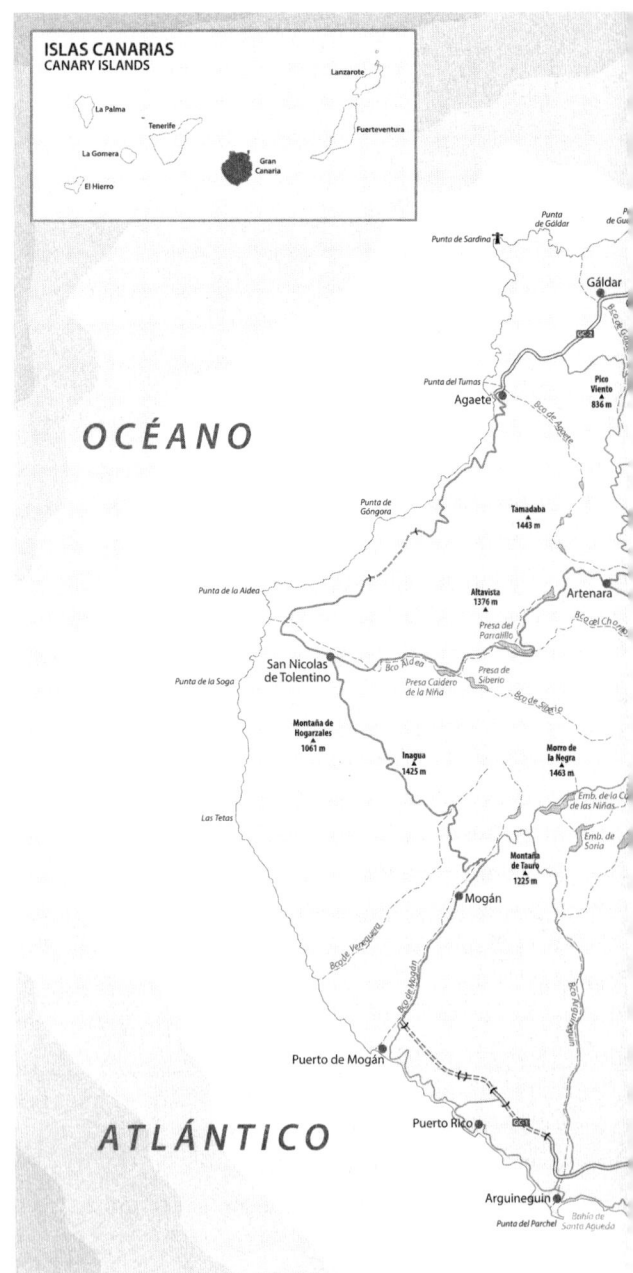

Punta
Morro

Punta del Roque

Punta del Confital

La
Isleta

Punta
del Camello

Bahía del
Confital

**LAS PALMAS DE
GRAN CANARIA**

Cardones

Arucas

Tenoya

Firgas

Santidad

Tamaraceite

Tirana

Osorio
968 m

Vegueta

Teror

*GRAN
CANARIA*

Tatira Alta

Punta del Palo

Pino Santo
993 m

Jinámar

Bco de La Mina

Santa
Brígida

Vega de
San Mateo

Bco Real de Telde

Punta de Jinámar
Garita

Valsequillo de
Gran Canaria

Telde

Punta de la Cueva

Las Huesas

Topino
565 m

Bco de Aguaupa

Bco de Guayadeque

Punta de Gando

Baía
de Gando

Santa Lucía
de Tirajana

Ingenio

Carrizal

Emb. de
Tirajana

Agüimes

Roque
Aguayro
547 m

Bco de Palos

Garita
1099 m

Punta de la Sal

Bco de Tirajana

Vecindano

Bco Hondo

Bahía de Formas

El Doctoral

Tabaibas
407 m

Punta de Tenefé

San Agustín
Playa del Inglés

Maspalomas

Punta de Maspalomas

Felix Faber
ermittelt:

1. Fall: Canaria Mortal
ISBN 978-3-8392-0239-5

2. Fall: Canaria Criminal
ISBN 978-3-8392-0239-5

Weitere:
Zorn der Lämmer
(als Daniel Wehnhardt)
ISBN 978-3-8392-2871-5

SPANNUNG

GMEINER

WWW.GMEINER-VERLAG.DE
Wir machen's spannend